U0500933

薄冰

刘英亭 著

北京联合出版公司
Beijing United Publishing Co.,Ltd.

目　录

第一章　秘密行动

1928 年 4 月 13 日，星期五。

上海，新闸路，悦来茶楼。

二楼临街的窗前，一个年约三十岁的人正在悠闲地品着茶。他是这儿的常客，此时，他正一边品着龙井茶，一边欣赏京剧票友的演唱，还时不时很随意地向窗外的街上看上几眼。

悦来茶楼位于新闸路的北侧，它的东边便是闻名上海滩的玉蟾戏院。戏院里每天都有整场的演出，悦来茶楼二楼雅座里每天也有一些京剧票友登台演唱。

伙计过来给他续了茶，轻轻地说："关老板，您慢用！"

关老板冲伙计微微一笑，掏出几枚赏钱递过去，伙计赶忙笑着说："谢谢！谢谢！"

关老板是太和古玩店的老板。

太和古玩店，名义上是一家古玩店，其实店里面货真价实的古玩并不多，有的大都是一些不值钱的赝品。所以，古玩店的生意很冷清，关老板的日子也过得马马虎虎。好在关老板对这些不太在乎，他常对生意场上的朋友说："我所求不多，温饱而已。"

至于他店里的那些赝品，他也有自己的一套说法：一是他没有太多的本钱去购进那些名贵的古玩；二是这些赝品虽然不值钱，但他也没有欺骗顾客，豪富之家当然不会买这些赝品，但是一般家庭弄一两件，摆在客厅充充门面总是可以的。也是因此，虽然他在古玩行里不是什么大佬，但大家都很尊敬他。

其实，他对古玩充其量也只是一知半解而已，他常说开这个古玩店只不过是为了谋求一个温饱，他真正喜欢的是品茶、读书、听戏。

他所谓的读书，也仅限于读《诗经》《楚辞》《唐诗三百首》《红楼梦》《水浒传》等古典名著，对于今人的小说，他一概不读。这使得他看起来有点迂腐之气。他读起书来，常常是摇头晃脑，像个私塾老先生似的。除此之外，他还常常拿着一本书，两眼望向远处，做苦思冥想之状。有客人来到店里，他也常常忘了招待。幸好他店里很少有人光顾，他也就可以整天沉湎其中，自得其乐。

至于品茶，他也不喝什么名贵的好茶，因为他实在是喝不起。听戏呢？他倒是很入迷，但是像玉蟾戏院那样的地方，他却很少光顾，当然也是因为囊中羞涩。他常常光顾的是这家悦来茶楼。在这儿，他可以一边品茶，一边听那些京剧票友的演唱。

据说，在清朝末年，因为皇帝驾崩，曾经颁令三年不准唱戏。可那些以唱戏为生的人总得养家糊口啊。戏院关门了，他们便变通了一下，转到茶楼里唱。后来，禁令取消了，戏院又红火了起来，演员们又回到了戏院。可茶楼里依然保留了唱戏这一传统。只不过，在茶楼唱戏的不再是专业的演员，而是一些票友。由于一些票友曾经在茶楼里与一些专业演员同台演出，所以，他们的水平并不低。此外，票友们都是即兴演唱，自娱自乐，所以，登台演唱都是不收费的。当然，在下面听戏也就不需要付费了。茶楼的老板也正是因此乐意为票友们提供一个舞台。毕竟，这也是招徕顾客的一个方式。

茶不贵，听戏又是免费的，对于经济条件并不宽裕的关老板来说，真是一举两得。

此时，已经有一位五十多岁的票友登台演唱了。他唱的是京剧余派代表作《捉放曹》选段。伴奏的就只有一个拉京胡的票友，京胡一响，是西皮慢板。那名票友开口便唱了起来：

听他言吓得我心惊胆怕，

背转身自埋怨我自己作差，

我先前只望他宽宏量大，

却原来贼是个无义的冤家，

马行在夹道内我难以回马，

这才是花随水水不能恋花，

这时候我只得暂且忍耐在心下，

既同行共大事必须要劝解与他。

……

关老板坐在那儿像其他茶客一样摇头晃脑的，好像听得很专注。可他的目光却不时地向窗外飘去。

在人们的眼中，这个关老板是一个随遇而安、得过且过的人。其实，这个"关老板"并不是一个很清闲的人。古玩店老板只是他的一个掩护身份，他的真实身份是中共江南特委常委、江南特委保卫处主任。关雨亭是他的化名，他的真实姓名叫陆岱峰，此外，他还有一个听起来叫人有点害怕的代号——"老刀"。

提起老刀，在当时的上海滩的警备系统里，可以说是无人不知、无人不晓，他领导的保卫处是中共江南特委的情报侦查和保卫机关，他的手下都是一些神出鬼没、超凡脱群的人物。自从保卫处成立以来，他们刺探情报、追杀内部叛徒、惩治国民党特务，无论是在共产党内还是国民党内，人人都知道有一个代号叫老刀的人在指挥着一支秘密部队。

国民党的军警宪特和租界巡捕房绞尽脑汁地想抓住老刀，可他们不仅抓不到，甚至连老刀到底是一个怎样的人也不知道。他们凭着丰富的想象力，把老刀说成了一个诡计多端、凶狠毒辣且身手不凡的人，国民党的便衣特务们靠着自己想当然的推测去找这个神秘的厉害角色，自然是找不到的。他们根本想不到，老刀竟然是一个看上去文质彬彬的年轻人，而且整天在他们的眼皮底下逍遥自在。

陆岱峰来这儿，并不是为了品茶，更不是为了听戏。今天上午，江南特委军事处在悦来茶楼斜对面的13弄12号秘密联络站开会。参会的有军事处主任杨如海、组织科科长赵梦君、参谋科科长林泉生、兵运科科长李学然和工农武装科科长吴玉超，全都是党内非常重要的同志。他已经安排保卫处副主任、行动队队长李克明带领队员做好了安全保卫工作。可他还是不放心，便亲自坐镇。

新闸路是一条东西向的马路，自东向西有十六个弄堂。这些弄堂都很窄，大概仅能容得下一辆人力车通过。每一个弄堂都能通到另一条马路上去。

他看了看街上，行动队队员分别化装成小商贩、修鞋匠、算命先生等，把守住了几个主要街道的出入口。李克明也拉了一辆人力车在路南的阴影中，好似在等着玉蟾戏院里的客人。一切看起来很正常，可是陆岱峰的心里总是有一种隐隐的不安。这种不安因何而来，他不知道，但是他就是有这样一种感觉。

他再次装作很悠闲的样子把目光瞟向了窗外，在外人看来，他好像是漫不经心地看着窗外的景致，实际上，他只要瞟上那么一眼，就把窗外的人和物尽收眼底。

此时，街上的行人并不多，陆岱峰仔细地审视了一番，终于找到了自己感到不安的原因。在第9弄的弄堂口竟然有两个修鞋匠，一个在弄堂口东，一个在弄堂口西，两个人手头都没有活计。弄堂口东边的那个修鞋匠低垂着脑袋，在那儿整理修鞋的工具。而弄堂口西边的那个修鞋匠则是坐在那儿，每每有人走过，他都要抬起头盯人家一眼。

陆岱峰知道，弄堂口西边的那个修鞋匠就是行动队队员。从他的举止来看，他刚参加行动队不久，显然经验不足。或许是第一次参加这样的行动，有点紧张，心里根本没有装着手里的活计，而是一股劲儿地观察着街上的行人。可这哪像一个谋生计的人啊？如果此时有一个国民党内有经验的情报人员在这儿，人家一眼就会看出这个人是有问题的。

陆岱峰知道，在挑选队员的时候，李克明更重视的是胆量。而在短期培训中，李克明侧重的也是枪法和格斗。重视这些并没有错，但是，对队员进行化装、跟踪、监视等方面的培训也必不可少，否则，很容易被人看出破绽。毕竟，搞地下工作，首先是要自保，然后才能打击敌人。

当然，陆岱峰对李克明很了解，他知道李克明在每次行动中都要刻意安排一部分新队员去接受实战训练。不在实际行动中得到锻炼，这些新队员是无法成长起来的。

可是，令陆岱峰不解的是这个弄堂口已经有一个修鞋匠了，怎么能再安排一个修鞋匠呢？当然，陆岱峰看出来了，第9弄的弄堂口是一个很重要的位置，必须要安排两个队员在这儿，但是可以安排做其他行业，不应该再安排一个修鞋匠。难道说这名队员不会干别的？看来，还得让每名队员至少要学会两三种街面上的营生。

转念一想，他又觉得自己有点过于苛求了，特委保卫处是在去年冬天才成立的，行动队也是今年春天刚刚建立起来，队里只有几个老队员是从原来上海工人武装起义时的工人纠察队里挑选的，大多数队员都是新手。在这么短的时间内，把他们拉出来进行重大会议的保卫工作，能做到这一点，除了李克明，恐怕不会有第二个人了。

正在陆岱峰思考的时候，在离他不远的一张茶桌上，有两个生意人一边喝茶一边低声地谈着生意。茶楼的伙计走过他们身边的时候，其中一个人很随意地说了一句："这街道上生意人还真不少啊！"

陆岱峰听了这句话，心里不由得一凛。这句貌似无意的话，正好击中了陆岱峰心中的担忧之处。陆岱峰端起茶杯，轻轻地啜饮一口，顺便向发话的人望了一眼。

陆岱峰发现此人是一个四十多岁的中年人，长得眉清目秀，很像一个有学问的人。他的脸上挂着淡淡的笑意，让人看了就会产生一种亲近感。当然，这只是给一般人的感觉，陆岱峰却从此人的笑容背后看出了一种过度的从容和镇定，这种从容和镇定与一个普普通通的生意人的身份很不符合。这个人绝不是一个普普通通的生意人。与他对面而坐的人背对着陆岱峰，陆岱峰看不到那人的容貌，但从背影上看，此人年龄不大，应该是一个二十多岁的人，身上虽然穿了长袍，但从他的两肩肩胛处可以看出此人身体强健。陆岱峰断定这个人身手应该不错。

在这个时候，这么两个人，装作普通商人，在这儿出现，不可能是偶然。陆岱峰不相信偶然。虽然生活中有许多的偶然，但是，陆岱峰遇事从不往偶然上想。在他的意识里，如果把一件偶然的事当作必然去研究，结果可能是一无所获。但是，如果把一件别人的阴谋当作偶然来对待，那结果就会是不可想象的。因此，在陆岱峰看来，那个中年人的这句问话不可能是无意的，更不可能是偶然的。

陆岱峰要想让茶楼的伙计不去接过那个中年人的话茬是很容易的，他只要此时说一句"伙计，给我续壶茶。"伙计必然会赶紧过来招呼他这个常客。可是，那样一来，自己也会引起对方的注意，这就可能会给今后的工作带来麻烦。再说，即便不让伙计说，人家已经看出来了，他那一问只不过是为了验证一下而已。这些想法在转瞬之间，就像电光一样在陆岱峰的脑海里一闪而过。陆岱峰没有出声。

那伙计果然接过了那个中年人的话茬说："老板，平时这街道上的生意人也不少，可不知咋回事，今天格外多些。"

那个中年人并没有再去接伙计的话，而是微微一笑。倒是与他对坐的那个年轻人情不自禁地扭过头向窗外望去，从他的侧面可以看出他似乎很关注街道上的情况。

就在此时，又有一个票友登台演唱了。这位票友演唱的是花脸名家金少山的代表作《锁五龙》，唱得很有金少山的那一股子气势，开场一句西皮导板"大吼一声绑帐外"，"大吼一声"这四个字，没有用太多的装饰音，可他嗓音高亢、音色洪亮，仿佛这四个字横空出世。在"声"字的后面，他运用了一个"哪"的垫字，这个垫字用丹田气唱出，听来金声玉振，很有分量。这四个字一唱出来，立刻赢得了满堂彩。可是，此时的陆岱峰却没有了兴致，虽然，他在表面上还是兴致勃勃的样子，甚至也跟着人们鼓起了掌，但是他的心里却很是不安。不过，他此时却没法采取任何行动，他也不能有任何行动。

过了一会儿，玉蟾戏院散场了，人们从戏院里涌出来。就在此时，军事处的人从联络站分散着出来，并且很快混入熙熙攘攘的人群中。最后一个出来的是军事处主任杨如海，他走出联络站，向东走去。陆岱峰的目光紧随着他，没有看出有人跟踪。此时耳边忽然传来伙计的说话声："您慢走！"

陆岱峰扭头一看，原来，那个中年人和青年人都站起来向楼下走去。陆岱峰心里不由得有点紧张，他们怎么也正好在此时离开呢？

很快那两个人便走出了茶楼。陆岱峰从窗口望去，只见两人出了茶楼以后，便分别坐上了一辆黄包车，一起向东而去。他们很快便超过了在街上步行的杨如海。在从杨如海身边过去的时候，他们连头都没有扭一下。超过杨如海以后，黄包车继续向前，很快就过了第 9 弄。而杨如海在第 9 弄的弄堂口向北一转，进了弄堂。陆岱峰的心里稍稍有一点放松。他装作很闲适的样子，站起来，在窗前看着外面，他看到那两个人的黄包车拐进了第7弄。

他回过头来，看到李克明已经向队员发出了撤退的命令。很快，队员们就撤走了。从玉蟾戏院里出来的人们也都消失在不同的弄堂里。

街道上平静下来了，可是陆岱峰的心里却无法平静下来，那两个人，尤其是那个看上去慈眉善目的中年人的形象总在他的脑海里盘旋，挥之不去。他甚至有一种隐隐约约的不祥之感。

他向来很重视自己的直觉。他认为，从事地下工作，大多数时候靠的不是什么理智，而是直觉，这就好像野外生存的动物，当危险来临的时候，它们并没有看出什么征兆，只是凭着自己灵敏的感觉，迅速地做出反应。如果等到看出危险的征兆或迹象，恐怕就来不及做出反应了。做地下工作，每时每刻都要保持高度的警觉，就像野兽保持灵敏的嗅觉一样，一旦嗅到危险就必须快速反应。

可眼下令陆岱峰感到为难，因为，他虽然感到什么地方不对劲儿，却不能做出反应，无法采取任何行动。他们是在敌人的眼皮子底下活动，虽然优柔寡断要不得，但是盲目的行动却更为可怕。

陆岱峰的心里揣着这份不安走出了茶楼，他没有想到，他的这份不安很快便得到了验证。

第二章　深夜报警

晚饭还在桌子上放着，可甄玉无心吃饭，她在等她的丈夫杨如海。饭，她已经热了两次了，可是杨如海还没有回来。一种不祥的预感再次袭上她的心头。其实这个预感在傍晚的时候就已经悄悄地占据了她的整个思想。只是现在，是越来越浓了。浓得化不开，抹不去。

今天上午，杨如海说要去参加一个会议。她没有问他到哪儿去，开什么会。这是纪律。

甄玉是去年农历 10 月 16 日与杨如海在武汉结的婚。结婚以后不久，杨如海就奉命来上海主持江南特委军事处的工作。考虑到他们刚刚结婚，再加上杨如海在上海也确实需要有一个家庭做掩护，一个月前，组织上安排甄玉从武汉来到上海，担任军事处联络员的工作。

自从参加地下工作以来，她首先学会的一件事就是不该问的不问、不该看的不看、不该说的不说。杨如海与她虽然很恩爱，但是，那只是在生活上。在工作上，杨如海一直严格地遵守着地下工作的纪律，不应该让甄玉知道的事情，他绝不会说。

中午，杨如海没有回家，她心里就有点着急，但是，这种情况以前也有过。杨如海忙起工作来，经常连个电话也忘了往家里打。可是，到了晚上还没有回家，这就很不正常了。自从她和杨如海结婚以来，还从来没有发生过这种情况。

她越想越沉不住气，便从书架上找出了那本《唐诗三百首》，从目录里找到了《长恨歌》，然后翻到这首诗所在的那一页，就在这首诗的题目下面，写着"胡老板"三个字，后面是一个电话号码，这个号码好像是读书人在读书时接到了一个电话，很随意地记下的一个电话号码。

她不知道这个"胡老板"是谁，但是，她知道这是一个很重要的电话号码。杨如海曾经再三叮嘱她，如果没有特殊情况，是不能打这个电话的。自从她担任军事处的联络员以后，杨如海就把这个神秘的电话号码告诉了她。她知道这个电话号码的重要性，所以，她在看了一遍以后，便牢牢地记住了这个号码。但是，今天要用到这个号码时，她还是找出了这本书，找到了这个号码，再仔细地看了一遍，生怕出错。

杨如海在告诉她这个号码的时候，就曾经对她说过，从事地下工作，是不容许出错的。因为，它不像普通的工作，做错了还有机会可以改正。做地下工作，你出了错，是不会有改错的机会的。杨如海还告诉她，有一个特委机关的同志就是因为打错了一个电话，结果导致整个机关遭到破坏，许多同志被逮捕。

她拿起话筒，看了一眼桌子上的小座钟，犹豫了一下，又把话筒放下了。这个电话不能在家里打，必须到外边街道上的公用电话亭里去打。

她走到门口，迟疑了一下，又转身回到房间里，在房子里焦躁不安地走来走去。过了一会儿，她又来到书桌前，看了一眼小座钟，时针已经指向了九点。

甄玉忐忑不安地等待着，她心想，最晚等到十点钟，如果到那时还不回来，就打这个电话。想到这儿，她便紧紧地盯着那个小座钟。

有时，她觉得这个小座钟走得太慢了，她犹豫要不要改变主意，提前打那个电话。可很快她又打消了这个念头。有时，她又觉得小座钟走得太快了，或许，杨如海正在回家的路上，如果自己刚刚打了电话，他就回来了，那就会带来一些不必要的麻烦。杨如海曾经告诫过她，只要打了这个电话，就会有一个重要机关立刻启动，迅速做出反应。所以，不到万不得已，这个电话不能打。

此刻，她多么希望听到丈夫那熟悉的脚步声啊！可是，什么声音也没有。

墙上的挂钟响了一下，陆岱峰下意识地抬头看了一眼。其实，他不用抬头就知道，现在是晚上九点半了。他合上书，一伸手按熄了台灯。房间里一下变得漆黑。陆岱峰坐在藤椅里没有动，他先闭了一会儿眼，然后再慢慢地睁开，适应了一下。接着他站起身，慢慢地走到临街的窗前，窗帘拉得严严的，他就站在窗帘的后面，一动不动。过了一会儿，他才慢慢地从一侧掀起了窗帘的一角，露出一道缝隙，悄悄地向外面看去。对面的楼上大多数窗户里的灯还亮着，从二楼往下看，街道上仍有人在行走。一切都和以前一样，也就是说一切正常。

陆岱峰后退了一步，又慢慢地坐回到藤椅里。他在黑暗中坐着，一动不动。为了不引起别人的注意，他从来不把自己房间里的灯亮到很晚。他规定如果没有特殊的事情，每晚必须在十点以前熄灯。

但是，他每天都睡得很晚。熄灯以后，他就静静地坐在藤椅里，把白天所做的工作像放电影一样在自己的脑海里过一遍，看看有没有什么疏漏。因为他所从事的这项工作是一点疏漏也不能有的。一个小小的疏漏，付出的有可能就是血的代价——自己或者战友的生命。他并不怕死，但是，自己肩上担负的是特委的安全，这比自己的生命更加重要。因此，每一次行动他必须慎之又慎，必须精心策划，不能有半点儿纰漏。所以，每天晚上，熄灯以后，反而是他的思维最为活跃的时候。

今天晚上，他心里一直有一种隐隐的不安，上午的事情反复在他脑海里浮现，他总觉得有点不对劲儿，尤其是他在茶楼里遇到的那个中年人，更是搅得他心神不宁。可是，按照规定，在没有特别紧急的情况下，他不能擅自和常委们联系。

这几个常委的住处在特委里只有他这个保卫处主任知道。常委们互相之间也不知道。他很为杨如海的安全担心，可是，他却连一个电话都不能打，这也是组织的规定。因为电话都是经过电话局转接的，他担心电话局里有敌人的暗探，即便是用暗语联系也是很危险的。所以，他和特委几个常委家里虽然都安装了电话，但是他们之间很少用电话联系，除非是有很紧急的情况出现。

他就这样坐着，听到挂钟敲了十下。就在挂钟刚刚响完之后，桌子上的电话铃突然响了起来。他把自己电话铃的响声调得很低，但是，在这个寂静的夜里，这低低的铃声还是使他吃了一惊。知道他的电话的人很少，在特委机关，就只有几个常委知道。在他所领导的保卫处里面，也只有副主任兼行动队队长李克明和情报科科长凌飞、联络组组长钱如林三人知道。并且，没有紧急情况，是不允许往他这儿打电话的。只要这个电话一响，就说明出现了紧急情况。

陆岱峰赶紧抓起听筒，他只是说了一声："喂——"，电话里立刻传来一个女人的声音："您是胡老板吗？"

陆岱峰只说了两个字："我是。"

甄玉说："我们家老柳上午九点多钟就出去了，可是直到现在还没有回来，是不是到您那儿去了？"

陆岱峰一听，脑子里"嗡"的一下，他知道这个电话是军事处主任杨如海的妻子甄玉打来的。杨如海的化名是柳风，按照地下工作的原则，在有外人在场的情况下一律称呼化名，在打电话的时候也是如此。

今天上午九点半军事处在秘密联络站召开会议，这个会议就由杨如海主持。上午的会议只开了一个半小时，十一点准时散会，与会人员分批撤离。开会之前，李克明安排的行动队队员就化装分散在秘密联络点附近，负责保护与会领导的安全。陆岱峰就在离联络站不远的悦来茶楼里亲自指挥，散会以后，他亲眼看见杨如海从茶楼下面走过，拐进了回家的那条街道。

他来不及细想，赶紧对甄玉说："他不在我这儿，不过你别着急，我想他可能是遇到其他什么朋友了，我让人帮你去找一找。"

他刚挂断了电话，他的"妻子"萧雅就来到了他的身边。他虽然是在租界里活动，但是国民党的警探和巡捕房一直秘密勾结起来对付共产党，他们非常多疑，单身的男子很容易引起他们的怀疑。为了便于隐蔽，组织上安排萧雅与他假扮夫妻。实际上，萧雅是他的助手。在他们的卧房里，床上铺着两床被褥，可实际上，每到晚上，他都是在书房里临时铺一张席子，睡"地铺"的。显然，电话铃声惊醒了萧雅。她关切地问："出什么事了吗？"

陆岱峰皱了一下眉头。"杨如海同志可能出事了。"

萧雅着急地问："那怎么办啊？"

陆岱峰没有说话，立刻拿起电话，拨通了联络组组长钱如林的电话。电话一通，陆岱峰就压低了声音说："四表弟吗？我是你表哥胡东啊，姨妈生病住院了，你马上到四马路26号去接表姐。让她把贵重的东西都随身带着，以防被人偷去。把她送到15号，那里有一辆车子送她去医院。我在隔壁的16号等你们。"

这些话都是一些暗语，姨妈病了，意思是出大问题了。贵重东西指的是特委文件等。而15号，并不是一个住宅的号牌，而是指15号秘密联络站，16号也是这样。而且，15号联络站与16号联络站也不是隔壁，它们根本就不在一个街道上。这样说话，即便是有人听了去，也不会发现什么问题，即便敌人多疑，猜到了什么，他们也无法找到15号、16号。这些暗语中唯一提到的一个真实地点是四马路26号，因为四马路确实是有一个26号，但是，那并不是杨如海的住处。陆岱峰一开始称呼钱如林为"四表弟"，又说自己是"表哥胡东"，意思是四马路往东的第四条街道，这也是早就与钱如林约好了的。这样一来，即便敌人产生怀疑，还没等他们在四马路 26 号布好防，钱如林就早已经从与它相隔四个街道的 26 号把人接走了。

挂了电话，陆岱峰对萧雅说："赶紧收拾一下，我们也得马上转移。"

萧雅疑惑地望着陆岱峰。陆岱峰知道她想说什么，没等她开口问，他便很严肃地说："这是以防万一，只要知道我们这个地址的人出了事，不管他是什么人，我们都得立刻转移。你先到古玩店将就一晚上，明天我们再另找房子。我要到联络站去开个会。"

萧雅说："可杨如海同志并不知道咱们的住处啊。"

陆岱峰说："可是他知道这个电话。通过这个电话是能找到我们的。"

陆岱峰古玩店的地址只有保卫处几个核心成员知道，而他的家庭住址却没有人知道，但是他的这个电话几个常委都知道。

萧雅没有说什么，她立刻紧张地收拾起来。好在他们租房子的时候就连同房东的家具都租用了。所以走的时候收拾起来也就很简单。就在萧雅收拾东西的时候，陆岱峰又用暗语分别给情报科科长凌飞和行动队队长李克明打了电话，让他们立刻到 16 号联络站开会。

为了避免引起房东的怀疑，他让萧雅到一楼敲开房东的门，对他们说自己的先生突然肚子疼得厉害，要到医院去看看。这样一来，即便是他们不再回来，房东也不会怀疑，因为他们还欠着房东半个月的房租呢，房东一定以为他们是没有钱了，为了赖掉那一点房租而不再回来了。照他的为人，他是不会这么做的，但是，为了自己和组织的安全，他却不得不这么做。

虽然已是春末夏初，但是夜晚还是有点凉飕飕的。路上已经没有行人了。马路上，一个头戴礼帽的人急匆匆地走着，每当走到房子阴影中时，他便机警地向身后看看，确定没有人跟踪之后，迅速地拐进了一条弄堂。他一边快步走着，一边辨认着门牌号码。当他看清 26 号时，又迅速地向四处打量了一番，然后走上前去敲门。

甄玉在电话中听到让人帮她找一找，就知道事情不妙。她赶紧把一些重要文件整理了一下，烧掉了一些无法带走的文件，然后把随身替换的衣服打了包。正在这时，她听见传来敲门声：咚——、咚——、咚，咚、咚——、咚。前边是两长一短，后边是一短一长一短。她立刻来到门边轻声问："是谁在敲门？"

外边的人答道："表姐，姨妈叫我来接你回家。"

甄玉说："前天我刚从母亲那儿回来，怎么今天又来接我呢？"

"表姐，你不知道，姨妈得了急病，这才让我来接你去看看，准备明天去住院。"

甄玉一听暗号都对，便打开房门。钱如林闪身入内，随手把门关上，压低了声音说："老刀让我来接你，都收拾好了吗？"

听了钱如林的话，甄玉愣了一下，因为"老刀"这个名字她是听说过的，她虽然不知道谁是老刀，但她知道老刀在党内负责情报工作和保卫工作，人们把他传得神乎其神。只要老刀的人出现，就说明出现了严重的问题。同时，只要老刀的人出现，就说明有人保护你了，你已经是安全的了。难道自己刚才打的那个电话就是打给老刀的？

钱如林见甄玉愣在那儿，便又问了一遍："都收拾好了吗？"

此时，甄玉才像从梦中醒悟过来，她赶忙说："都收拾好了。"

甄玉的心一下子提了起来，因为既然老刀派人来了，那么就说明杨如海出事了。她焦急地问："我们家老柳呢？他出事了吗？"她不知道来的人是否知道她丈夫杨如海的真实身份，所以她只能问"我们家老柳"，而不能问老杨。

钱如林在黑暗中很快地说："我不知道。我刚刚接到老刀的电话通知，让我来这儿接你。我想，等转移出去以后，老刀会把事情的详细情况告诉你的。"

甄玉一想，觉得钱如林说得很有道理。她推断，刚才那个电话就是打给了老刀。也就是说，老刀是在接到自己的电话以后，怕出什么意外才安排人来把自己转移出去。她站在那儿，呆呆地想着心事。钱如林沉不住气了，他低声地催促道："我们赶快行动吧！"

甄玉只得把自己的思绪收回来，领着钱如林来到屋里，把一个小包交给钱如林："这是一些重要的文件。"然后她挎起自己的衣包。

钱如林问："还有其他文件吗？"

"没有了。"

"你再想想，千万不要漏下什么！"

甄玉想了一想，放下手中的包袱，迅速走到书架前抽出那本《唐诗三百首》，找出记有电话号码的一页撕下来，然后划了一根火柴烧掉。

两人迅速出门而去，很快便消失在暗夜之中。

第三章 16号联络站

上海公共租界金神父路的一栋小洋楼的三楼，窗帘紧闭，屋里漆黑一片。可是，房子里的人并没有在睡觉。黑暗之中，四个人正坐在一起秘密地开会。

这座小洋楼就是中共江南特委的第16号秘密联络站。这个秘密联络站虽然在内部称为16号，但是它并不是后来成立的，而是中共地下党组织在上海较早设立的一个秘密站点。

1927年春，中共在上海是公开开展行动。可是，蒋介石很快发动了"四·一二"政变，大肆捕杀共产党人，中共中央机关只得迅速迁往武汉。可是，没等中共中央在武汉站稳脚跟，汪精卫也突然发动了"七·一五"政变，驱逐、抓捕共产党人。

党的活动在连续遭受这两次大的打击之后，被迫转入地下。中共中央经过研究，认为中共没有稳定的根据地，中央机关只能选择设立在群众基础较好的上海。把中央机关选择设立在上海，还有另外一个很重要的原因，那就是上海有租界。

租界区不查户口，交通便利。更重要的是租界区华洋杂居，政出多门，各种势力矛盾重重。在租界区，国民党的警察、宪兵和特务不能随便执行"公务"，更不能开枪、捕人。租界巡捕房捉到共产党，国民党当局只能通过法律程序进行"引渡"，不能随便提走。"国中之国"的这种特性正好可以加以利用，便于寻找掩护的职业和场所，设立党的机关，进行秘密活动。

与此同时，党内高层也充分认识到了必须要建立自己的情报保卫机关，于是，很快便在党内成立了直属政治局领导的中共中央特务委员会。江南特委也成立了保卫处。为了便于指挥行动，保卫处首先设立了自己的指挥机关，这就是16号秘密联络站。当时没有排号，只是称作特委联络站。随后，江南特委各机关相继设立了14个秘密办公地点和联络站。保卫处自己单设了包括原来的这个联络站在内的两个秘密联络站。等到这16个办公地点和联络站建立完成后，陆岱峰才统一为这些秘密站点排了序号。

其中，15号和16号是保卫处的秘密机关。15号联络站是保卫处工作人员的接头地点，16号则是保卫处负责人的秘密接头地点。这两个接头地点，特委其他同志并不知道。而16号联络站则只有陆岱峰、李克明、凌飞和钱如林四人知道，保卫处的其他同志也不知道。

16号联络站所在的这座小洋楼的主人是同盟会的一个元老，他常年居住在北平，在上海的这所房子一直闲着，由他的管家宋世安夫妇看守。宋世安五十多岁，是李克明的妻子宋玉琴的叔叔，因此，李克明便做通了宋世安的工作，把此处设为保卫处的秘密联络点。由于小洋楼的主人身份特殊，不仅国民党的军、警、宪、特不敢前来骚扰，就连租界工部局和巡捕房也是敬让三分。

陆岱峰把萧雅送到太和古玩店后，自己便来到了16号联络站。陆岱峰来到的时候，李克明和凌飞已经来到了，等了一会儿，钱如林也急匆匆地赶来了。为了避免引起怀疑，他们没有开灯，就在黑暗之中围坐在一起，开始开会。

陆岱峰说："告诉大家一个很不好的消息，今天上午军事处在秘密联络点开会，散会以后他们都迅速撤离了。可是，直到今天晚上十点钟，军事处主任杨如海同志都没有回家，也没有往家里打电话。杨如海同志从事地下工作多年，有丰富的地下工作经验，也一直严格遵守地下工作的纪律，如果没有出意外的话，他绝不可能彻夜不归，并且连一个电话也不打。因此，我猜测他很可能出了意外。但是，在来的路上，我把我们今天上午的保卫工作仔细地梳理了一遍，并没有找出什么漏洞。并且我在悦来茶楼亲眼看着杨如海同志从联络站出来，拐进了第9弄。我还特意地留意了一下，在他拐进第9弄的时候，并没有人与他同时或者紧跟着他拐进去，这说明没有人跟踪他。那么问题究竟会出在哪儿呢？"

陆岱峰没有把在茶楼里遇到那两个可疑人的事情说出来，因为他觉得现在说出来，会误导大家的判断。他习惯先让大家把各自观察到的情况和思考说出来，然后再综合分析。陆岱峰说完以后，大家都陷入了沉思。陆岱峰没有催促，而是很有耐心地等着。

过了一会儿，李克明说："这次行动的安保工作主要是由行动队来做的。情报科和联络组基本没有参加。我想先把这次行动的情况简要地通报一下，以便于凌飞同志和如林同志有所了解。

"这次军事处会议的保卫措施是由我和岱峰同志共同商定的。由我具体指挥，为了确保这次会议的顺利召开，行动队调集了十二名队员参加保卫工作，在新闸路13弄12号周围布置了六个暗哨，在街道两头也各安排了两名队员，一旦发现可疑情况立即行动。另有两名枪法好的队员分别安排在玉蟾戏院二楼等制高点，以便出现紧急情况时掩护领导撤退。

"散会的时间正好与玉蟾戏院散场的时间相同，此时街道上人很多，便于同志们分散撤离，并且不易引起怀疑。参加会议的人顺利撤退之后，我才发出信号让行动队队员分散撤退。整个过程就是这样，我和岱峰同志一样，暂时没有找出什么漏洞来。这或许是当局者迷，我们两个人都参加了直接的行动，反而看不清楚。你们想一想，看看有什么问题。"

李克明说完后，凌飞和钱如林都没有说话。他们没有参加这次行动，对行动的一些细节并不知道，只靠别人转述，很难发现问题。

陆岱峰虽然在黑暗中看不清各人的面孔，但他也知道凌飞和钱如林为何沉默。

沉默了一会儿，陆岱峰忽然想起了一个问题，便问李克明："今天在第9弄弄堂口的那个行动队队员是个新手吧？怎么不安排一个稍微成熟一点的人呢？"

李克明略一沉吟，黑暗中虽然看不清他的脸，但是大家知道，他的脸上肯定红了一阵子，李克明说："行动队采取这么大的行动，还是第一次，我动用了两个组，他们中只有很少一部分人是老手，大部分都是刚刚结束训练参加工作的新手。再说，如果不让他们参加行动，怎么使他们得到锻炼呢？"

陆岱峰说："你说的有道理，但是，那个弄堂口已经有一个修鞋匠了，你怎么不安排他化装成其他行业呢？"

李克明说："这我是有考虑的，你没看到戏院门口的那几个黄包车夫吗？他们也是扎堆的。有一些生意人是故意挨在一起的。更要命的是那个队员什么也不会，行动前我问他用什么身份做掩护，他说对修鞋子比较熟悉。而其他的队员都已经安排好了，实在没法调整了。也就只好这样了。"

陆岱峰对李克明的这个回答并不满意，因为黄包车夫在戏院门口扎堆是便于招揽生意，毕竟在这条街道上戏院门口是客流量最大的一个地方。可第9弄的弄堂口就不同了，那儿是不应该出现两个修鞋匠的。陆岱峰觉得李克明在此处的安排的确是有点粗心了。但是他也从李克明的回答中听出了一种无可奈何。毕竟，行动队刚刚成立不久，这是他们第一次担负这样重要的任务。他不能再问这个问题了。

好在李克明也早就认识到了，他说："通过这件事，我觉得下一步必须要对队员们进行这一方面的培训了。以前，我把重点放在了格斗和射击上，现在看来，还必须要教会他们掌握一种掩护自己的活计，以便于更好地保护自己，不至于暴露。只是……"说到这儿，他叹了一口气，"需要时间啊！"

这也正是陆岱峰所考虑到的问题。见李克明已经认识到了，他感到很欣慰。他说："克明和我想到一块儿去了，今后，我们要抓紧时间对行动队队员进行一些必要的培训。我想，只要给我们几个月的时间，这个问题基本就可以解决。"

陆岱峰又向凌飞和钱如林问道："凌飞、如林，你们有什么看法或者想法？都说说！"

凌飞略一沉吟后说："在租界内，国民党的警察和特务不能公开捕人。如果杨如海同志是被捕的话，抓人的应该是巡捕房。可是我没有得到巡捕房的消息，这证明不是巡捕房抓的……"

没等凌飞说完，李克明就打断他的话说："你在巡捕房收买的那个马探长根本就不是真心实意为我们服务，他只是为了从我们手里多弄点钱。真有大事的话，他不一定会告诉我们。"

听了李克明的话，凌飞无话可说。因为，李克明说出的也正是凌飞所担心的。

陆岱峰接过李克明的话茬说："克明的担心是有道理的。"然后他冲着凌飞说，"凌飞，你明天亲自找一下马探长了解一下情况。如果不是被巡捕房在抄靶子时抓走的话，就很有可能是国民党特务秘密逮捕了杨如海同志，那就说明我们内部出了问题。"

巡捕房经常在租界内对行人进行突击检查，一旦发现有可疑人员便抓回巡捕房进行审讯。巡捕们把这种突击检查形象地叫作"抄靶子"。

听了陆岱峰的话，三人的心里都猛地一震。因为如果是内部出了叛徒的话，那后果就很严重了。

钱如林一向很少说话，这一次在陆岱峰的一再催促下，他说出了自己的想法："我看我们应该明天安排人暗查一下参加会议的其他人是否出事了，然后再做出判断。如果是内部出了叛徒的话，他不可能只供出杨如海同志一个人，那么其他人也会同时被捕。如果其他人没有出事，则说明这可能是一个偶然事件。"

陆岱峰说："这也不一定，如果叛徒就在参加会议的这几人之中的话，为了不暴露自己，也很有可能只逮捕一部分人，而留下一部分人不抓。"

李克明说："我听说国民党中央组织部成立了一个党务调查科，名义上是搞党务调查，实际上是针对我们的。听说这个组织很严密，不过要是能派人打进去，那么我们就不会像现在这样，在黑暗中摸瞎了。"

听了李克明的话，陆岱峰说："这个问题很重要，等我们处理完这件事，凌飞同志负责去做。尽快安排我们的人打入到敌人内部去。"

大家又讨论了一会儿，最后，陆岱峰说："我们目前的任务很明确，首先是查明杨如海同志的去向，如果是被捕，我们则必须全力营救。其次是迅速将有可能暴露的相关同志撤离。三是对知道此次会议的人员进行考察和甄别。"

说到这儿，他稍微顿了一顿，然后接着说："这样吧，明天克明去了解一下参加会议的其他同志是否安全，注意要仔细查看他们的住处周围是否有特务监视。如果没有被监视，则说明他们没有暴露，他们的住处杨如海同志是不知道的，所以，他们不必转移。顺便可以观察他们的情况，看是否有可疑之处。"

李克明说："岱峰同志，这几个人住得比较分散，时间又很紧迫，我考虑是不是可以安排行动队的几个组长去了解一下？"

陆岱峰皱了一下眉头，想了想，说："他们并不知道军事处几位科长的住处，再说，让他们知道合适吗？"

李克明说："这几个组长都是非常可靠的人，绝对没有问题。"

陆岱峰略一沉吟，勉强地说："那好吧。"

李克明又说:"散会之后我马上就去布置。我觉得我们应该对他们逐一进行审查,为了保险起见,我看有必要将参加军事处会议的几位科长从住处接出来,分别安排到旅馆去住下,然后分别进行审查,确保不出纰漏。"

陆岱峰赞赏地点了点头,他对李克明说:"这件事你务必要亲自去办,至于暗中监视和保护他们的队员,一定要仔细挑选。"

然后,他又对凌飞说:"凌飞,你负责向巡捕房和警备司令部以及警察局打探杨如海同志的情况。巡捕房那边你就去找马探长,要从他的嘴里掏出实情。如果不是巡捕房抓的,你再找警备司令部的人去了解。驻守军事处联络站的军事处秘书金玉堂的哥哥金满堂在警备司令部总务处当副处长。我们曾经让金玉堂去做他哥哥的工作,金玉堂汇报说他哥哥表示在不暴露身份的前提下愿意为我们做事。这件事原先一直是你在做的,你和金玉堂比较熟悉。我看,这件事我们可以让金玉堂去找他哥哥了解一下,看看杨如海同志是不是被警备司令部的人抓去了,顺便也可以对金玉堂进行一番考验。"

听了陆岱峰的安排,凌飞没有说话,只是在黑暗中用力地点了一下头。

陆岱峰又转头冲着钱如林说:"如果是我们内部出了问题,那么不管谁是叛徒,金玉堂家的联络站肯定是暴露了。如林,你负责安排金玉堂夫妇迅速撤离。但是,先不要把他们安排进其他联络站,可以把他们先安置在旅馆里,等我们调查清楚以后再请示特委给他们重新安排工作。同时,你还要把杨如海同志所知道的联络站暂时撤离。我沿杨如海同志回家的路线去做一下调查,看看能否发现一点什么,或许能够查出杨如海同志是在什么地方出了问题。"

说完之后,陆岱峰问:"还有什么问题吗?"

大家都说没什么问题了。

陆岱峰走到窗前，掀起窗帘的一角向外边看了看，此时离天亮还有几个小时的时间，街道上连一个人影都没有，如果此时出去，走在街道上很容易引起别人的怀疑。再说，其他队员此时也正在睡梦之中，如果在这寂静的夜里去敲门，也是很不妥当的。

他沉思了一会儿，然后转过身来对大家说："我看今天晚上我们就不必回去了，在这儿再把明天行动的事情详细地讨论一下，要力争把每一个细节都想到，不能出现任何疏漏。待会儿让老宋给我们做点吃的，吃过饭后我们在这儿稍微休息一会儿，待天一亮就分头行动。明天的行动中各人要随机应变，有紧急情况到古玩店找我。如果没有特殊情况，我们明天下午四点还在这儿碰头。"

第四章　秘密据点

麦特赫斯脱路郑家巷91号，一个并不显眼的两楼两底的石库门房子，门口挂了一块"新新药店"的牌子。平常，这个店里只有三个人，一个是五十多岁、脸上写满了沧桑的男医生，其他两个人都是年轻的小伙子，负责卖药和干杂务。

很多人都以为那个年长的医生就是老板，其实不是，他只是这家药店的二掌柜。新新药店还有一位大老板，他一般不在药店里露面，即使偶尔来药店，也很少过问药店的生意，而是在二楼喝茶或者是会客。这个神秘的大老板就是江南特委委员、保卫处副主任兼行动队队长李克明。

这家小药店是行动队的秘密据点。那位五十多岁的二掌柜叫胡万成，负责驻守机关。两名小伙计，一个叫张全，一个叫苏小伟。在保卫处下设的三个机构中，行动队人数最多。情报科有十几个人，联络组只有七个人。而行动队则有四十多人，分成五个小组，平时他们都分散开来，五个组长定期到据点来汇报工作和领取新任务。

李克明之所以用药店做掩护也是经过了一番深思熟虑的。开一家药店，每天都会有很多人来问医取药，这样一来，行动队的组长和骨干队员来接头就不会引起人们的注意。

此时，李克明在二楼一边喝着茶，一边听一组组长张耀明的汇报："我们去的时候，赵梦君还在家里，在他家的门口也没发现有什么可疑的情况。我已经将他转移到我们找好的旅馆里了。安排陈小轩和冯玉军负责保护并监视他。"

赵梦君是江南特委军事处组织科科长，也是昨天参加会议的其他五名军事处成员之一。李克明听了张耀明的汇报，什么话也没有说，从桌子上的烟盒里抽出了一支烟递给张耀明，然后又抽出了一支烟叼在自己的嘴上。张耀明从桌子上拿起火柴，先给李克明点着了烟，然后又划了一根火柴，自己点上烟。李克明深深地吸了一口烟，身子往后一仰，倚靠在罗汉椅的椅背上，并且闭上了眼。过了一会儿，从他的鼻孔里冒出了两股淡淡的烟。他又慢慢地坐直了身子，微微睁了睁眼，冲张耀明轻轻地摆了摆手。张耀明站起身来，走了出去。

张耀明刚走下楼梯，正遇见三组组长刘学林，两人互相点了一下头，就算打了招呼，然后，刘学林就上了楼。

刘学林带人去了解军事处参谋科科长林泉生的情况，他调查的结果和张耀明的一样。李克明听了以后，仍然是一句话也不说，摆了摆手就让刘学林走了。很快，二组组长王泽春、四组组长夏少杰也都汇报了情况。

四个组长都汇报完后，便都在一楼等着，五组组长林一凡也早就在那儿等着开会了。大家聊着一些与今天的工作毫不相干的事情，好像他们很有闲心似的。其实，他们的心里都很紧张，他们都知道出大事了。但是，他们之间不能自行把自己了解到的情况说出来。这是李克明的规定。

他们五个人都直接受李克明领导，不能横向发生联系。各小组组长虽然认识，但是不能说出各自的住处，更不能把自己手下的队员姓名告诉其他组长。这是李克明根据地下工作的危险性做出的决定。这样一来，如果某一个队员甚至是某一个组长被捕叛变，他只能供出自己本组的一点情况，对其他组却一无所知。这就确保了行动队万一遇到大的变故时不至于被一网打尽。因为有这些规定，所以这几个组长凑在一起是不能擅自谈论工作中的事情的。只有在李克明面前，他们才可以发言。

李克明独自一人在屋子里，一边抽烟，一边来回踱着步，他陷入了沉思中。

过了好长时间，李克明才把五个组长叫上二楼，开始开会。他首先发言说："从了解到的情况看，参加会议的这四个科长都没有出事，并且也都没有被监视。难道柳风同志真的是巡捕房抄靶子给抓走的？那也就是说这个事件是一种偶然或者是巧合？"这五个组长并不认识杨如海，所以李克明在他们面前说的是杨如海的化名柳风。他这两个问题说出来，五个组长都没有接腔，因为他们都知道，队长肯定早就想好了，他们听着就是。

这是李克明和陆岱峰最大的不同之处，陆岱峰总是喜欢先让部下说出想法然后自己再进行分析。可李克明总是先说出自己的想法。当然，他也有他的想法，他是怕听了别人的意见之后自己的思考会受影响。他的这种做法好像有点霸道，但是，在这个特殊的时期和特殊的环境下，这种做法往往也很有效。也正是因为这一点，行动队的行动从不拖泥带水，总是斩钉截铁。当然，李克明也并不是听不进别人的意见。当真的遇到自己百思不得其解的事情时，他是很能听进别人的意见的。只是这样的时候并不多，因为他思考不出来的事情，也就很少有人能够想得出一个所以然来，在整个保卫处机关，恐怕也只有老刀能有这种本事，所以，李克明对老刀一直很尊敬。

没有人接腔，李克明一点也不奇怪，他继续说下去："这也不是没有可能的事，前不久咱们江南特委的副书记张英同志就在杨树浦韬明路的老怡和纱厂门口突然遭遇巡捕房抄靶子，被抓进了公共租界老闸巡捕房。后来被以共产党嫌疑犯名义引渡到淞沪警备司令部看守所。由于中央多方采取措施，使得敌人始终无法判别张英的真实身份，最后法庭只能抓住张英随身携带的那包传单，以'参加反革命为目的的集会'为罪名，把他当作普通工运活动分子判处五年徒刑。上级要求咱们保卫处进一步采取措施，尽快营救张英同志出狱。这个任务就落在了我们行动队的身上。至今我还在为这件事儿头疼。现在，杨如海同志又出事了，这可真是雪上加霜啊！"说到这儿，李克明皱紧了眉头。

王泽春说："自从张英同志因为携带传单上街被捕以后，中央已经再三强调，不允许各机关的负责同志携带违禁品外出，以免发生意外。即便是开会所需要的文件也都由联络员秘密传送。那么，柳风同志身上应该不会带有违禁品，以他多年的地下工作经验应该是能够应付巡捕房的这种突击检查的。可除了巡捕房抄靶子这种偶然事件以外，他的失踪就还有一种可能，那就是他的身份暴露了，被国民党特务秘密逮捕了。以此推理下去，那就是一个很可怕的结论：我们党内出现了叛徒。并且，这个叛徒就出在那天参加会议的军事处成员或者是参加保卫工作的我们行动队队员之中。"

听了他的话，其他几个组长都觉得心里一震。

李克明很严肃地看了看王泽春，又用严厉的目光扫视了一下其他几个人，然后很自信地说："对行动队队员，我是很相信的。因为每一个队员都经过了严格的审查，并且我在行动队里安排了自己最亲信的人对所有队员进行监视。不论是谁，只要稍微有一点异动，都逃不过我李克明的眼睛。也正是因此，我曾经在特委会议上多次信誓旦旦地保证过，我的行动队绝对是铁板一块，不会出现任何问题。"

说到这儿，他顿了一顿，接着说："如果出现叛徒的话，那叛徒就只能是出在参加会议的军事处成员之中。那么这个人会是谁呢？参加军事处会议的一共有六个人，除了柳风同志以外，另外的五个人，赵梦君、林泉生、李学然、吴玉超、金玉堂，我都没有接触过，只是在这次会议之前，老刀才拿来了这几个人的照片，让我看了看，并让我记住这几个人的面貌特征，目的是为了在出现意外情况时，能够迅速保护参会人员撤离，以免出错。在会议结束之后，除了金玉堂之外，其他五个人都先后离开了联络点。第一个走出来的是李学然，然后依次是林泉生、吴玉超、赵梦君，最后离开的是柳风同志。当时，我就在联络点附近，化装成了一个黄包车夫，装作在等待玉蟾戏院里的主顾，我是亲眼看着这几个人分散走出联络点的。当时并没有看出哪一个人有什么异常的举动。"李克明停下来，慢慢地抽了一口烟。

刘学林说："可是，如果是参加会议的这五个人中间出了叛徒，他事先并不知道柳风同志这一天来参加会议会穿什么服装，他的手中也不可能有柳风同志的照片。因此要想出卖柳风同志，这个叛徒就必须向埋伏的特务发出信号，告诉他们行动对象是谁。那么，他就一定会有一个特殊的动作。当时，队长不是在现场吗？您想一想，看看有什么问题。"

听了刘学林的话，大家都觉得很有道理。李克明在椅子上慢慢地坐下来，又狠狠地吸了一口烟，然后闭上了眼睛。过了一会儿，他慢慢地睁开眼，说："我把这件事的前前后后详细地给你们说一遍，你们认真听一听，看能不能从中发现点什么。

"前天，我得到了通知以后，就事先来到了军事处秘密联络站所在的新闸路上，对地理地形都进行了一番仔细的查探。联络站就设在新闸路13弄12号临街的一座二层小楼上。这个联络点是咱们保卫处联络组负责给军事处设立的，这座房子也是经过精心挑选的，它就在13弄的弄口，在临街的一面，一楼是一个戏剧服装店，从一楼进去能够直接进到屋后再顺楼梯上二楼。这个院子的正门却是在13弄里。军事处的会议就在二楼召开，同时，二楼也是军事处主任柳风的办公地点，通过二楼的窗户，能够看见整个新闸路上的情况。如果有紧急情况，开会的人可以从二楼下来，不走一楼的戏剧服装店，而是直接从院子的正门出去，沿13弄跑到另一头迅速撤离。也就是说，这座小楼有两个出口，一个就是设在新闸路上的戏剧服装店，另一个则是在13弄里的院门。

"先说说这所房子的情况。这座房子本来是一个商人开的服装店，由于斜对面就是上海滩有名的玉蟾戏院，所以这家服装店的买卖很是兴隆。咱们看中了以后，便以高价租了下来当作了军事处的秘密联络站，由刚从苏联学习秘密工作回来的金玉堂夫妇驻守。但是，由于原来的服装店买卖很好，人来人往，人员混杂，特委觉得这样不利于军事处人员的安全。于是，便把它改作了戏剧服装店。这样一来，与斜对面的玉蟾戏院相呼应，让人觉得这是很正常的事情，而一般人也不会来买戏剧服装，所以来往人员也就相对比较少。

"再接着说我前天的侦查活动。由于我不能在街道上来回徘徊，所以我就一边察看着，一边装作很闲适的样子慢慢地登上了悦来茶楼。由于天色还早，茶楼里茶客并不多，我就直接登上了二楼，找了临街靠窗的一个座位坐下来，要了一壶铁观音，慢慢地品起茶来。此时，茶楼内的京剧票友即兴演唱会还没有开始，我也就装作漫不经心的样子，很随意地看着窗外。其实，街道上的每一个摊点、每一个行人都逃不过我的眼睛。我要把这些相对固定的做小买卖的摊贩牢牢记住。因为按照规定，特委机关召开秘密会议，最早是在开会前一天晚上才能告诉与会者。也就是说，现在，参加会议的人还不知道有这个会议，那么，敌人也就不会在这儿设下埋伏。这些摊点都是以前就在这儿的。那么到了第二天开会的时候，如果有新增加的摊点或小贩，那就需要格外注意。同时，我还要找出几个关键点，在这几个关键点上安排人手，以便于在遇到紧急情况时控制局面。"

以前，李克明从来没有把自己在行动中的事情向部下讲得这么详细，这一次却将事情的原委以及自己当时的想法都详细地说出来，这让五个行动组组长感到意外，同时也让他们觉得这件事的确是很重要，李克明的压力很大。

李克明在给部下开会时，从来都是说得很少。他不喜欢多说话，而是喜欢思考。他说出的话，都是经过深思熟虑的。可今天，他却说得这么详细，他的这次反常举动使大家都感到了一股沉重的压力。他们都没有说话，静静地听着李克明说下去：

"昨天，在开会之前，我就把行动队队员安排在了那几个观察好的点上。我自己也化装成了黄包车夫，亲临现场指挥。在戏院门口两侧，有五个黄包车夫，我观察好了，他们都是前一天就在这儿等客的，也就是说这五个人是长期固定在这儿拉客的。

"昨天早上六点我到车行租了一辆黄包车，当然是说自己刚失掉工作，先租一天试试，如果可以的话，再长期租。车行不愿意租给我，我便答应一天给人家一天半的租金，这才租下了一辆黄包车。我化装成黄包车夫也是早就想好了的，因为如果是化装成行人或其他的商贩，你不可能在一个固定的地点待上几个小时不动。只有黄包车夫，装作是被某个有钱的老板给包下来了，而老板呢现在正在戏院里看戏，自己便可以在外边等着。即便是有人来坐车，也可以明白地告诉他这车已经被人包下了。当然，为此我还专门买了一张戏票，让林一凡打扮成了一个阔老板的模样，到戏院里美美地看了一上午的戏。"

说到这儿，大家都向林一凡看了一眼，若在平时，大家肯定会跟他开个玩笑，说这小子"假公济私"，占了便宜了。可今天，谁也没有开玩笑的心情。

李克明接着说："在戏开场之前，我便拉着林一凡早早地来到了戏院门口，林一凡进了戏院，我则拉着车子离开了戏院门口。我感觉到了戏院门口那几个黄包车夫不友好的目光。每一行都有每一行的规矩，黄包车夫也都是各自有固定的地盘。我把车子停在戏院门口的对面，就在戏剧服装店门口西侧几十米外。

"军事处会议的散会时间故意与玉蟾戏院的散场时间相同，当看戏的人们纷纷走出玉蟾戏院的时候，我首先看到李学然从服装店里走出来，他下意识地向玉蟾戏院门口扫了一眼，抬手按了一下头上的礼帽，然后便扭头向东走去，很快便混入了人群中。相隔不过两分钟，林泉生从弄堂里走出来，在弄堂口他迅速地向左右扫视了一下，抻了抻衣角，然后便向西走去。几乎与此同时，吴玉超从服装店走出来，他站在服装店门口，向大街上看了看，然后也向西走去。当走到我身边时，他扭过头看了我一眼，当我也注视着他时，他的目光很快地跳开了，加快脚步走了。我看了看他的背影，然后回头，便看到赵梦君从弄堂里走出来，他哪儿也没看，直接向东走去。可是，就在他刚走出几步的时候，从戏院里出来的一个人快步赶上他，说了一句什么，然后那人便独自走开了。我正有点诧异地注视着这一切时，柳风同志从戏剧服装店里走了出来，我立刻收回目光。

"我看到柳风身穿直贡呢马褂、灰色哔叽长袍、戴一副眼镜，他出了门，回身向往外送他的金玉堂拱了一下手，像是一个谈生意的老板模样。然后便转身向东走去。我一直观察着柳风周边的人，并没有发现有人跟踪。等到看着柳风在前边拐了弯儿，拐进了9弄，我便摘下了帽子，拿在手中看了看，然后又戴上。这是一切顺利，安全撤退的信号。

"我刚把帽子戴在头上，林一凡便过来了，林一凡是故意走在后面，以便于给行动队足够的掩护时间。他来到我身边，我便赶紧弯下腰，做了一个请的姿势。林一凡大模大样地坐进车里，我拉起车就走。见近处无人，林一凡这小子还笑着说：'怎么样，一切顺利吗？'我头也不回，一边拉车，一边说：'你小子别装糊涂，不顺利你还能坐在车上啊？老子早把你给掀下来了。'林一凡还笑着说：'唉，你如果觉得拉我委屈，改天我再拉你一回。'这就是昨天的全部经过。给你们十分钟考虑时间，十分钟后，每个人把自己想到的全部告诉我。还是老规矩，在没有说给我听之前，任何人不得与别人沟通。"

说完话，李克明便站起身来，走到窗口，向外凝望着。正在这时，胡万成急匆匆地走上楼来，将一张纸条交给了李克明。李克明打开一看，是一张抓药的单子，他立刻拿着这张纸进了里屋，用一支毛笔从一个墨水瓶子里蘸了一下，然后在那张纸上一涂，在药单子的行间便出现了另一行字迹：

尖刀：事情有新发现，速到 16 号。老刀。

尖刀是李克明的代号，特委的几个主要领导都有代号，并且都带着一个"刀"字。情报科长凌飞的代号是飞刀，联络组长钱如林的代号则是小刀。

李克明来不及听各小组长的分析了，他立刻散了会，赶往 16 号秘密联络站。

第五章　军事处秘书

金玉堂早上起来，还没来得及洗漱，就来到一楼的服装店，低头一看，在门口有一张小纸条。他赶紧拿起来，只见上面写着：

金老板，明天上午八点半，在金孔雀咖啡厅米老板要和你谈一笔生意。天晚了，恐怕你早已经睡下了，就给你留了这张字条。

下面落款日期是昨天，没有人名。

这是地下党组织与他接头的暗号，上级与他约定，如果是白天，就会安排人直接来找他，只要提到米老板，就是地下组织的人。因为在金玉堂交往的圈子里没有人姓米，这样就避免了与别人产生误会的可能。如果是晚上紧急通知，就从门缝里送纸条，这张纸条上写的内容很简单，即使被外人发现，也不会引起怀疑。

金玉堂每天早上起来都要先到门边看看。自从他驻守联络站半年多来，从来没有出现晚上送纸条的情况，但是，他仍然每天早上起来先到门边看看，然后再去洗漱、吃早饭。

金玉堂看完字条，稍一沉思，从兜里掏出烟卷，叼在嘴里，然后划着火柴。可他的心里太紧张了，手抖动得厉害，没等点着烟卷，那根火柴竟一下子熄灭了。他深深地吸了一口气，又划燃了一根火柴，先点燃了那张纸条，又用纸条点着了烟。

吃过早饭，金玉堂把手头的活儿料理了一番，对妻子何芝兰说要出去谈一笔生意。说完，便出了门。

金玉堂走进金孔雀咖啡厅的时候，里面的客人并不多。他慢慢地走进去，迅速地打量了一下，这时，他看见最里面一张桌子前的一个人站起来向他打招呼："金老板，我等您一会儿了，请这边坐！"

他知道，这就是今天约他见面的人了。这时一位侍者也正想走过来迎接金玉堂，见有人打招呼，便止住了脚步，顺势对金玉堂做了一个请的姿势说："先生，您请！"

和金玉堂打招呼的这个人，看上去只有二十多岁的样子，面庞微黑，一双眼睛不大，但他的目光却像幽深的湖底一样让人看不透。在这样的地方与人秘密接头，竟然是如此的镇定和从容，这是一个二十多岁的人很难做到的。他的成熟、老练与他的年龄很不相称。

这个人金玉堂认识，他以前曾经找过金玉堂，让他做他哥哥金满堂的工作。不过，他并不知道这个人的真实姓名叫凌飞，也不知道他是保卫处情报科科长。那个时候，凌飞告诉他自己姓张。

金玉堂走过去，在凌飞的对面坐下，他稳了稳心神，想了想，他不能像以前那样称呼人家张先生了。于是他微笑着说："米老板，您很准时啊！"

凌飞还是微笑着说："金老板，今天兄弟找您来，是想请您帮一个忙。"

金玉堂说："米老板，有什么事要我帮忙，您尽管说！"

凌飞没有接着说话，而是慢慢地把咖啡杯凑到自己的嘴边，却没有喝。他抬起眼好像是无意地向四周看了一下。其实，他不用看也知道，这个时间很少有人来喝咖啡。他们说的话不会有人听见。他向四周这一扫视，实际上是为了查看一下金玉堂的身后是否有尾巴。在确信没有什么可疑之处后，他才说道："杨如海同志失踪了。"

金玉堂的身子一震，不由自主地身子往前一凑，紧张地说："什么？！杨如海同志失踪了？"

凌飞没有说话，只是从鼻子里轻轻地嗯了一声，随即看了金玉堂一眼。

刚才金玉堂还是像和老伙计谈生意一样，满面春风的样子，可是这个消息太令人震惊了，金玉堂感到后脊梁上直发冷，在他家里开了会，然后杨如海就失踪了，这个可怎么解释呢？他定了定心神，问："米老板，您是怎么知道的？"

凌飞啜饮了一口咖啡，眼睛向四周迅速地扫视了一遍，咖啡杯还端在手里，脸上的笑容却没有了，嘴里却低声说道："金老板，我是老刀的人。"

说完这句话，他慢慢地把咖啡杯放在桌子上，眼睛却一直盯着金玉堂，好像要从他的脸上挖出点什么。

金玉堂吃了一惊，老刀这个名字他并不陌生，在整个地下党组织中，上到中央政治局常委会主席和各部部长，下到每一个普普通通的地下党员，人人都知道有一个代号叫老刀的人，知道老刀掌握着一支秘密队伍。

关于这支秘密队伍的传说很多，金玉堂曾听人说老刀的手下个个都像长了千里眼、顺风耳似的，什么事情都瞒不过他们，并且他们个个都身手不凡、枪法神奇。据说他们对付叛徒的手段更是厉害，常常能够杀人于无形。总之一句话，如果你是一个叛徒的话，只要被老刀的人盯上了，不论你有多少人保护，也不论你采取了什么样的防范措施，你都必死无疑。

就在一个月前，一个叫张伟年的地下党员秘密向上海淞沪警备司令部传递情报，说自己可以提供中共中央政治局常委罗迈的行踪。可是，就在警备司令部派人去与他秘密接头的时候，却发现他已经死在了一家豪华酒店的包间里。而这个包间就是警备司令部预定的。据说，老刀的人赶在警备司令部行动之前化装成了警备司令部的参谋长约见了这个张伟年，这个张伟年和老刀的人喝了一杯从同一个壶里倒出来的酒，就去见了阎王。这是金玉堂从他的那个在警备司令部总务处当副处长的哥哥金满堂那里听说的。

想到这儿，金玉堂端着咖啡的手不由得哆嗦了一下，差点把咖啡洒出来。这一切当然没有逃过凌飞的眼睛。金玉堂紧张地一抬头，他看见凌飞的脸上依然是平静的。

金玉堂说："可是，昨天他主持完军事处的会议之后，很安全地离开了联络站。怎么会失踪了呢？"

凌飞很认真地看着他，好像要看他说的话是不是真的。过了一会儿，凌飞才说："他就是在参加完军事处的会议以后失踪的。这件事，我们会深入调查的。现在我需要你帮我做一件事。"

金玉堂问："米老板，不知我能做什么呢？"

凌飞说："金老板，你的哥哥不是在淞沪警备司令部当副处长吗？"

金玉堂说："是啊！"

凌飞接着说："麻烦你尽快与你哥哥取得联系，打听一下杨如海同志是不是被警备司令部的人抓去了。如果是他们抓的人，还要打听一下关在什么地方。当然，打听得越细越好。你也是一个有一年多地下工作经验的老同志了，该怎么做你应该清楚。我就不多说了。"

金玉堂满口答应："好，我马上就打电话去问。"

"不，不能在电话里问这些事情，你可以打电话把你哥哥约出来，当面询问更安全一些。"

"那我打听到消息以后，怎么向你汇报呢？"

"你不用找我，到时候我会安排人来和你接头，也可能还是我来找你。"

金玉堂说："如果没有别的事，我是不是可以走了？"

凌飞微微一笑说："当然可以走了。只不过你不必回你的戏剧服装店了。你的服装店挂出了暂时歇业的牌子。为了你们的安全，我们已经安排人把你的妻子接出来了，暂时安顿在一家旅馆里。你去找你哥哥打听好以后，就直接回到这家旅馆。"说着话，凌飞从衣兜里拿出一张纸条递给了金玉堂，"这是旅馆的具体地址。"

金玉堂接过那张纸条，打开看了看，见上面写着：亚东旅馆307房。他把纸条装进口袋。他觉得口袋里装的不是一张薄薄的纸条，而是一个秤砣，压得心里沉甸甸的。

　　最后，凌飞嘱咐说："金老板，虽然我不是你的联系上线，但是，你必须服从我的安排，在事情弄清之前，你和所有参加会议的人都必须接受组织的审查和考验。在此期间，你的一切行动都要听从我的吩咐，没有我的指令，你不能擅自与任何人联系，也不得擅自离开亚东旅馆。这是老刀的命令。"

　　金玉堂听了最后一句话，心里一凛，因为他知道，老刀的命令是不能够有一点点违背的，否则就是自寻死路。

　　金玉堂走后，凌飞也紧跟着走出了咖啡厅。凌飞走出咖啡厅并没有立刻离去，而是走进了一条僻静的弄堂，把自己的上衣翻过来穿上。原来，他的上衣是里面也可以翻过来穿的。只是，上衣的里面和外面是不同的颜色。这样一来，不是熟悉的人，猛一打眼，还真看不出他就是刚才的"米老板"。然后，他又快步走出弄堂，远远地跟在了金玉堂的身后。金玉堂一边走，一边不时地回头看看，可他却没有发现跟在后面的凌飞。

第六章　桃色事件

　　太阳已经懒洋洋地升起来了，陆岱峰慢慢地走在四月早晨的阳光里。他沿着杨如海昨天走过的路线，一边向前慢慢地踱着步，一边细心地观察着。当他走到第9弄的弄堂口时，不禁放慢了脚步。第9弄是一条南北向的弄堂，中间被东西向的新闸路截断。他先是扭头向南边望去，在新闸路南第9弄的弄堂里，连一个行人都没有。然后他扭回头向北边的弄堂里走去。昨天，杨如海正是从这儿消失在他的视线里的。

　　沿着第9弄向北走去，这个弄堂很窄，两边都是一楼一底的新式石库门住宅，如果在这儿想悄悄绑架一个人是有难度的。毕竟这条弄堂是一条老式的弄堂，宽度大约只有三米左右，进不来汽车，甚至连黄包车也很难通行。把一个人劫持着走出这条弄堂，势必会引起别人的注意，尤其是这条弄堂的北边出口就是贵州路，在那条路上有英国人的老闸巡捕房，如果是国民党的特务或警察秘密进行逮捕的话，他们是不会在这条弄堂里动手的。想到这儿，陆岱峰稍微加快了脚步，很快便走出了弄堂。

　　出了弄堂口往西走，不远处就是老闸巡捕房。杨如海回家应该是往东走，陆岱峰一边观察一边向东走去，他看到前边不远处有一个面馆，这个面馆在路北边，门前有一块招牌，招牌上写着"如春面馆"。陆岱峰望着这家面馆，灵机一动，快步向前走去。

　　这个时候，已经过了吃早点的时候，所以面馆里面倒是很清闲。陆岱峰刚刚走到近前，一个肩上搭着一条洁白毛巾的堂倌便笑容可掬地迎上来打招呼："喔吁！先生，您要'宽汤'还是'过桥'？"

陆岱峰走过去，在一个位子上坐下，随口说道："宽汤。"

那堂倌便用手挡住嘴巴一侧，放开嗓门向屋里喊着："哎——'宽汤阳春面'一碗！"

阳春面在上海滩是很有名的，它的价钱并不贵。和上海滩号称"四大金刚"的大饼、油条、粢饭、豆浆一样，是上海滩有名的早点。这阳春面看上去就是光光的一碗面条，其实不然，它的清汤是用鸡骨头熬出来的"高汤"，汤面上、面身上撒着几许碧绿生青的葱花，热腾腾的，清香扑鼻。在上海滩，大多数的中产阶级都喜欢在上班前吃上一碗阳春面。

而所谓的"宽汤"，无非就是在面碗里多盛一些清汤而已。而"过桥"则是少盛一点清汤。因为那面在起锅装进碗里时，技艺高超的师傅会将面齐齐整整地放在碗里，那形状就像一座马鞍桥或者是拱形桥。所以，汤水少时那面就会越过汤水。吃客挑面进食的时候，如同过桥一般。

今天，陆岱峰之所以要宽汤，目的是放慢吃饭的速度，吃完面还可以慢慢地喝汤。这样时间多了，他可以装作闲聊的样子多打听一点情况。

在等面时，陆岱峰很随意地说："老板，我这是第一次吃您的阳春面，是听一个朋友说您的阳春面很好吃才多走了一条街道来的。"

一个买卖人，当听到顾客夸奖自己的东西好的时候，没有不高兴的。所以，陆岱峰用这样的一句话开了头。果然，老板一听，立刻兴奋起来，此时又正好没有别人吃饭，他便站在陆岱峰的对面，笑着说："不瞒您说，先生，在周围这几条街道上的面馆里，我的这个是最叫得响的……"

没等他再说下去，陆岱峰说道："昨天中午我的朋友吴老板就在您这儿吃的饭。"老板刚想插嘴说点什么，陆岱峰却不给他机会，继续说下去，"我那个朋友是您这儿的常客，您应该认识他。"

老板赶紧接腔说："常来我这儿吃饭的，我都有印象，虽然不一定都能叫上名号来，但是您一说长相和穿着打扮，我就知道他是谁。"

正在这时，堂倌端来了热气腾腾的阳春面。

陆岱峰却没有趁热吃，而是接着刚才的话题说："哦，是吗？您有这么好的记性？那我可得考考您。我想起来了，昨天吴老板身穿直贡呢马褂，灰色哗叽长袍，还戴着一副眼镜……"没等他说完，面馆老板就笑了。

陆岱峰发现面馆老板笑得有点怪，问道："这有什么可笑的吗？"

听了陆岱峰的问话，老板笑得更怪了，他一边笑着一边说："您的这位朋友的确是经常来我这儿吃饭。可昨天中午他没有在我这儿吃，他遇到麻烦了。"

陆岱峰一愣，但一点也不露声色，表面上装出了一副很吃惊的样子，问："什么？他遇到麻烦了？我的这个朋友可是一个很本分的生意人，从来不做什么非法的事情，为人是很和气的。他会遇到什么麻烦呢？"

老板嘻嘻地笑着说："昨天临近中午的时候，您说的那个老板从弄堂口出来，离我这儿只有十几步了。我正想招呼他前来吃饭，突然从路边的一辆轿车里出来了两男一女三个人。那个女的穿着蓝色旗袍，身材苗条，长得很漂亮，她迎着那个老板走上前去，一把抓住他大声说：'你这个没良心的，想把我甩掉啊，没门！'"说到这儿，老板又笑着问陆岱峰，"先生，您猜那位……您说他姓什么来着？"

陆岱峰只得接上腔说："姓吴。"

"对对对！您猜一猜那位吴老板怎么说？"

陆岱峰此时心里已经明白了八九分，可他故意装出一副很迷惑的样子说："他怎么说？"

面馆老板又露出一副怪笑的样子说："那个吴老板竟然着急地辩解说不认识人家，还想挣脱人家走掉。可那两个男人也上来拉住他，其中那个中年人还劝解说：'你看看，你就别辩解了。我已在酒楼备好了酒席，请你们一起去吃顿饭和解了吧！'那个老板急赤白脸地说：'我不认识你们，你们想绑架啊？'可人家说：'你就别使气了，快走吧！'说着三个人就一起动手把他拖进了车里，车子就开走了。"

说到这儿，老板的脸上又露出了怪笑："刚才您还说您这位朋友是个很本分的人呢。不瞒您说，我这双眼睛是最会看人了。那个女人，长得很水灵，又很年轻，简直像个大学生。我看简直就是个大姑娘。您的这位朋友这不是作孽吗？人家拦住了他，那个姑娘就只说了那么一句话，就红着脸站在那儿不知所措。我想，您这位朋友肯定是欺骗了人家，不然怎么会被人家找上门来呢？"

听了面馆老板的话，陆岱峰心里一震，他的预感被证实了。杨如海不是被巡捕房抓去的，而是被国民党特务秘密逮捕了。

这是在租界，国民党特务不能公开抓人，他们便想出了很多花招。这一招可真够毒的，因为在外人看来，这是一桩桃色公案，被捕的人不论怎么辩解，人们都不会相信你，因为他们以为是被小情人找到了你头上，都看你笑话呢。这家面馆的老板就是这样看的。

这么看来，敌人是有备而来，可他们不可能认识杨如海。陆岱峰忽然想起了昨天在茶楼上遇到的那两个人，心里一下子明白了，那两个人在茶楼就是为了确认杨如海，等到确认以后，他们并没有跟在杨如海的身后，因为那样一来，很快就会被我们的人发现。所以他们坐上黄包车，超过了杨如海，从另一条弄堂里转过来，那辆车肯定早就在这儿等着了。然后他们就上了车，专等杨如海到来。

为了证实自己的推测，他一边吃着面一边对面馆老板说："看来他的那几个朋友早就在这儿等着他了。"

面馆老板说："那辆车倒是早就在这儿停着，那个女的早就坐在车上。后来从前边那个宽弄堂里有两个人坐着黄包车到了那辆轿车边，打发走了黄包车，他们就上了小轿车。那时候吃饭的还不多，我就在这儿四处张望着等客人，所以看得很清楚。你那个朋友平时常到我这儿吃饭，看起来很儒雅的样子，想不到他竟然包养着小情妇啊！有一个那么漂亮的情妇还不知足，真是人心难测啊！"

陆岱峰无心听面馆老板的感慨。证实了心里的猜测，他坐不住了，很快地吃完了面，然后一边结账，一边笑着对面馆老板说："我的朋友是个做小生意的，不可能去包养什么情妇，你看到的绝不是我的那个朋友，只不过他和你看到的那个人碰巧穿的一样。否则的话，昨天晚上我们在一起吃饭时，他怎么只字不提昨天中午有人请客的事呢？"

面馆老板说："这种事儿他怎么好意思说呢？"接着他又想了想，说，"可来我这儿吃饭的，除了他，我还没见到这样穿着的人。"

陆岱峰还是笑着说："以前我的那个朋友并不穿这身衣服，只是昨天晚上我们在一起吃饭的时候他穿着这样的衣服。"

"哦——"面馆老板恍然大悟。陆岱峰则不紧不慢地走了。

他之所以最后这样做，是为了不引起敌人的注意，万一敌人来这儿查问是否有人打听昨天的事，面馆老板把他的特征告诉给敌人，那就不好了。虽然自己已经化过装，但是，无论多么高超的化装技巧，有一些特征是很难改掉的。

离开那家面馆，陆岱峰一边走一边想，昨天晚上定下的行动方案必须改变，有一些事情还必须尽快去做。原定的今天下午四点碰头太晚了，必须提前。他走到一个电话亭，给自己的秘密交通员打了一个电话。

这个交通员代号叫蜜蜂，他只听命于陆岱峰一个人。当然，两人只是电话联系，对方并不认识陆岱峰，也不认识李克明、凌飞和钱如林。他只知道自己听命于老刀，按照老刀的指示写好纸条分别送到指定的地点。至于命令里边提到的 16 号，他也不知道是哪里，是怎样的一个地方。尖刀、飞刀、小刀，他们是谁，他也不知道。

他像一个完全正常的生意人，在贵州路东升客栈的东侧开了一家杂货铺，每天做着自己的小买卖，不显山，不露水。他不与任何人联系，就连他的妻子也不知道他是地下党员。他只负责为老刀传递消息，除此之外，他什么都不管。

他接收消息的方式有两个，一个是通过东升客栈门西边的那个告示牌，另一个是接听电话。贵州路上的公共电话亭就设在他的杂货铺的门口。这种公共电话通常是只有人往外打，而不会有人往里打的。可是，只要这个电话响起来，他就会立刻过去接起来。如果有人看见，他就说他曾把这个电话号码告诉过自己的亲戚，不好意思，沾光了。然后他会对着话筒轻声地说："我是杂货铺的老周，您是找我吗？"

老刀听出他的口音，并对上这个暗号，才向他下达指令。在党的机关里，也只有老刀知道他的身份。在地下党组织的秘密档案里，这个人的档案也很简单，只有化名和入党时间，连一张照片都没有，更不用说住址等，所以他隐藏得很深，但总是在关键时刻起到不可忽视的作用。

陆岱峰打完电话，先到自己的古玩店去了一趟，处理了一下店里的事务，然后便赶往 16 号联络站。

第七章　紧急会议

　　已经快到中午了，16号联络站内，宋世安在院子里侍弄花草，其实也是在放哨。二楼的书房里，陆岱峰等四人正在开会。

　　陆岱峰说："事情紧急，我们的工作方向必须要做出调整，为了下一步行动的顺利，你们先把各自的情况简要地说一说！"

　　凌飞和钱如林都不约而同地看了一眼李克明。

　　"我先说吧。"李克明说，"今天早上回去以后，我安排人对昨天参加会议的军事处的四个科长进行了初步调查，他们都没有出事，在他们家的周围也没发现有人监视。我正想与各组长讨论一下谁的嫌疑最大，就接到了通知，来这儿开会。我的心里虽然有一点想法，但是还很不成熟。还是先听听凌飞同志和如林同志调查的情况吧。我待会儿再说。"

　　凌飞说："我已经与马探长接了头，他说巡捕房昨天没有搞突击检查，更没有抓人。根据我的观察，他说的应该是实话。随后我又约金玉堂见面，让他去向他哥哥打探消息。现在还没有回音。在我来之前，刚刚接到了在警察局的内线的情报，警察局也没有抓人。"

　　钱如林说："我已经将该转移的人都转移了。为金玉堂夫妇也找好了旅馆。"

　　每个人的回答都很简短，这是陆岱峰历来的要求。每次开会，他都要求部下先把之前布置下去的事情落实情况简要汇报，以便大家对整个事情先有一个大体的了解，然后再展开讨论，讨论的时候各人再对自己的发现和怀疑进行阐述，这样就可以避免以偏概全做出错误的判断。

汇报完以后，陆岱峰又说："发现有什么可疑的地方吗？今天还有紧急的事情要做，简略地说。"

这是这次短短的会议之中陆岱峰第二次要求说话要简略。大家都看出了事情的紧急。以前，每次开会，陆岱峰总是要求大家把自己看到的和想到的详细地说出来。他在大家的叙述中，通过想象和推理，做出自己的判断。也正是由此，陆岱峰做出的判断往往都异常准确，有时准确到令人吃惊的地步，就好像是他在现场亲眼所见，甚至像是他自己做的一样。

但是，今天不同，毕竟失踪的是江南特委的三号人物，如果是被捕的话，多耽误一分钟，就会增加一分营救的困难，甚至是关系到杨如海同志的生与死。大家当然理解陆岱峰急迫的心情，所以就尽量简短地汇报。

李克明说："昨天，军事处散会以后，第一个出来的是李学然，他走出服装店时向玉蟾戏院门口扫了一眼，抬手按了一下头上的礼帽。第二个出来的是林泉生，他是从弄堂里出来的，在弄堂口他迅速地向左右扫视了一下，抻了抻衣角，然后便向西走去。吴玉超从服装店走出来，走到我身边时，他扭过头看了我一眼，当我也注视着他时，他的目光很快地跳开了，加快脚步走了。赵梦君从弄堂里走出来，就在他刚走出几步的时候，从戏院里出来的一个人快步赶上他，两人好像说了点什么，然后那人便独自走开了。这四个人都有可疑之处，最可疑的应该是赵梦君。因为，前边那几个人虽然都有可疑的动作，但是，那些动作也有可能是下意识的。如果有人在暗处等着看他们的信号来确定谁是杨如海时，他们的那些动作只能提供行动信号，却不能提供杨如海的确切信息，也就是说凭他们几个人的动作，敌人无法确定谁是行动对象。而只有赵梦君才有这种可能，因为有人和他交谈了，他完全可能告诉对方杨如海同志穿着什么衣服，以便敌人迅速确定行动对象，然后实施抓捕。因此，我觉得赵梦君最可疑。"

听了李克明的分析，陆岱峰说："我也注意到了赵梦君的这种情况，这的确很值得怀疑。但是，我们不能有先入为主的想法，对另外三人绝不能放松审查。"

说完话，他又看了看凌飞，示意凌飞说说情况。

凌飞说："通过与金玉堂的接触，我觉得他也很可疑。在与我交谈的时候，他的目光总是躲躲闪闪，尤其是当我说到'我是老刀的人'时，虽然他表面上看上去还镇定，可他的心里很紧张，不知道想什么，半天不说话。我想，他也是接受过地下工作训练的人，如果心里没有鬼，不应该这么紧张和害怕。"

以前，在每个人说出自己的想法之后，陆岱峰一定会和大家一起对这些想法进行详细的讨论，可今天，他没有发表自己的见解，更没有将自己是如何进行调查的向大家做一个详细的通报，而是很简单地说："今天上午，我沿着杨如海同志回家的路线做了一番调查，可以肯定，杨如海同志是被敌人秘密逮捕了。目前我们紧要的任务有两个，一是迅速查明杨如海同志被关押在什么地方，并制定出营救方案全力营救；二是查出叛徒，坚决铲除，以防造成更大的损失。"

陆岱峰在说出自己的计划之后，没有像以前那样让大家讨论一番，而是直接将自己考虑好的安排布置下去："凌飞，你负责查清杨如海同志的关押地点，然后与克明一起制定出营救方案。"

凌飞和李克明都点了点头。

陆岱峰又说："既然我们可以肯定是叛徒出卖，那么，杨如海同志的真实身份敌人肯定已经掌握了。在这种情况下，我们恐怕只能采取武装营救了。克明，你回去之后立刻命令行动队做好武装营救的准备。这是我们保卫处成立以来的第一次武装行动，一定要做好充足的准备。需要什么就直接跟如林说，由如林负责准备。"

在党的活动被迫转入地下以后，经常有党员被敌人逮捕。营救被捕人员也就成了保卫处的一项重要工作。保卫处营救被捕人员的方式主要有四种。

第一种方式是"律师辩护"。如果被捕的同志是在租界被巡捕房抓捕的，并且没有暴露真实身份，保卫处便会聘请律师出庭辩护，对被捕者进行合法营救。

第二种方式是"行贿买通"。也就是花钱买通有关敌方人员，争取其以无"罪"为由释放被捕者。

第三种方式是"内线解救"。即利用在巡捕房和敌特机关中建立的特情关系，根据不同情况相机解救。

第四种方式是"武装营救"。这是营救被捕人员的非常措施，只有在前三种营救方式无济于事后，才铤而走险，利用敌人将被捕者由租界引渡到国民党上海市公安局、淞沪警备司令部，或由上海转解南京、苏州等地的机会，途中劫持。

当然，前三种营救方式主要是在被捕人员的真实身份没有暴露的情况下才可以进行，或者是虽然暴露了真实身份，但被捕人员是一般的党内同志，地位不高，敌人不够重视。

这次被捕的杨如海是江南特委的三号人物，又是被叛徒出卖，真实身份自然是暴露了。那么，前三种方式肯定是无效的。所以，陆岱峰果断地做出决定要实施武装营救。

保卫处自成立以来，行动队虽然也执行过追杀叛徒、暗杀特务的行动，但是，全体出动去从敌人手中武装营救被捕人员，这还是第一次。所以大家或多或少都感到有点紧张。

陆岱峰看出了大家的紧张情绪，故作轻松地笑了一下说："大家也不要过于紧张，只要把工作做细，我们就能打好这一仗。从现在开始，只要手头没有急事，我就会来这儿办公，你们在行动中有什么疑难，可以随时到这儿来找我。你们三人之间也要随时联系，密切配合，同时还要注意自身的安全，千万不要盲动。"

三个人都点了点头。

陆岱峰稍一沉吟，又果断地说："至于对叛徒的甄别和追杀，我们可以放在下一步行动中。"说到这儿，他又看着李克明说，"回去以后，监视那四个科长的人员要减少，每个人有两三名队员监视就足够了。监视金玉堂夫妇的工作由情报科的人去做。行动队队员除参加监视活动的人员以外，全部做好武装行动的准备。"

这个会开了不到半个小时就结束了。散会以后，大家立刻分头行动。每个人的心里都感到很沉重，甚至有点压得喘不过气来的感觉。在找出内奸之前，大家的心里都有点惴惴不安。他们不知道，在自己的行动过程中，何时会遇到危险，然而这危险却像影子一样紧紧地跟随着他们，他们每走一步，它也会紧跟一步，而他们却无法抓住它，空有一身的力气却无处可使。

陆岱峰也深深了解自己的三名部下心里的负担有多重，可他无法帮助他们排解。从事地下工作，不仅需要智慧和勇气，更需要有良好的心理素质。

"这是对他们最大的考验。"陆岱峰目送李克明和凌飞、钱如林走出大门的时候想，"不知道他们能不能经受住这个残酷的考验。"

第八章　联络员何芝兰

凌飞从 16 号联络站出来，直到从金神父路拐出来以后，才叫了一辆黄包车，向亚东旅馆奔去。虽然金神父路上就有黄包车，但是，凌飞一向很谨慎，如果在金神父路上叫黄包车，他怕黄包车夫对他有印象。虽说一个黄包车夫对他有一点印象倒没有什么大问题。可是，一旦自己有一天被人怀疑，如果有密探到处打听自己的话，那么很有可能会顺着这条线找到 16 号联络站。所以，他从来不在 16 号联络站附近与任何人有联系，也不会与任何人打交道，即便是一个陌生的黄包车夫也不行。

来到离亚东旅馆还有数百米远的一个街口，凌飞下了车，打发走了车夫，一边观察一边徒步向亚东旅馆走去。来到离亚东旅馆门口只有二百多米的一个鞋摊前，他停下脚步，让人给他擦鞋。那个人一边低着头擦着鞋，一边低声说道："他还没有回来。"

凌飞眼睛看着远处，嘴里低声问："他老婆出去了吗？"

"没有。"

凌飞擦完鞋，掏出一张小票扔在鞋摊上，擦鞋匠一边拾起钱，一边连声说："谢谢！谢谢！"

凌飞像一个阔少一般，昂首阔步地走进了亚东旅馆。

一个堂倌赶紧迎上来。"先生，您是住店，还是吃饭啊？"

凌飞并没有停下脚步，一边大步往前走一边说："我找人。"

堂倌赶紧说："不知您找谁？我给您带路？"

凌飞依然没有停步，嘴里只是淡淡地说："不用。"说完便上了楼梯。

在上海滩，这样的阔少多的是，堂倌早就见多不怪了，便没有再跟上去，而是立刻又去忙自己的去了。

凌飞来到三楼，往右拐，来到307号房门前。抬起手，轻轻地敲门：咚——咚——咚——，咚、咚、咚。三长三短。

敲门声刚停下，门就从里面打开了。一个二十多岁的少妇站在门里面，她身穿旗袍，脸上轻施薄粉，一双大眼睛看着凌飞直忽闪。

凌飞用眼睛的余光向楼道里扫了一下，整个楼道里空荡荡的没有一个人。

凌飞说："您是金太太吧？我是金老板的朋友，他约我来谈一笔生意。"一边说着，一边迈步就往房内走。少妇没有说话，赶紧让开了。等凌飞走进去之后，她刚想回身关门，凌飞笑着示意她不用关门。她迟疑了一下，便只得敞着房门。

今天她刚刚从服装店搬到这家旅馆，她丈夫却一直没有露面。她的心里忐忑不安。可带她来的人说不能出去，她只能焦急地等待。刚才她一听到三长三短的敲门声，就知道来的是自己人。她知道来人肯定有事，便想随手把门关上。

凌飞却制止了她。虽然很多人觉得关上门会安全一些，可凌飞却不这样认为。在旅馆这个鱼龙混杂之地，你把自己关在屋子里，屋外的情况便看不见，万一有人偷听，那就很麻烦。更何况在男主人不在的情况下，关上房门更会引起怀疑。所以，倒不如来一个光明正大。

房间里家具很简单，有一张床，床头是一个衣橱，冲着房门是一对小沙发，沙发之间是一个小小的茶几，上面有茶壶、茶碗。凌飞在一张沙发上坐下来，金玉堂的太太何芝兰赶紧过来泡上茶。

凌飞示意何芝兰坐下。等她坐下之后，凌飞才轻声地说："何芝兰同志，我是老刀的人……"

说到这儿，凌飞故意停顿了一下，他想看看何芝兰的表现。因为，凡是从事地下工作的人，对老刀这个名字都不陌生。凡是心里有鬼的人，在听到这个名字之后心里都会或多或少有点波动。可只要有一点点情绪上的变化，就逃不过凌飞的眼睛。

今天早上，凌飞在咖啡馆里对金玉堂说过同样的话，金玉堂的表情很紧张，使得凌飞对他产生了怀疑。可何芝兰听了之后脸上表现出来的是一阵欣喜，并且这欣喜是发自内心的，绝不是装出来的。这也不难理解，因为老刀这个名字对于出卖革命的叛徒和敌人来说是一把夺命断魂之刀，而对于忠于革命的同志来说则是一种安全的保证。

凌飞看出了何芝兰的心思，对她也就放了一大半心，他接着说："你放心，金玉堂同志被我安排去执行一项任务，可能很快就会回来。在他回来之前，我先向你通报一下最近发生的一件大事。"

听了凌飞的话，何芝兰也是有点紧张。自从今天早上有人把她接出来安顿在这家旅馆之后，她就感觉到一定是出什么事了。她联想起昨天刚刚在她家召开的军事处会议，隐隐约约地感到可能是昨天的会议出什么问题了。现在，凌飞说向她通报情况，她虽然心里很着急，但没有急着问，而是站起身来，走到门口，在门外边看了看。确信门外没有人之后，她才回来又坐下。

凌飞对她的谨慎很欣赏，可他没有说什么，只是会意地冲何芝兰笑了笑，然后低声说："昨天的军事处会议结束以后，军事处主任杨如海同志失踪了，通过调查，我们可以肯定他已经被国民党特务秘密逮捕了。"

凌飞说话的声音并不高，如果有人在门外的话，恐怕连一个字也听不清，何芝兰把每一个字都听得清清楚楚，每一个字都是一个惊雷，把她一下子惊呆了。她的一双大眼睛瞪着凌飞一眨也不眨。

凌飞一边认真地观察着何芝兰的表情变化，一边继续说道："我们分析，肯定是内部出了叛徒，出卖了杨如海同志。"

何芝兰的心脏更像是突然遭受电击一样，不禁低呼了一声："出了叛徒？"

凌飞点了点头。然后他突然问："你们是什么时间接到开会通知的？"

何芝兰心头一震。"这是对我的审查么？"

凌飞面无表情地说："可以这么认为。你知道，出了这么大的事，凡是参与其中的每一个人都必须接受组织的审查和甄别，这是原则问题。我现在是代表组织在和你谈话，希望你能如实回答我的一切问题。"

何芝兰看着凌飞，点了点头。然后说："我们是前天晚饭后接到的通知。"

凌飞接着问："接到通知以后，你出去过吗？"

"没有。"

"你与什么人说起过吗？"

其实，凌飞的这句问话看起来根本就是多余的。如果何芝兰是叛徒，你问她是否跟别人说起过，她会承认吗？所以，不管何芝兰是不是那个叛徒，答案都是一样的，那就是她绝对会矢口否认泄露了消息。这样看来，凌飞的这个问题有点像小孩子过家家，太幼稚了。可凌飞竟然就这么问了。

果然，何芝兰的态度有点激烈。"这怎么可能？！"

这正是凌飞想要的结果。他就是要何芝兰激动起来。一个人只有激动了，才会乱了方寸，才会说错话、做错事。虽然，凌飞的第一感觉告诉他何芝兰不是叛徒。但是，他仍然不能放过对她的怀疑。

第一感觉是一个很怪的东西，有时候它会准确地告诉你想要知道的信息，有时候它又会误导你的判断。所以，即便是凌飞在心里已经排除了对何芝兰的怀疑，但是职业习惯促使他仍然要对何芝兰进行一番严格审查。这是一个秘密工作者必备的素质，或者说是一种从事秘密工作的基本功。

何芝兰激动，凌飞却依然很平静，他一脸平静地看着激动得脸都有点红了的何芝兰，好像在看一场演出。台上的演出与自己完全无关。就在何芝兰忽然意识到自己有点失态的时候，还没等她调整好心态，凌飞却又问道："接到通知以后金玉堂出去过吗？"

何芝兰很肯定地说："没有。"

"那么，前天晚上有人来过你们服装店吗？"

"好像——没有。"

凌飞见何芝兰有点迟疑，便紧追了一句："好像没有？那就是说你不能肯定？"

何芝兰沉思了一会儿，犹豫地说："我前天晚上大约九点多钟就到楼上卧室里了，只有玉堂一个人在楼下。"

"你上楼的时候，服装店关门了吗？"

"没有。"

听了何芝兰的回答，凌飞沉默了。看来在何芝兰上楼以后，是否有人来找过金玉堂或者金玉堂是否出去过，都是不能肯定的。

何芝兰也沉默了一会儿，她小心地试探着问："你们是在怀疑玉堂？"

凌飞说："在没有结果以前，凡是知道开会地点和时间的人都是怀疑的对象。当然，也包括你在内。"

何芝兰迟疑地说："那老刀的人不也知道吗？"

凌飞的目光突然冒出一股寒光，他逼视着何芝兰说："我们当然知道，但是，如果我们的人出了问题，今天我就不会坐在这儿了。"

凌飞的一句话就把何芝兰堵得说不出话来。

凌飞也觉得说得有点重了，他缓和了一下语气说："当然，我们决不会冤枉任何一个人。不管怎么说，我们不仅要有合理的推断，更要有确凿的证据。"

何芝兰小声地说："我懂！"

凌飞想了想说："何芝兰同志，有一点我必须要再次强调，今天的谈话我是代表组织和你谈的，你不能对任何人提起，对金玉堂同志也必须是只字不漏。你能做到吗？"

何芝兰看了看凌飞，然后坚定地说："我能做到！"

两个人说着话，凌飞想让气氛活跃起来。当然，他想活跃气氛的目的是想让何芝兰放松心情。凌飞知道，一个人紧张的时候容易乱了方寸，容易说错话，刚才他就让何芝兰紧张了一阵子。可是，他更明白，只有一个人完全放松的时候，才会多说话。只要对方多说话，他才能获得更多的信息。所以，他一改刚才的态度，想使气氛活跃一下，可总是不能如愿。一个是审查者，一个是被审查者，这气氛怎么能够活跃得起来呢？

正在凌飞和何芝兰两个人都感到很尴尬的时候，金玉堂回来了。他走进门，看到凌飞，愣了一下。凌飞站起来，并向他伸出了手。金玉堂迟疑了一下，忽然像醒悟了似的，赶紧向前一步握住了凌飞的手。此时，何芝兰已经站起来走向了门口。

凌飞和金玉堂双双落座，没等凌飞开口问，金玉堂便压低了声音急切地说："米老板，我打听到杨如海同志的消息了。"

他仍然不知道凌飞的真实身份，只能还是称呼他为米老板，当然，金玉堂很清楚这个称呼是假的。

凌飞哦了一声，并没有接腔，而是示意金玉堂继续说下去。

金玉堂下意识地向门口看了一眼，然后说："我哥说，昨天警备司令部并没有抓人。"凌飞还是没有说话，可金玉堂从凌飞的目光里读出了一丝失望，他赶紧接着说，"不过，我哥有一个很要好的朋友是警备司令部的情报处处长，叫什么来着？"他挠了挠头皮，想不起那个情报处长叫什么名字来了。

凌飞急等着听下文，便接过话茬说："叫穆新伟。"

金玉堂吃了一惊。"对对对！是叫穆新伟。米老板，还是您消息灵通啊！"

凌飞没有说什么，只是微微一笑。作为情报科长，他能不知道上海警备司令部的情报处长叫什么名字吗？其实，他不仅知道情报处长的名字叫穆新伟，他还知道这个穆新伟家里的很多事，还知道穆新伟的许多嗜好，比如他喜欢吃西式牛排，喜欢到百乐门舞厅跳舞，甚至连穆新伟最喜欢的舞女是谁他都知道。但是，这一切在他的脑子里只是像闪电一般转瞬即逝，他不喜欢多说。少说、多看、多想是一个情报人员的基本素质。这也是老刀最喜欢他的地方。

金玉堂见凌飞没有再说什么，便接着说："我哥从穆处长那儿打听到调查科的人昨天抓了一个人，应该就是杨如海同志。"

听了这个消息，凌飞虽然思想上早有准备，但他还是有点吃惊。根据他的情报，国民党的这个调查科，是陈果夫、陈立夫兄弟在国民党中央组织部以调查党务的名义组建的，但其实质却是为了帮助蒋介石在国民党内排除异己和镇压共产党。只是，这个调查科刚成立不久，它设在南京，好像人手还不是很齐，首任科长就由陈立夫兼任。他什么时候把手伸到了上海呢？怎么一点消息也没有呢？

可眼下容不得他多想，他必须迅速打探到杨如海同志到底被关押在什么地方，好为下一步的营救行动做准备。他问："那你哥说没说杨如海同志被关押在什么地方？"

金玉堂说："这个，我哥也不知道。我哥说，穆处长肯定知道调查科在上海的秘密机关，可是我哥怕引起他的怀疑，没敢问。"

"那你哥还告诉你什么了？"凌飞有点着急了。

金玉堂想了想说："我哥说，他听穆处长说，调查科想把这个人押送到南京，可他们怕路上出问题，要求警备司令部派军车护送。很可能是先把人从调查科的秘密据点押解到警备司令部，然后再由警备司令部派人押解到南京去。"

"什么时间？"

"我哥还没打听出来，他说会想办法从穆处长那儿打听。他让我今天晚上再和他接头。"

凌飞说："很好！你今天晚上再去找你哥，务必要弄到准确时间。我想，调查科到现在还没有把杨如海同志押送到警备司令部，肯定是怕警备司令部和他们抢功。他们想先独自审问，待向南京汇报后才会与警备司令部汇合，再一起去南京。既然调查科是针对我们来的，那么它在上海的这个秘密机关很可能就在租界内。你今天晚上拿到情报，就立刻回来，我会安排人前来和你接头。同时，你也要告诉你哥，我们党很感激他的真诚帮助。要嘱咐他小心行事，千万不要暴露了自己，你也要小心谨慎。"

金玉堂没想到这个看似冷若冰霜的人竟然也会关心他和哥哥的安全。他一时不知道怎么说才好。没等他想出来说什么，凌飞已经站起来，向他伸出手说："金玉堂同志，再见。"

金玉堂赶紧伸出手，握住凌飞的手说："米老板，再见！"

凌飞走到门口的时候，又伸出手，轻轻地与何芝兰握了一下，说："何芝兰同志，再见！"

何芝兰没有说话，只是微微一笑，算是回答。凌飞闪身出门，向外走去。

何芝兰探出头，看着凌飞下了楼梯，便转身关上房门，走回房间，一下子坐在了床上，长吁了一口气。

金玉堂赶紧凑过来，问："他问什么了？"

何芝兰看了一眼金玉堂，说："你紧张什么？人家是在怀疑我们呢。"

金玉堂更紧张了。"你说错话没有？"

何芝兰笑了。"我怎么会说错话呢？我敢说，我今天的表现要比你优秀得多。"

金玉堂说："我紧张，是因为，现在可以肯定的是我们内部出了叛徒，如果叛徒出在开会的几人之中，那真是太可怕了。你想，我们是不是也有随时被捕的危险？"

何芝兰说："奇怪的是既然他出卖了杨如海同志，我们也就暴露了，可敌人为什么没有抓咱们呢？"

金玉堂陷入沉思，没有说话。

两个人在房间里窃窃私语，可他们没有想到，门外就有一个人正在偷听他们的谈话。这个人就是凌飞。

凌飞走的时候，是以正常的脚步走的。他下楼梯的声音何芝兰听得很清楚。可是，凌飞刚走下楼梯就立刻停了下来，等听到上面传来轻轻的关门声以后，他又蹑手蹑脚地走回来了。

他在苏联曾经接受过专门的训练，走路的时候以脚掌的外侧着地，一点声音都没有，轻得就像只猫一样。当然，如果万一被金玉堂和何芝兰发现，他也早就准备好了要说的话。那就是他忽然想起了一个问题还要问一下。毕竟主动权是在他手里。他悄悄地来到门外，金玉堂和何芝兰并没有发现，虽然他们在屋内说话的声音并不高，但是，凌飞还是把他们的谈话听了一个七七八八。

第九章　特殊审讯

在一间装饰很雅致的房子里，房门敞开着，阳光懒洋洋地从门口和窗口爬进来。一个儒雅的中年人坐在一张沙发上，面前的茶几上泡着一壶茶。他端着茶杯慢慢地品着，好像很悠闲的样子。

他就是昨天中午失踪的杨如海。

别看他现在像是在做客一样，在那儿悠然自得地喝着茶，其实，他的脑子一直没有停止思考。昨天中午，他被带到这儿，被软禁在这间房子里。屋里的摆设比较简单，有一张单人床、一对沙发、一张茶几、一个衣架、一个脸盆架，在窗口还有一张写字桌和一把椅子，桌子上还有几本书。这些对于一个被秘密抓捕的阶下囚来说，这已经很奢华了。

他抱着一个"既来之，则安之"的态度，想着自己的和党内的大事，也在心里猜测着自己的对手。他根据对手把自己安排在这儿并且招待得也很好这一点来分析，对方是想来个先礼后兵，先用软办法来软化自己。而把自己关在这儿，对方却迟迟不显身，他猜测很可能是对方跟自己搞的一个心理战。

从昨天中午到现在，他除了被允许上厕所以外，不能走出这间房子半步。即便是他上厕所，也有两名训练有素的特工一步不离地跟着他。

杨如海正在品着茶。门外一先一后走进来两个人。走在前边的就是昨天中午绑架他的那个中年人，此人正是昨天上午陆岱峰在悦来茶楼见到的那个人。在他后边的是昨天中午在街上自称杨如海情妇的年轻女子。

他们走进来后，中年人微笑着说："杨先生，真是不好意思，从昨天开始就一直忙得很，直到现在才来看您，还请不要见怪！"

他一边说着一边在另一张沙发上坐下来，然后开始观察杨如海，他看到杨如海还和他进来时一样，面无表情地端着茶杯，好像没有看到他进来似的。他仔细地看了一会儿，杨如海的表情很冷静。

他两眼注视着杨如海，而杨如海看着手中的茶杯，两个人都一动不动，两个人就这样对峙着，这是一场心理较量。那个漂亮的女子站在他们面前，她自然知道他们正在进行着一场真正的心理承受能力的终极厮杀。

足足过了五分钟，中年人终于开口说了话："我很佩服杨先生的定力。我不知道如果我继续坚持的话，我们两个人到底能坚持多少时间。"

杨如海很镇定地说："我也不知道。"

中年人说："我先做一个自我介绍，我叫许明槐，是国民党中央组织部党务调查科上海实验区区长。"

杨如海只是很冷淡地看了他一眼。

接着许明槐指了一下身旁的女子说："她是上海实验区的机要秘书郑茹娟小姐。"

杨如海倒是眼睛一眨不眨地很仔细地看着郑茹娟，把郑茹娟看得心里直发毛。她红了脸，走到写字桌前，把椅子拉到一边斜对着许明槐和杨如海坐下来。她把手中拿着的本子放在桌子上打开，又旋开钢笔帽，低着头，做出一副随时准备记录的样子。

许明槐有点疑惑地看着杨如海，心里划了一个问号：难道他会是英雄难过美人关？可等杨如海扭回头来看他的时候，他却把刚到嘴边的话又咽了回去，转而问道："杨先生不先对自己做一个简单的介绍吗？"

杨如海淡淡地说："我看就不必了。"

许明槐奇怪地问："您就不想说您不姓杨，而是姓柳吗？"

杨如海微微一笑，说："有那个必要吗？恐怕你比我自己还要了解我。我如果说我姓柳，不是你要找的杨先生，你就会讥笑我，然后再一条条地拆穿我。我何必去做那种令自己尴尬的傻事呢？"

许明槐满意地点了点头，然后说："好，我今天真是棋逢对手，那我们就开诚布公地谈一谈如何？"

杨如海不置可否地看着自己刚刚放在茶几上的茶杯。

许明槐说："杨先生是江南特委的常委，又掌管着军事处这样的重要机关，我如果像对待一般人那样动粗的话，那是不可能有什么效果的，反而让我们撕破了面皮，破坏了这样的谈话气氛。所以，我不想对您用任何的肉体惩罚措施。"

杨如海说："那我就要谢谢你了！当然，我不是感谢你对我免于用刑。我从昨天被你们拉上车的那一刻，已经做好了一切准备，包括牺牲自己的生命。"

许明槐疑惑地问："那你谢我什么呢？"

杨如海直视着许明槐说："我感谢你没有低看我。虽然我们信仰不同，属于不同的阵营，但你能够尊重你的对手，这种气度我还是有点佩服的。"

许明槐脸上露出了笑容。"能得到杨先生这样的称赞，我心里很高兴。外边有很多人把我们调查科说成是一些杀人不眨眼的刽子手，其实，我们也是一些有信仰、有气度的人。"

听了许明槐的这一番话，杨如海脸上露出了讥讽的笑意。

这一切没有逃过许明槐的眼睛。他问："杨先生讥笑我吗？"

杨如海轻轻点了点头，说："是的。你刚才说你们不是刽子手。可是你们却抓住拥有不同政见的人，采取不同的手段来逼迫他们就范。你之所以没有对我用刑，是因为你知道那对我根本没用，肉体上的折磨是不能让我开口的。所以，我只能说你有点气度。但是，你们仍然改变不了你们的角色。否则你们就不会用那种卑鄙的手段把我绑架到这儿来。"

"杨先生真是错怪许某了。不过，你既然说到了昨天的事，那我就说一说我们的行动原则。"说到这儿，许明槐从茶壶里给自己倒了一杯茶，慢慢地喝了一口，接着说，"你是知道的，你们的人大都隐藏在租界里，在租界里我们是不能公开抓人的。如果通知租界巡捕抓人，他们要先带回巡捕房审问，只有在确认你们的真实身份之后才会允许我们引渡。可我知道你们在巡捕房里是有关系的，以前有好几次他们把你们的人给放了，我们却无可奈何。所以，不到万不得已，在租界内我们是不会找巡捕们帮忙的。那我们就只能采取密捕的方式了。"

看到杨如海在认真地听，他便更加得意地说："今天，我不妨把我们秘密逮捕政治犯的手段向您介绍一下。您愿意听一听吗？"

杨如海淡淡一笑，说："今天，只要是你想说的，我都可以听一听，反正对我来说，有的是时间。"

许明槐微微一笑说："我就知道，杨先生是一个很明智的人。那我就说一说。在没有行人的偏僻之处，我们抓捕犯人是很容易的，只要把车子停在犯人跟前，从车里出来两个经过训练的特工，一边一个抓住犯人的两只胳膊，一人的另一只手往犯人的胃部猛击一拳，犯人必然会因疼痛本能地弯一下腰，另一个特工的另一只手从后面抓住犯人脖子，借机往车里一塞。车里还有一人顺势往车里一拉，就把犯人硬弄进车里。这种方式我们多次训练，可以做到万无一失。但是，如果在繁华的街道上抓捕犯人就不能用这种方式了，因为被别人看到，很快就会传扬开来，那么他的同党就会很快知道他被捕了，他们也就会迅速躲避。或者是有人看到我们抓人向巡捕房报告，巡捕便会赶来干涉我们的行动。这两种情况都会给我们带来麻烦。所以我研究了另外一种抓捕方式。

"我们会在抓捕对象走近我们的车子时，突然蹿出两人，一人从后面捂住对象的眼睛，同时用两个拇指紧扣住他的下巴，使他不能发声。同时嘴里说：'你猜猜我是谁？'另一人则在一旁说着'别闹了，大家还在酒楼里等着呢，快上车吧。'这样，在他还没有反应过来的时候，就已经被塞进了车里。可是，就在前天，我发现这个屡试不爽的手段不太好。"

说到这儿，他停顿了一下，然后看了看杨如海的反应，见杨如海没有什么表示，他便又接着说："你不必奇怪，你们昨天上午开会，我们前天下午就已经得到了情报。我也不必隐瞒，这是你们内部的人告诉我们的。我是说捂眼开玩笑的方式用在你身上是不合适的。因为你是个有身份的人，平时的穿着打扮都是一个儒商的样子，这样有身份的人是不太可能有人去捂住他的眼和他开玩笑的，如果那样的话，一定会引起别人的怀疑，那么你的同党也就会很快知道你出事了，我们就无法再继续扩大战果了。前天晚上，我经过苦思冥想，终于想出了这一招，我觉得这一招还是很管用的。"

杨如海知道，许明槐之所以这样不厌其烦地向他介绍那些密捕手段，其实是想打垮自己的自信心。他知道，许明槐还会继续说下去。当然，自己也只能继续听下去，不必猜许明槐再说什么，他已经很清楚地知道了许明槐想到的那个卑鄙的办法。

许明槐却转换了话题说道："杨先生知道我为什么直到现在才来看你吗？"

杨如海说："你忙着扩大你的战果去了。"

"有杨先生这样的对手真是痛快。昨天你们开会的时候，我就在与你们斜对面的悦来茶楼里面喝茶。你刚一走出来，就有人给我发了信号，然后我带着我的行动组组长离开茶楼。当然，你们的人肯定安排了人来保护你们。如果我猜得不错，负责保护你们的应该是老刀的人。所以，我们不能跟在你后面，否则就会暴露，那样我们不但抓不到你，还会成为老刀部下的靶子。

"据说，老刀的人都是一些身手不凡的人，我可不想和他们去硬拼。当然，事先我也对你们党内的一些活动情况进行了了解。由于你们的经费有限，如果没有遇到特殊情况在近距离内一般是不会坐车的。也就是说，你们一般都是步行回家。我们坐上黄包车很快就会跑到你的前面。我们故意不与你走同一条路线，以免被你们的人发现我们在跟踪，而是绕到你的必经之路上等着你。当然，即便昨天你从联络站一出来就坐上黄包车，我们也是会超过你的。因为你不知道有人跟踪，不可能让车夫在路上快跑，我们就很容易超过你。接下来的事情就很简单了。"

说到这儿，他又停顿了一下，得意地问："你知道我们为什么单单在那个面馆前抓捕你吗？"

杨如海几乎没有思考就很平静地说："因为我失踪以后，我们的人一定会沿着我回家的路线进行查访，你故意在面馆前演那一出戏，目的无非是想让我们的人以为我是因为桃色事件失踪的，以免引起他们的警觉，这样便于你的下一步行动。"

这一回，许明槐是真的吃惊了，他没想到杨如海连想都不想就把他的计谋猜透了。这到底是一个什么人呢？共产党里真是有能人呢。其实，他不知道，杨如海在被关的一个昼夜里，已经把自己被捕的经过反反复复地进行了细致分析，有很多事情早就猜了一个八九不离十。

许明槐见杨如海脸上露出了一丝冷笑，他回过神来，虽然觉得今天可能是白费口舌了，但他仍然不甘心地继续说："结果如何呢？"

杨如海不屑回答。

许明槐尴尬地笑了笑说："开始我打算在面馆附近安排人监视，看看有什么人去打听你的事，可后来我又觉得不妥，因为我知道我的对手是那个神出鬼没的老刀，一旦被他发觉就会得不偿失，所以就没有安排人去监视。后来我让人去了解，果然有人到那儿去打探你的消息。当然，去的那个人不可能是老刀，而很有可能是他的部下，因为老刀这样的人应该很清楚'君子不临险地'这个道理。所以，不到万不得已，他不会亲自出马去冒险。我赌了一把，我赌老刀不会亲自去。这在我也是一种冒险，因为如果我赌输了，就失去了一个抓住老刀的机会。"

杨如海笑着说："你这段话里是有水分的，因为你不仅赌老刀不会亲自去，而且你心里很清楚，如果你设了埋伏而去的是老刀的话，那他根本就不用打探，你的陷阱就告诉了他想要知道的一切。"

许明槐愣在了那儿，杨如海却开始反攻了："你忙了那么长的时间，我想你是没有什么收获的。因为我了解老刀，他一旦发现有什么问题，一定会在最短时间内把所有漏洞都给补起来的。"

许明槐不服气地问："你就那么相信那个老刀吗？"

杨如海说："其实，从你一进来的那一刻起，我就知道你的后续行动没有取得任何成效，因为这都写在你的脸上。虽然你极力掩盖，却没有掩饰住。"

许明槐一转念，立刻转变了话题说："可是，我从今天我们的谈话里获得了有用的信息。"

杨如海轻蔑地一笑，没有说什么。

许明槐转头看了看正在记录的郑茹娟，又转回头来对杨如海说："我找到了你的一个突破口。那是你刚才看郑小姐时的眼神告诉我的。"说着，他嘿嘿一乐，"杨先生不必掩饰，英雄难过美人关么，这是可以理解的。只要你与我们配合，成了我们的同志以后，我想最起码你有追求郑小姐的机会。"

郑茹娟听了许明槐的话，不由得脸上含怒，红着脸扭过头去。

杨如海诧异地看着许明槐。"你怎么会产生这种想法？刚才我还感谢你没有小瞧我，看来你是不会出自真心地尊重别人。"说着他又看了看郑茹娟，接着说，"郑小姐虽然是你的部下，但你们在人格上是平等的，你应该尊重她。刚才我之所以多看了她几眼，是因为在我的眼里她还只是一个不谙世事的孩子，不该跟着你做这种卑鄙的勾当。我是在为她惋惜。"

许明槐的脸上挂不住了，他强压住心头的怒火，说："杨先生不但心思缜密，而且还伶牙俐齿，我承认不是你的对手。只是不知，老刀和你相比，哪个更厉害呢？我想听一句真话，也算是我对你礼遇有加的报答吧。"

杨如海说："那我就告诉你一句真话，我不擅长搞情报和保卫工作，在这一方面我远远不及老刀。所以，我可以肯定地告诉你，你和老刀斗，注定是要失败的。"

许明槐不想再谈下去了，他站起身。"杨先生，今天我们谈的不少了，我还有事，我们改日再谈吧！"说罢，径自走了出去。

等许明槐走出门后，郑茹娟收拾起本子和笔，也向外走去。走到杨如海面前时，她轻声说了一句："对不起！"

郑茹娟的这句对不起，使杨如海又陷入了沉思。他相信自己的眼力，昨天在街上见到郑茹娟的时候，他就看出来了，郑茹娟是一个涉世不深的姑娘，她的那一番表演显然是别人教的，并且是在她很不情愿的情况下参加了那次卑鄙的行动。

今天再一次见到郑茹娟，更加验证了他的这一个判断。

当然，在当时的情况下，他并没有想到他对郑茹娟的这个分析会对以后有什么影响，毕竟他不能够预知未来。但他却是发自内心地去尊重郑茹娟的人格，虽然她是自己的敌人。他没有想到的是，正是由于他的这份尊重，改变了郑茹娟的人生轨道，也改变了自己的命运。

第十章　巡捕房的探长

从亚东旅馆出来，凌飞在街边的一个公共电话亭给英租界老闸巡捕房的华人探长马根源打了一个电话，约他到一家咖啡馆见面。在与金玉堂谈话的时候，凌飞就想到了马根源。

他知道，这些巡捕房的探长都是·些神通广大的人物，他们手下都豢养着一批专门搜集情报的"包打听"，这些人几乎无孔不入，在租界内的事情很少能够瞒过他们。

凌飞想，如果能够从马根源那儿打探到国民党组织部调查科设在上海的秘密机构的具体位置，那么对于营救杨如海同志以及今后的工作都是很有帮助的。凌飞知道，一个特务组织即便是再秘密，也总会有蛛丝马迹露出来的，而只要有一点蛛丝马迹，就很难瞒过租界里的那些包打听。

凌飞来到约定的咖啡馆，此时咖啡馆里客人很少，马根源已经坐在一个僻静的角落里等他了。他见凌飞走进来，站起身打了一个招呼。凌飞便走过去，在他的对面坐下来。

马根源只知道凌飞的化名是王平，不知道凌飞的真实姓名。虽然他也知道"王平"这个名字是个化名，但是，他很理解凌飞所从事的工作，所以，他一直就很尊敬地称呼凌飞为"王先生"。

虽然，从表面上看，是"王平"有求于他这个探长，但是，他也知道,"王平"这些人是不好惹的,毕竟他们在暗处,并且都是一些有勇有谋的人物。不过,与他们采取有限度的合作,对自己的工作显然是有利的。这也是马根源最初同意与凌飞合作时的想法。可是在合作的过程中,他渐渐地喜欢上了这个比自己小十几岁的年轻人。

等服务生送来咖啡以后,马根源抬起头,不经意地向四周扫了一眼,然后轻声说:"王先生,您今天上午才约我见了面,现在天还没黑,怎么又约我见面,不知有什么重要的事情让您如此着急?"他们之间虽然算不上莫逆之交,但是也可以算是知心朋友了,在一起说话,自是不必拐弯子,多费口舌。

凌飞说:"马探长,真是很抱歉。今天上午刚刚打扰了您,可现在我还有一件事情想请您帮忙。"

马根源仔细地看了看凌飞,说:"您说!"

凌飞想了一想,然后说:"马探长,您知道我今天上午刚刚向您打听过,我们的一个同志昨天神秘地失踪了。经过我们的了解,他既不是被你们巡捕房抓走了,也不是被国民党上海警备司令部或者是警察局抓走了,而是被国民党的一个秘密特务组织给抓去了。我猜,这个秘密特务组织既然能够在租界内神不知鬼不觉地把人抓走,那么它就不仅仅是在租界内有眼线的问题,而很可能这个秘密机构就设在租界内。我想,只要在租界内有这么一个组织,他就不可能瞒过您马探长的耳目。所以,想请您帮个忙,帮我们分析一下,这个秘密机构可能设在什么地方,我们好想办法营救被捕的同志。"

听了凌飞的话,马根源吃了一惊。他没有想到共产党的地下组织这么厉害,竟然在不到一天的时间里,就分别从巡捕房、警备司令部和警察局得到了准确的信息,而且还打听到了他们的人是被国民党的一个秘密特务组织给抓去了。

可是面对凌飞的这个要求,他却很为难。他沉思了一会儿,说:"王先生，这次很抱歉，我恐怕帮不上您的忙。一直以来我都拿您当朋友，所以，也没有必要在您面前撒谎。在租界内，如果有那么一些人活动过于频繁，就一定会引起我们的注意。我布下的眼线遍布整个租界，就像一个细密的蜘蛛网一样，租界内的事情很少能够瞒得过我的眼睛。近一段时间，的确是有几个地点引起了我的怀疑，虽然我还不能确定这几个地点哪些是你们共产党的，哪些是国民党的。本来，要想帮您这个忙是很容易的，只要我把这几个地点告诉您就行了。因为排除了你们自己的秘密据点以外，剩下的可能就是国民党的秘密据点。可是，我不能这么做。"

凌飞猜到了马根源的心思，可他还是有点不死心，所以就又追问了一句："为什么？"其实，他问不问都一样，马根源一定会说下去的。

马根源说："王先生，我们一开始合作的时候，我就把合作的前提都说好了。那就是在不危害租界内安全的前提下，我可以给你们提供一些情报，以减少你们的损失。"

凌飞接过话茬说："马探长，您误会了。我们党一贯的宗旨是不提倡搞那些暗杀活动的。我们的行动队主要是针对我们内部出现的叛徒，对他们进行铲除，以减少我们的牺牲。这也是没有办法的事情。我们之所以打听这个秘密机构，并不是想在租界内与他们火拼，而是为了通过对它的监视，掌握他们押送我们的同志离开上海的时间，方便我们的营救活动。您放心，我们绝不会在租界内搞大的行动，给您带来不必要的麻烦。"

马根源摇了摇头说："王先生，对您的为人我是很了解的。您是一个说到做到的人。但是，有许多事情恐怕您说了也不算，我知道你们共产党人，你们都是把组织置于至高无上位置的人，就怕到时候您的上级一旦决定了要采取武力行动，您也只能服从。到时候，租界内出了大乱子，我这个探长就不好当了。"

凌飞刚想说话，马根源摆了摆手，凌飞便没有说什么。马根源接着说："王先生，我之所以能够与你们进行长期的合作，并不仅仅是为了钱，这里面还有一个很重要的原因，那就是我把您当成了我的朋友。当然，我也很佩服你们共产党人，很同情你们的事业。但是，我们的合作是有限度的，那就是不能损害租界内的利益。所以，实在是很抱歉，这一次，我的确是不能帮您的忙了。"

凌飞说："马探长，您的话我理解，我让您为难了，不好意思。可是，我们的人是在租界内被秘密绑架的，您总不能袖手旁观吧？"

马根源想了想，说："王先生，您说的那个秘密组织就是国民党中央组织部调查科，他们既然在租界内秘密地抓了人，我们也只能是睁一只眼闭一只眼，因为他们代表的毕竟是政府。按照租界和国民政府的约定，即便是我们抓住了反政府组织的人也要引渡给他们。再者说，我也的确是不知道他们什么时间、用什么方式将你们的人押送出租界。如果真的有这一方面的消息，我自然会告诉您的。至于他们在租界内的这个秘密据点，我会安排人监视他们，不让他们胡作非为，但是，却不能告诉你们。"

凌飞见马根源的态度很坚决，也就不好再勉强。

凌飞刚回到情报科的秘密联络点，就得到了情报。金玉堂已经从他哥哥那儿打听到了敌人押送杨如海同志去警备司令部的时间，就在明天上午九点半。

得到这一消息，凌飞立刻去见老刀，向他汇报。走在路上，他压抑不住内心的兴奋，就想起了陆游的那句名诗：山重水复疑无路，柳暗花明又一村。

陆岱峰听了凌飞的消息，却没有显出高兴的样子，他仍然眉头紧锁。凌飞和李克明不明白是怎么回事，都看着他。陆岱峰说："我们只知道这个时间还是不行，因为不知道他们到底是用什么车押送，我们总不能不管什么车子都截吧？"

听了陆岱峰的话，李克明和凌飞都呆住了。

沉默了一会儿，李克明说："我们已经选好了伏击的地点，那就是在租界外的枫林桥。这儿是从租界到警备司令部的必经之路，有了时间，我们可以提前半小时设好埋伏。但是，我们还必须要知道敌人用一辆什么车子押送，还得知道车牌号码，才能确保行动无误。这是整个行动的关键，否则，从那儿通过的车辆成百上千，一旦出现差错，就会导致整个行动失败。所以，我们必须要搞到这个情报。"

凌飞为难地说："金满堂已经尽力了，他不可能打听用什么车子，更不可能打听车牌号码，否则他就会暴露。我刚才去找马探长，想打听一下敌人的秘密据点在什么地方，一旦知道了，我们就可以派人监视，或许可以掌握他们押送的具体情况。可是，马探长怕我们在租界内搞大的行动，根本就不告诉我。"

李克明一听就火冒三丈。"我早就说过，这个姓马的根本就靠不住，他拿了我们的钱，却在关键的时候不伸手帮忙……"

陆岱峰打断了李克明的话说："这也怪不得人家，他毕竟端着洋人的饭碗，砸饭碗的事他是不会干的。我们还是想想别的办法吧。"

正在大家一筹莫展的时候，宋世安进来了，他说："刚才有人按门铃，我出去，那个人说让我把这封信交给老板，我就拿进来了。"

陆岱峰伸手接过信，撕开信封，抽出了一张信笺。李克明和凌飞禁不住好奇，探头一看，只见上面写了一些数字。陆岱峰拿着那封信去了里间，不一会儿，他就出来了。虽然他表面上仍然很沉静，但是还是很难掩饰从脸上流露了出来的兴奋。他高兴地说："好了，这个难题已经解决了。敌人押送杨如海同志用的是一辆黑色雪佛兰轿车，车牌号码是0273。你们马上回去做好准备，保卫处成员凡是会打枪的，全部参加行动。"说完话，他见李克明和凌飞都用疑惑的眼神看着自己，便说，"这封情报是谁送出来的，我也不知道。看来是有人在暗中帮助我们。"

李克明说："那，这情报会不会是敌人故布疑阵呢？"

陆岱峰说："不可能，这情报是用我和几个常委之间秘密联络用的暗号，这个暗号只有几个常委知道。连你们两个我都没有告诉，敌人怎么会知道呢？我可以确定，这是杨如海同志传递出来的情报。"

李克明还是不放心。"可杨如海同志已经身陷囹圄，他怎么能够传出这份情报呢？调查科这个名字我们还刚知道不久，里面根本不可能有我们的同志。万一……"

陆岱峰知道李克明没有说出来的话是什么意思，他很坚定地说："对杨如海同志我是十分了解的，他绝不可能叛变投敌。至于这封情报是如何送出来的，等我们救出杨如海同志以后就会明白了。你们抓紧去准备吧！"

第十一章　女秘书

许明槐和郑茹娟走了以后，杨如海慢慢地啜饮了一口茶，然后放下茶杯，闭上了眼睛。虽然自己没有遭受酷刑，但是，他心里很清楚，落到了国民党特务的手里，只有两条路可走，要么背叛组织、出卖同志，要么就是选择死亡。

他在参加革命的那一天，就已经做好了为革命献出自己生命的准备。所以，对死，他并不害怕。可是，现在却有两件事令他挂怀和不安。

令他挂怀的是与自己结婚只有半年多的妻子甄玉。甄玉在与他结婚之前是北平的一名大学生。她在一次活动中结识了他，并在他的影响下加入了共产党。入党不久就追随他先后到武汉和上海。结婚后，她做他的助手，组织交给她的任务首先是利用夫妻身份掩护他的安全，其次才是担任军事处的联络员。其实，她这个联络员也只是一个虚名，她并不像其他联络员那样负责传递情报等工作，她的主要工作是协助他处理一些文件。

自己被秘密逮捕，甄玉知道吗？按照他二人的约定，昨天晚上他不回家，她就该拨打老刀的那个电话。只要她拨打了那个电话，老刀就会迅速做出反应。从许明槐一无所获来看，老刀已经做好了一切应对工作。那么，甄玉现在应该已经被转移到了安全的地方。想到这儿，他的心里不由得放松了一些。

73

可转念一想，他的心又被揪紧了。这次军事处开会，是在特委常委会议上决定的。开会的时间和地点事先只有几名常委知道。参加会议的人员是在 12 日晚上才接到通知的。可从昨天敌人抓捕自己的情况来看，敌人显然早就得到了情报并做好了准备。这说明内部出了叛徒。可这个叛徒会是谁呢？这才是最令他感到不安的。

这个叛徒必然是知道开会的时间和地点的人。他想了想，知道这次会议的地点和时间的有三拨人。第一拨人是特委几名常委，可这几人都是江南特委的主要领导，他们和他一起从武汉转移到上海，并且在自己被捕之前没有人被捕过。他想不出这几人有任何背叛组织的动机和迹象，因此，这几人完全可以排除。知道开会的第二拨人是保卫处的人，而在常委会上，保卫处主任陆岱峰曾就这次会议的安全保卫工作征求过他的意见。当时，陆岱峰曾说过，这次会议的具体地点和时间事先只告诉一个人，那就是特委委员、保卫处副主任兼行动队队长李克明，以便于李克明提前去勘查现场，做好安全保卫的准备工作。而负责安全保卫的行动队队员只有等到了行动时再告诉他们具体任务，但并不告诉他们开会的是什么人。并且，按照保卫处的行动惯例，一旦开始行动，所有行动队队员都在各行动组组长的监视之下，各组长也是互相监视，他们是不可能临时退出保卫现场向敌人通风报信的。因此，参加行动的保卫队队员们完全可以排除嫌疑。那么在保卫处里面，有时间向敌人通风报信的就只有保卫处主任陆岱峰和副主任李克明。

对陆岱峰和李克明两人，杨如海十分了解。陆岱峰和杨如海都是特委常委，在五名常委中，杨如海和陆岱峰最合得来。陆岱峰领导着江南特委的情报和保卫工作。他是绝不会叛变投敌的，因为，陆岱峰不仅掌握着特委五名常委的详细住址和联系方式，而且他还知道特委、组织处、宣传处、军事处等特委机关的秘密地点。如果他叛变的话，被捕的就不仅仅是他杨如海一人了，整个特委机关会遭到毁灭性的破坏。

对于李克明，杨如海也有所了解。李克明 1923 年就加入了共产党，并参加了多次有影响的工人运动，在工人运动中他组织了"打狗队"，专门对付那些破坏罢工和工人运动的内奸和工贼。1927 年的上海工人武装起义，他担任了工人武装纠察队副总指挥，他敢打敢拼，有勇有谋，赢得了很高的威望。由于他在指挥工人武装纠察队作战中的出色表现，在军事处成立的时候，他被任命为军事处副主任，可是，仅仅在一个月之后，在陆岱峰提议下，特委又决定组建情报和保卫机关——保卫处。由于李克明曾被党中央派往苏联接受特工培训，并得到了苏联特工组织首领的称赞，因此，特委常委会议经过研究又任命他担任了刚成立不久的保卫处的副主任。李克明在对敌斗争中坚决果断，镇压党内叛徒从不手软，杨如海相信，他即使被逮捕遭受酷刑，也不会叛变。更何况李克明并没有被捕过。如果是他出现了问题，那么，被捕的也绝不会仅仅是自己一人，还有可能连陆岱峰也不可能幸免。许明槐也就没有必要在自己的身上费这么多事了。而从许明槐的行动中可以看得出，这次被捕的很可能就只有自己一个人。因此，杨如海在心里完全消除了李克明叛变的怀疑。

　　排除了特委的五位常委和保卫处两位主任之后，杨如海把目光收回来审视自己所领导的军事处内部。知道这次会议的第三拨人就是军事处的人了。他把赵梦君、林泉生、李学然、吴玉超这四位科长和军事处秘书金玉堂以及军事处联络员、金玉堂的妻子何芝兰这六个人在自己的脑海中过了一遍堂，他觉得赵梦君和金玉堂都有嫌疑。

　　赵梦君去年曾被巡捕房抓去并关押了一个多月，后来被特委营救出来。特委对他曾进行了长达近两个月的审查，结果并没有发现他有任何叛变投敌的迹象，随即便结束了对他的审查，并恢复其军事处组织科科长的职务。可不管怎么说，在军事处的这六个人中只有他曾经被捕过，现在回想起来，不能排除他在被捕后秘密投敌的可能。

另一个值得怀疑的人是金玉堂，此人出身于富贵之家，上大学时凭着一股激情参加了革命，随后便被党组织派往苏联莫斯科东方大学学习，回国后，被安排在军事处担任秘书，并与地下党员何芝兰组成家庭，以家庭为掩护，驻守军事处秘密机关。他的同胞哥哥金满堂在国民党淞沪警备司令部任总务处副处长，也算是炙手可热。组织上曾经安排他做他哥哥的策反工作，可已经过去几个月了，他哥哥除了在营救被警备司令部抓捕的未暴露身份的地下党员时曾出过力之外，并未曾送出过其他有价值的情报。难道金玉堂在策反金满堂的过程中，反而被金满堂策反了？这也不是没有可能的事。经历了大革命的失败，共产党被迫从公开转入地下，很多意志不够坚定的人都见风使舵，抛弃了自己的信仰，甚至是背叛组织和出卖自己的同志。金玉堂会不会就是这样的一个人呢？杨如海一时之间想不出个所以然来。

正在杨如海陷入沉思的时候，门被轻轻地推开了。杨如海抬起头一看，见走进来的竟是郑茹娟。郑茹娟进来后，挥手向身后摆了一摆，站在门口的两名特工就走开了。郑茹娟走到杨如海另一边，在那张单人沙发上坐下来，瞪大了眼睛注视着杨如海。

杨如海耷拉下眼皮端起了茶杯，拿起茶杯盖轻轻地打了打漂在茶杯里的茶叶，然后，轻轻啜饮了一口，再把茶杯放到面前的茶几上，眼睛看着门外，好像身边没有郑茹娟这个人似的。

郑茹娟向门外看了看，然后压低了声音说："杨先生，真是很对不起！"

杨如海扭回头看了看郑茹娟，却没有说话。

郑茹娟尴尬地站在那儿，不自然地动了一下身子。房间里的空气有点沉闷。她的额头上冒出了细密的汗珠。终于，她还是鼓足勇气，说："杨先生，许区长让我过来再劝劝您。我知道这是徒劳的，但我还是来了。不过您千万不要误会！通过刚才的那一番谈话，我对您很是敬佩！我为我们以那种卑鄙手段来抓捕您感到羞愧。像您这样人格高尚、信仰坚定的人，是值得我崇拜的。"说到这儿，她又向门外瞟了一眼，然后说，"他们决定明天上午把您押送到警备司令部。"

杨如海并没有感到意外，他只是看了郑茹娟一眼，淡淡地说："郑小姐，您请坐！"

郑茹娟坐下来，说："杨先生，虽然我并不赞成共产党的一些主张，但是，我真的不想看着像您这样的人丧了命。所以，我想帮您一个忙。"

杨如海看着郑茹娟，嘴角露出了一丝冷笑。

郑茹娟知道杨如海并不相信自己，甚至怀疑自己是在和许明槐一起给他设圈套。她急忙说："我知道您不会相信我，但是，您如果被押送到了警备司令部以后，你们的人再想救您出去就很难了。而且，我还知道，要想让您改变自己的信仰恐怕比登天还难。那么您就只有一条路可走了。"

杨如海淡淡地说："这我知道，从被你们绑架到这儿来的那一刻起，我就已经做好了牺牲的准备。"

郑茹娟说："你们的人不知道您被关押在这儿，也不知道押送您的具体时间和路线，因此也就却无法展开营救，现在他们肯定很着急，但是我知道您一定有办法和他们取得联系，我可以帮您把消息传递给他们。当然，我也知道您很难相信我。但是，这是我唯一的赎罪机会。请您务必相信我。"

杨如海看着郑茹娟的眼睛，他看到的是痛苦和真诚。他转念一想，自己与老刀的秘密联络方式敌人是不可能破解的。所以，不妨一试。于是，他对郑茹娟说："你把你所知道的押送时间、用什么车以及车牌号码告诉我，容我想一想，临下班的时候你再来吧。"

郑茹娟走后，杨如海并没有立刻行动，他坐在那儿，把这件事前前后后细细地想了一遍。他觉得这个年轻的女孩涉世不深，很有可能是误入歧途，现在对自己的所作所为非常后悔。也就是说，她想营救自己应该是出于真心。

再者说，即便这是敌人设下的一个圈套，那也没有关系，老刀曾与几名常委商定了一套秘密联络方式。那就是利用《唐诗三百首》做底本，编制联络密码。每一个字都由七个数字组成，前三位数是指这个字在《唐诗三百首》中的第几首，四五两位数字是指这个字在第几句，六七两位数字是指这个字在本句中是第几个字。空位用 0 补齐。这样，根据一个七位数字就能确定一个字。

确定这种方法的时候，就是因为几位常委都有深厚的国学根底，大家几乎都能熟记《唐诗三百首》。在确定了这种联络方式以后，杨如海更是在空闲时间把《唐诗三百首》进行了一番研读，可以说，对《唐诗三百首》，他早已熟记于心，完全可以不用查书，就能编出联络密码来。敌人不知道这种方式，即便拿到这些数字，他们也摸不着头脑。想到这儿，杨如海便在一张纸上写起来。

临下班的时候，郑茹娟借口再来劝劝，又走进了杨如海的房间。杨如海趁人不注意交给了她一张纸条，并轻声告诉她："你把这张纸条悄悄地贴在老闸路东升客栈门外的告示牌上。然后，你就走开，不要多停留，以免被人注意到你，给你带来不必要的麻烦。"

郑茹娟接过纸条，连看也没有看，就装在口袋里，然后又提高了声音说："杨先生，我希望您再仔细想一想，不要老是这样顽固不化。我们区长的耐心可是有限的。"

她这句话当然是说给外面站岗的特工们听的。说完话，她便转身走了出去。

第十二章　密码

太阳刚刚落下去，它的余晖洒落在这个东方大都市的街道上，显得有气无力。郑茹娟走出调查科上海实验区的秘密机关，走上了回家的道路。

这一次，她没有像以往一样直接回家，而是走到半路的时候，回头看了看，在确信没有人跟踪以后，便扭头拐进了一条弄堂。穿过弄堂，来到了老闸路上，这条路她并不陌生，她也知道东升客栈的位置，就在前边的不远处。

离东升客栈不远时，她就已经看到了东升客栈门边的那个告示牌。她的手不由自主地伸进口袋，摸到了那张纸条，然后又下意识地扭头向四周扫视了一下。她确信没有可疑情况。但是，她仍然不敢掉以轻心，这毕竟是她第一次做这样秘密的事情，心里像揣着一只小兔子似的，咚咚地跳个不停，好像要从胸腔里跳出来一样。她张大口深吸了一口气，镇定了一下，继续向前走去。

走到那个告示牌前的时候，她故意放慢了脚步，好像是无意识地向告示牌上扫了一眼。就这一眼，她已经把那个告示牌看清楚了。

这是一个很普通的告示牌，在上海的每条街道上几乎都有，人们把各种各样的信息都贴在上面。上面既有戏院的演出海报，也有公司的招人启事，还有失物招领、寻人启事等等。

看到这个告示牌，郑茹娟并没有停下脚步，她走到东升客栈门口时，看到了一个讨饭的小男孩。她向他看了一眼。

讨饭的小男孩相当机灵，见有一位打扮时髦的姑娘向他看，就立刻迎上去，把手里的破碗伸到了郑茹娟的面前，嘴里还嘟嘟囔囔地说着："行行好吧！行行好吧！"

郑茹娟从口袋里掏出了一张5角的纸币。孩子的眼睛立刻一亮，在他看来，这可是一张大钞啊！他赶紧说着："谢谢！谢谢！"可是，郑茹娟并没有把钱放到他的碗里，而是用另一只手从口袋里掏出了一张纸条，和那张纸币一起放到了碗里。就在那孩子疑惑的时候，她轻声说："麻烦你把这张纸条贴到告示牌上去！"

那孩子立刻从碗里拿出那张纸币放进自己的口袋里，嘴里一边说着谢谢，一边从碗里抓起那张纸条跑向告示牌。郑茹娟则像没事似的继续向前走。走出几步以后，她装作不经意地回了一下头，看到那个小男孩正抹了一把鼻涕把那张纸条贴在了告示牌上。郑茹娟微微一笑，拐进了弄堂，向自己的家里走去。

郑茹娟觉得自己做得很巧妙，可谓是神不知鬼不觉。的确，对于一个没有参加过特工培训的人来说，能做到这样已经很不错了。况且，她还是一个走出大学校门不久的姑娘。

她的舅舅穆新伟是上海警备司令部的情报处处长，和许明槐是大学的同学，又同时参加了国民党的特工训练班，所以，在许明槐接受秘密指令来上海组建实验区的时候，穆新伟便把自己刚刚走出校门不久的外甥女推荐给了许明槐。可调查科的下属机构成员必须是国民党党员。虽然郑茹娟在大学里并没有像其他同学那样参加一些亲共的社团活动，但是，她也没有参加过三青团等国民党的外围组织。好在这些难不住大权在握的穆新伟，他很快地给郑茹娟弄了一张国民党党员证。

就这样，郑茹娟很轻松地就进入了调查科上海实验区，还被许明槐任命为机要秘书。当然，许明槐让郑茹娟当机要秘书，表面上看是卖给了穆新伟一个人情。其实，许明槐有他自己的打算，他是看中了郑茹娟的单纯，在他看来，这样单纯的大学生很好控制，又是一个女孩子，社交面比较窄，非常适合做秘书工作。

郑茹娟的单纯使她得到了许明槐的信任，因为在许明槐看来，她只不过是个涉世不深的孩子而已，并且在一个时期的接触之后，许明槐从内心里喜欢上了这个既漂亮又单纯的女孩。因此，当许明槐看到杨如海注意郑茹娟的时候，他的心里是有一股醋意的。

可他知道，一旦让杨如海开了口，那对江南特委就会是一个毁灭性的打击，甚至还可以把战果继续扩大，进一步破坏中共在上海的中央机关。如果能做到这一点，那他的功劳可就大了，委员长就会亲自接见他，他的前途可就真的不可限量了。一想到这些，他把心里的醋意压下去，反而动员郑茹娟去做杨如海的工作。

他不相信杨如海真的是一个无懈可击的金刚。人总是有这样或那样的欲望的，有的人爱钱，有的人爱权，有的人爱名，有的人爱色……总之，他许明槐还从没有见过什么也不爱的人。虽然当着他的面，杨如海说得义正词严，但是谁知道他骨子里是不是一个好色之人呢？毕竟，共产党人也是有七情六欲的人，不是绝情寡欲的佛。杨如海会不会"变节自新为红颜"呢？

许明槐没想到的是，正是这个涉世不深的漂亮女孩，被杨如海的凛然正气所吸引，因此为自己的卑鄙行径感到耻辱，主动去为杨如海传递情报，希望杨如海能够被救出去，以赎自己的罪恶。这也正是郑茹娟的单纯所导致的。

如果她步入社会太久，世态的险恶渐渐地侵蚀了她那颗单纯的心以后，她恐怕很难再做出如此的举动了。单纯，其实是一柄双刃剑。在她接触到杨如海之前，她的单纯使她能够一心一意地做好她的机要秘书工作，这也正是许明槐所期盼的。可是，在见到杨如海之后，尤其是看到杨如海和许明槐的那一场精彩的"搏斗"之后，杨如海不屈的精神使她折服。此时，也正是由于她的单纯，她做出了一个大胆的决定。

郑茹娟觉得自己做得很巧妙，可她的行动还是落在了一个人的眼里。这个人就是离东升客栈不远的杂货铺的主人。此人看上去有四十多岁，长得憨头憨脑，一言一行都慢腾腾的，人们叫他老周。至于他的名字叫什么，很少有人知道。他和妻子经营这家杂货铺已经一年多了，孩子在外地上学，只有两口子守着这个杂货铺。虽然赚钱不多，却也能够维持生计。

这个不引人注意、看上去普普通通的小生意人，就是老刀的秘密联络员，他的代号叫"蜜蜂"。

他每天就待在那个杂货铺内，没有客人光顾的时候，就坐在那儿打瞌睡，可他那半睁半闭的眼睛却不时地瞟向斜对面的告示牌，耳朵则听着离杂货铺不远的电话亭里的电话。这是他接收消息的两个来源。

今天，郑茹娟的一举一动都落在了他的眼里。等郑茹娟走远以后，他装作百无聊赖的样子，站起身来，伸了一个懒腰，还把右手弯到后面捶了捶腰，这才慢腾腾地在街上走了走。他的这些动作周围人再熟悉不过了，人们都以为他是坐累了便站起来在街上走一走，活动一下筋骨。

他走近了那块告示牌，站在那儿看着。这也是一个百无聊赖的人打发时间的常见的办法。他的眼睛看似无意，实际上，目光只是在那块告示牌上轻轻一扫，就立刻看到了那张刚刚贴上去的皱皱巴巴的纸条。

只见那张纸条上写着这样几行字：

"宏远公司业务人员不慎丢失几张票据，票据号码如下：

170503

300301

050401

070904

231701

230705

461001

682901

070703

091205

091405

540207

610505

191004

620807

041004

240203

230801

200203

特声明作废！"

纸条上面的那些数字是什么意思，老周并不知道，但是他知道那是联络密码。他有过目不忘的本领，尤其对数字，他特别敏感。这是因为他曾经是大学数学系的高才生，毕业后便在大学的数学系任教。也正是因为对数字的敏感和超强的记忆力，他才会被老刀选中当了联络员。

当初，老刀要挑选秘密联络员时，就对负责挑选的人员说，要从外地找一个记忆力特别好的人。等挑选上他以后，老刀便立刻将他的档案从地下党组织的文档中抽出来，从此他便成了只有老刀一个人知道的秘密党员。

在那个特殊的时期，像他这样的人并不少，一旦自己的上线突然牺牲，他们就会成为游离于组织之外的特殊党员。这些人并不在乎身份，他们有着崇高的信仰，是为了一个信仰而活着，当然也可以为了这个信仰牺牲一切。也正是因为这个坚定的信仰，老周从一个大学讲师，变成了一个看上去有点木讷的杂货铺老板，变成了传递情报的"蜜蜂"。

老周只看了一遍，便把纸条上的数字记得一清二楚，回到杂货铺，他在柜台后面找了一张纸，好像在记账似的，很快地把记忆中的内容都写在了纸上，他抬起眼睛懒散地看着四周，手却在柜台下面把那张纸条折叠好。

他折叠纸条的时候，使用了一个很特殊的方法，叠起来的纸条，如果一般人想拆开，不小心的话就一定会撕烂纸条。这也是一个规定，老刀接到纸条会先看看是否有人打开过，然后才打开纸条看里面的内容。

蜜蜂通过自己的途径把纸条送出去。当然，接收他的情报的人也不认识他。另一个人只是负责在固定的地点接收情报，然后再送到指定的地点。

很快，这张纸条就到了陆岱峰的手里，这就是陆岱峰接到的那封情报。陆岱峰一见到"宏远公司"就知道是杨如海发出的情报。

当初，为了联系方便，特委几名常委发出情报的时候分别用不同的公司名称，这几个公司名称蜜蜂都熟记于心，只要看到有这几个公司的名称，并有一串数字，就要立刻传递给老刀。

陆岱峰当时看了先是一愣，因为，按照他和几位常委的约定，联络暗语中的每一个字都由七位数字组成，前三位是这个字所在的诗句在《唐诗三百首》中的位数，因为《唐诗三百首》共有313首，所以，确定为三位数。第四五两位则是这个字所在诗句在该诗中是第几句，最后两位则是这个字在句中是第几个字。可是，杨如海写来的密码每一行数字只有六位数。

稍一思索，陆岱峰恍然大悟：原来，杨如海所选用的字都在前99首之内，如果仍然用七位数，那么所有数字的第一位都是"0"，这样如果一旦引起敌人怀疑的话，敌人是会把他们的密码底本范围缩小的。杨如海这样做的目的就是尽量避免敌人把密码的底本怀疑到《唐诗三百首》上去。同时，大多数公司的票据号码都是六位数，如果出现七位数字的票据，是很容易引起敌人的怀疑的。陆岱峰在佩服杨如海的睿智和细心的时候，也深深地为自己当初在编制密码时的粗心感到脸红。看来，这套密码方式还得要再仔细斟酌一番，要改进一下子。

可眼下他顾不得那么多，只是立刻走进里间屋，拿出一本《唐诗三百首》，翻开来对照着把密码翻译出来："送杨是十五日九点半，黑色雪佛兰，号零二七三。"

陆岱峰深知杨如海和其他几位常委一样都有着深厚的国学功底，对《唐诗三百首》都几乎熟读成诵。在这一句话中，"兰"字在《唐诗三百首》中第一首《感遇》中的第一句第一个字就是。可杨如海竟然没有用，因为如果用这第一首的话，这个密码就成了010101，这样很容易引起别人的怀疑。所以，杨如海弃而不用，却选用了第十九首中的一个"兰"字，足见他用了一番苦心。

陆岱峰虽然不知道杨如海是如何从调查科里面将情报送出来的，但要知道送情报的人是谁却并不困难。他给蜜蜂打了一个电话，从电话里了解到是一个年轻的姑娘让一个沿街乞讨的小孩子贴上去的。他猜测，这个姑娘很可能是调查科内部的人。他想，等营救杨如海同志成功以后，他们应该想办法进一步了解并争取这个姑娘为地下党做事的。

第十三章　设伏

4月15日，早晨，枫林桥畔。

太阳已经升起来了，今天的阳光和前几日一样，依旧传递着春天的温暖。

可是，枫林桥附近的情况却与往日有着明显的不同。路两旁比往日多了几个摊点，且今天的生意都特别的好。每个摊点前都有人围在那儿。在路北边的一个茶铺的凉棚下竟然有三拨过路人在喝茶，每一拨都有三四个人。茶铺的老板娘跑前跑后，压抑不住心里的兴奋，在这儿开茶铺已经有两年多了，还从来没有遇到过生意这么火爆的日子。可老板却一边沏茶，一边战战兢兢的，惹得老板娘冲他直嚷嚷，嫌他不会做生意。见他仍然打不起精神，老板娘便关心地问他是不是不舒服。老板顺嘴说自己的确是有点不舒服。

老板娘不高兴地说："单单在这个节骨眼上不舒服，那你就歇会儿吧，我自己勉强照应得过来。"

其实老板并不是身体不舒服，而是心里不舒服。他多年在外，经过风，见过雨，他从今天来喝茶的这些人的身上看出了一股杀气，凭直觉感到这些人一定不是生意人，更不是普通过路人，他们一定有什么特殊的目的。开始他以为是青帮的人，在上海滩，青帮的人经常三五成群聚在一起，可是他们又不像他见过的青帮子弟那样咋呼，不过他们的安静里面透出的杀气压得他喘不过气来。这些人虽然分成了好几拨，但老板还是看出来了，他们是一伙人。虽然他们之间装作不认识的样子，可身上却有一种相同的东西。老板猜想，这十几个人聚在一起，肯定是在执行什么重要的任务。他越想越觉得不舒服，可又不敢对自己的老婆说明，怕她一害怕，手忙脚乱，说出什么犯忌讳的话来或者做出什么错事来，惹出乱子。

茶铺老板的眼力果然厉害。这些喝茶的人的确不是普通的过路人，他们是行动队的队员，行动队队长李克明也在其中。这个茶铺的位置很好，坐在凉棚下面，整个枫林桥畔的情况尽收眼底。李克明就在这儿坐镇指挥。

不一会儿，开来了一辆敞篷汽车，从车上跳下来了一群人，吵吵闹闹地从车上搬下来一些摄影器材，看样子像是拍电影的。枫林桥畔更加热闹起来。

根据老刀的安排，保卫处所有成员中凡是会打枪的全部出动，分头化装分散在枫林桥附近，只等押送杨如海的黑色雪佛兰轿车出现。

只要0273号黑色雪佛兰轿车一出现，李克明就会发出行动信号，化装成拍电影的情报科成员会在目标来到枫林桥头之时，立刻将敞篷汽车横在桥上，挡住目标的前进道路。分散在路两旁的行动队队员立刻向轿车发动攻击。四面同时出击，最好是迫使车内的特务缴械投降，如果拒不投降，则由埋伏好的几名枪法好的队员对敌人进行射杀。

陆岱峰也化装成一个算命先生，在桥头的一家小饭馆内，一边给店老板算命，一边注意着外边的情况。虽然这次行动由李克明现场指挥，可陆岱峰总有点不放心。这毕竟是保卫处成立以来第一次武装行动，一旦出现纰漏，就会给保卫处甚至是江南特委带来不可估量的损失。因此，陆岱峰要亲临现场，一旦出现反常情况，也好迅速地做出应对。

马上就要到九点半了，所有参与行动的人员都开始紧张起来。如果轿车九点半准时从租界内出发的话，来到枫林桥头最多需要二十分钟，也就是说，在九点五十分左右这场武装营救的战斗将要打响。有的队员是第一次参加营救行动，所以更加紧张。在茶铺内的几个队员已经有点坐不住了，一名队员的手老是情不自禁地伸向腰间去摸手枪。

茶铺的老板早已吓得脸色苍白。老板娘见丈夫脸色苍白，嘴唇直哆嗦，以为他真的是病了，便扶着他在里边坐下，自己出去招呼客人。她刚起身想往外走，老板伸手拉住了她，向她丢了一个眼色，压低了声音说："你先别过去了，他们不是来喝茶的。"

老板娘一听，吓了一跳，脱口说道："那他们……"，没等她说下去，老板伸手捂住了她的嘴，压低声音说："你不要命了！这些人一看就不是生意人，他们个个脸上带着杀气，今天恐怕要出大事了。待会儿一旦打起来，我们就赶紧趴在地上别动，你听见了吗？"老板娘扭头向外面看去。

此时，李克明也早就听出了里面的异常动静，也正好往里面看，两个人的目光一碰，李克明眼里冒出一股浓浓的杀气，吓得老板娘一下子瘫坐在了凳子上。

时间在一分一秒地过去，化装成导演的凌飞一边在桥上指手画脚地指挥拍摄，一边不时地看一看怀表。时间已经过了九点五十分了，可是，目标却始终没有出现。他的心里直犯嘀咕：莫非敌人改变了路线？不太可能。枫林桥是连接租界和华界的桥梁，一头是法租界，另一头就是上海国民党的统治中心，这是离警备司令部最近的一条路。敌人不可能舍近求远。按说，现在也应该来到了，怎么还没一点迹象呢？

随着时间的推移，行动队队员也都坐立不安了。他们纷纷把目光投向自己的组长，各小组组长也都是一筹莫展，纷纷把目光投向负责现场指挥的李克明和凌飞。

陆岱峰依然在小饭馆里坐着，此时他也早已经给店主人算完了卦。看来给店主人算的这一卦很不错，店主人拿出几块钱要给他，他却执意不收。店主人很高兴，特意给他弄来了几个小菜，还有一壶酒，作为答谢。陆岱峰也就不再推辞，就着小菜，端起酒杯有滋有味地喝起酒来。其实，他的心里比任何一个人都着急。

今天，保卫处几乎是全体出动，都聚集在了枫林桥畔，桥对面不远处就是国民党的上海警备司令部。队员中有一些是参加地下工作不久的新手，他们沉不住气，一旦被人看出破绽，后果将不堪设想。

再者说，至今还没有查出叛徒究竟是谁，今天的行动会不会也像前天的会议一样被告密呢？那样一来，今天不但救不了杨如海，弄不好，保卫处也将会面临灭顶之灾。

可一旦撤走，如果押送杨如海的车子因故晚来呢？那不是白白错过了营救的大好时机吗？现在，他真是左右为难。他在门口喝着酒，眼睛却看着外面，以便一旦外边出现什么异常情况好迅速做出反应。

一小壶酒很快就喝完了。陆岱峰觉得不能就这么干坐着，否则会引起别人怀疑。他知道，酒馆的老板对他是挺相信的。因为他刚才凭着自己掌握的一点阴阳八卦知识和察言观色的本领，给老板算了一卦，赢得了老板的信任。

可是，他的身份不仅需要在酒馆老板面前加以掩饰，即便是对自己手下的队员，也要隐瞒。只有如此，才能最大限度地保护自己。这样做，看起来似乎有点过分，其实这是做地下工作必须要注意的。知道自己真实身份的人越少，危险也就越小。

一个走江湖的算命先生不可能长时间坐在一个小酒馆的一隅里自斟自饮，所以，他又对老板说："老板，我叨扰了你一壶酒，心里过意不去，现在正好饭馆里的生意还不忙，我再给你看看手相如何？"

饭馆老板以为这位算命先生喝了一小壶酒还不过瘾，想再要壶酒喝。反正现在也没有什么事，再加上刚才这位算命先生给他算的那一卦挺好，他的心情很愉快，便乐得送个人情，于是，伸出自己的左手说："那就麻烦先生给看看吧！"

陆岱峰为了搞地下工作，曾专门向一位算命先生学习过看面相和手相。虽然他对此还是一知半解，但是忽悠一下一般人还是很容易的。他听了老板的话，将老板的左手手腕放于自己的手掌上，用拇指轻轻按住他的脉，然后说："大多数看手相的人都说男左女右，其实，并不是这样。看手相是要左右手都看的。"

老板愣了一下，犹豫着没有伸出右手。陆岱峰接着说："除了左撇子以外，我们都经常使用右手，所以，一个人身体的发展以及性格、才能的变化，在右手上会留下更多的痕迹。所以，右手表示的是后天的性质、才能和命运。而左手表示的是先天的性质和才能。"

听了陆岱峰的话，老板立刻把右手伸出来。陆岱峰看了看他的左手，又看了看他的右手，他看到老板的左右手上的掌线几乎是相同的。他知道此人将平庸地度过一生。但是，他却不能这么说，他要让老板听起来舒服一些。于是，他换了一种说法，在老板听来就成了好事情。陆岱峰说："老板，你看，你的左右手上的掌线变化不大，说明你今后的生活是一帆风顺的。"

果然，听了他这句话，老板脸上露出了喜色。在这个乱世，有什么能比一帆风顺更好的呢？然后，陆岱峰又接下去根据他的生命线、智慧线、感情线等给老板说起来，那老板听得直点头。而陆岱峰一边说着，一边不时地向饭馆外面的大路上瞟一眼。别看他摇头晃脑地在那儿说着，其实心里却一直在盘算着今天的行动。

已经快到十一点了，这时，饭馆里开始有客人来了。看来今天的行动必须取消，不能再等了。陆岱峰很快结束了看手相的活儿，让老板赶紧招呼客人，并说以后有空还会来给老板看面相的，老板高兴得不得了，硬是塞给陆岱峰一块钱。陆岱峰没有再推辞，如果再推辞的话，就与他的算命先生身份不符了。他接过钱，站起身来，走出了那家小饭馆，向租界里走去。

他的这一举动并没有引起行动队队员的注意，因为他们都不知道这个算命先生就是老刀。在场的人中只有李克明和凌飞不时地用眼睛看着小饭馆里的陆岱峰。他们一见陆岱峰起身离去，知道这是撤退的命令，于是，两人分别命令队员撤退。很快，队员们陆续撤走了。

茶铺的老板长出了一口气，对惊魂未定的老板娘说："今天来的这些人个个都身怀绝技，并且他们身上的杀气都很重。不知道为什么，今天竟然没有出事儿，这真是老天爷眷顾咱们呢！"说到这儿，他又看了看四周，见没有人注意他们，他才又压低了声音对老婆说："今天这事儿，对谁也不要说。说多了话会丢脑袋的。"老板娘吓得一个劲地点头，说："我知道，我知道。我保证一个字也不向别人说。

在回去的路上，陆岱峰的心情很沉重，按说今天的行动布置得很严密，事先没有告诉队员们，只有自己和李克明、凌飞、钱如林四个人知道。军事处的几位科长都不知情，他们不可能泄密。再者说，即使他们知道也无法向外传递消息，因为他们已经被隔离审查了。

除了保卫处的四个人以外，唯一一个可能知道今天行动的人就是金玉堂。因为是他从他哥哥金满堂那儿得到的消息。可如果是他，他为什么既要告诉我们押解的时间，又向敌人透露消息呢？这里面有什么阴谋呢？莫非他是与他哥哥联手欺骗我们？可为什么敌人又没有对保卫处的人采取行动呢？

第十四章　秘密押解

4月15日，上午八点钟。

一辆从祥生汽车行租来的黑色雪铁龙轿车开进了门口挂着一块小牌子的花园式洋房院内。这个花园式洋房院子挺大，黑色大铁门，平时整天关闭着，门内的情况连附近的住户也都不清楚。门口一侧挂着一块四方铭牌，上面写着"西药研究所"几个字。门上还挂着一块牌子：科研机构，闲人免进。其实，这里就是国民党中央组织部调查科上海实验区的秘密办公地点。

黑色雪铁龙刚停下，许明槐和行动组组长李维新就陪着杨如海走出房间。杨如海走出屋门，看到停在院子里的汽车，心里吃了一惊，但是，他依然面不改色地向车子走去。他心里很明白，许明槐真是太狡猾了，他们不但提前行动，并且不再使用自己的汽车，而是租用了祥生汽车行的出租车。

祥生汽车行是当时上海滩华商汽车行中新崛起的一家，它的老板就是后来被称为"出租汽车大王"的周祥生。这个时候车行已经拥有二十多辆轿车。用车行的轿车押解，这在以前是从来没有过的事情，保卫处的同志们无论如何也不可能想到许明槐会来这一手，杨如海心里很清楚，同志们的营救计划肯定要落空了。

另一个感到吃惊的人是郑茹娟，昨天下午她明明听到许明槐给警备司令部情报处长——也就是她的舅舅——穆新伟打电话，说是用自己的雪佛兰轿车于今天上午九点半押送杨如海前往警备司令部，大约十点多钟会到警备司令部门口，让穆新伟到时候去警备司令部门口接一下。说到这儿，他还和穆新伟开玩笑说："穆处长，你们那儿戒备森严，没有你老兄去接我，恐怕我连门也进不去啊！哈哈！"可今天，他怎么突然变卦了呢？

郑茹娟呆呆地站在院子里，看着许明槐和李维新把杨如海押上了车。在汽车的后排，许明槐和李维新坐在两边，把杨如海夹在中间。一名行动组的人坐在了副驾驶座上，车子很快地开走了。

杨如海从出门到上车，一直没有回头看郑茹娟一眼，他非常镇定地走出屋门，又很镇定地上了汽车。那样子不像是被押走，倒好像是去做客一样。车子一出大门，黑色大铁门便立刻关上了。

郑茹娟眼里竟然涌出了热泪，她急忙向四周看了一下，好在没有人注意她。她扭身走回自己的房间，关上房门，坐在椅子上，发了好大一会儿呆，才突然醒悟似的从口袋里掏出了一个纸团。

就在刚才，她突然听说要提前把杨如海押走，一下子慌了神，不知怎么的，鬼使神差地赶在许明槐之前走进了杨如海的房子。可她刚踏进杨如海的房子，就听见许明槐和李维新越来越近的脚步声，她进了门却什么话都不能说，只是感情很复杂地望着杨如海。

杨如海一见郑茹娟神色慌乱，又听见她后面已经传来了许明槐和李维新的说话声，知道情况有变，他什么也没说，就迅速地把昨天晚上自己写好的一封密信攥成一个纸团，偷偷地塞到了郑茹娟的手里。

这也是杨如海从事地下工作的过人之处，虽然昨天已经把情报发送出去，但是，他遇事总是从最坏处做打算，如果自己不能被成功营救出去的话，该怎么办？手头掌握的一个情报必须传递出去，所以，他昨天晚上就写好了一份情报，以备不测。果然，今天情况突变，所以他毫不犹豫地把这份情报交到了郑如娟的手里。

等人们都走后，郑茹娟回到机要室，关好门，在桌前坐下来，机警地向窗外看了一眼，见外面没有人，这才慢慢地打开那张纸条，只见上面和昨天的纸条一样写着"宏远公司业务人员不慎丢失几张票据，票据号码如下"以及"特声明作废"的字样，只是中间的那些数字有了变化。

郑茹娟不知道这些数字是什么意思，但她知道这一定是杨如海和他的同志们的联络密码。今天他就要被押走，按照昨天已经送出的情报，他的同志们就会营救他，可是他还提前写了这张纸条，这是什么意思呢？难道他料到了今天的变化吗？她百思不得其解。但是，她还是决定把这张纸条像昨天一样贴出去。

淞沪警备司令部门口来了一辆小轿车，被门口的警卫拦住。车窗的玻璃放下来，许明槐探出头，把自己的证件交给了警卫，嘴里说："我找情报处穆处长。"

警卫看了一下证件，立刻恭敬地用双手把证件递还给他，然后摆手放行。小车进了警备司令部的院子，警卫转身往情报处打了一个电话。

穆新伟在办公室里，接到电话便立刻出来迎接："哎呀！我的许老兄，你改时间怎么不提前打个招呼呢？显得小弟我失礼了不是？"

许明槐一边走上前握住穆新伟的手，一边笑着说："穆兄，你就别客套了，先安排人把犯人关押好，然后带我去见熊司令吧！"

穆新伟说："老兄你真是雷厉风行啊！好，那我就不请你到我的办公室了。我们这就先去见熊司令。"说完话，扭头看了一眼跟在自己身后的情报处副处长周晓年，对许明槐介绍说："这位是我们情报处副处长周晓年。"

周晓年立刻上前啪的一个立正。"许区长好！"

许明槐上前握了一下周晓年的手，又向他们介绍了行动组组长李维新。然后周晓年和李维新押着杨如海下去，许明槐和穆新伟一块儿去见警备司令部司令熊式辉。

在熊式辉的办公室里，许明槐先向熊式辉汇报了抓捕杨如海和初审的经过，介绍完后苦笑一声说："我想尽了办法，他就是不开口，看来只有将他押送南京，交由总部审讯了。"

熊式辉说："许区长抓住共党的首领，功劳甚大。我看还是立刻给委员长发报，请委员长定夺吧！"

许明槐说："抓获杨如海之后，我已经给调查科总部发了报。我想陈先生肯定已经向委员长报告了。"

听了许明槐的话，熊式辉有点不高兴，这样一来，这功劳就全成了他许明槐的了，自己不是白帮忙吗？

许明槐看出了熊式辉不高兴，他立刻说："熊司令，我看您不妨照样向委员长汇报，先在您这儿审讯，然后还得借助您的力量向南京押送。毕竟，共党的行动队很厉害，单凭我们押送恐怕很不保险。"

熊式辉不置可否地哦了一声，那意思像是让许明槐继续说下去。许明槐本不想说得太多，可又不能不说。他简单地说："昨天我和穆处长联系，本来是想用我们自己的车子，可是昨天晚上我得到情报，共党江南特委已经获知了我们的押送时间、车辆和路线，并准备半路拦截。所以今天我只得租了一辆车子提前出发，这才安全地把他押解到这儿。"

熊式辉听了许明槐的话更不高兴了。"许区长，既然你知道共党特委要半路拦截，怎么不提前和我们联系，让我们调兵把共党特委一举歼灭呢？"

许明槐忙说："熊司令，您有所不知，我得到的情报也只是说共党特委准备半路拦截，但是提供情报的人并没有告诉我他们会在什么地方拦截。"说到这儿，他见熊式辉露出不相信他的样子，便接着说，"提供情报的人可能不能接触到江南特委的核心，不能掌握详细行动计划。所以，我想先把共党要犯安全押送过来再说，至于江南特委，我相信不久就会有机会消灭他们。"

熊式辉一听，仍然是半信半疑："这么说，你连自己安插进去的情报人员在共党内部身居何职都不知道喽？"

许明槐知道熊式辉误会自己了，他赶忙解释说："司令，说实话，这个人并不是我安插进去的。他只是通过电话向我提供情报，共党军事处开会的时间就是他打电话告诉我的。那是他第一次给我提供情报。电话中他告诉我，让我到悦来茶楼等着他安排的人给我发信号，我倒是见过给我发信号的人，但是由于离得很远，我也认不清。昨天晚上，他又给我打电话，告诉我江南特委已经知道了我们的押送时间和车牌号码，但是，他不知道特委会在什么地方设伏。"

穆新伟接过话茬问："许区长，那您在来的路上有没有发现什么异常情况呢？按你原先的押送时间，现在还不晚，我们可以调集人手前去围剿。"

许明槐说："一路上，我把车子的窗帘都紧闭起来，生怕外边的人看见杨如海，惹出麻烦来。我从司机肩膀旁往前边看，只能看到路上的情况，路两旁的情况就看不上，所以没有发现什么。"

穆新伟叹了一口气。"唉！我们错过了一个很好的机会。如果您细心观察的话，共党的埋伏一定会被您识破，那我们就可以给共党特委一个毁灭性的打击。"

许明槐心里想：你们还不是想着抢功吗？江南特委有一个保卫处，他们的首领老刀是何等的厉害！我虽然没有跟他面对面地展开较量，但是在暗中的较量，哪一次不是我失败？杨如海思维如此敏捷，都还不及老刀，可想这个老刀绝不是无能之辈。如果我掀起窗帘往外看，一旦被他们看出破绽，我还能活着来到这儿吗？

他心里这样想，嘴上却没有这样说，而是敷衍着说："是啊！这次是小弟疏忽了。"说到这儿，他忽然话锋一转，说，"再说，我之所以没有打电话，是因为心里有所顾虑……"说到这儿，他故意停下了话头。

熊式辉并没有接腔，只是冷冷地看着他。穆新伟却迫不及待地问："许区长，您有什么顾虑呢？"

许明槐犹豫了一下，好像有点很不情愿地说："这次押解的时间，我只给您打过一个电话，在我们那儿，没有第二个人知道。可是，我实在不明白，共党特委是怎么知道的？甚至连我们的车牌号码都知道了，这真的是令人后怕啊！"

听了许明槐的话，穆新伟大吃一惊。"什么？许区长是怀疑我穆某走漏了消息？"

许明槐赶紧说："穆处长误会了，我怎么会怀疑您呢？我只是想和您共同研究一下，看看我们的问题究竟出在哪儿。否则，今后我们的行动会很被动。"

穆新伟刚想争辩，熊式辉摆了一下手制止了他。许明槐说的这个情况也让他的心里吃了一惊，如果按照这个说法推论下去，那么问题就是出在了他的警备司令部。

他很相信穆新伟，穆新伟绝不可能出卖情报给共产党。熊式辉不想跟许明槐多纠缠，他说："我看这样吧，我们立刻向南京发报，看南京有何答复。在南京答复以前，可以让审讯处先行审讯。"

许明槐打发跟随他来的李维新先回去，他决定先留在司令部，一旦上边让把杨如海押解南京，他必须得亲自去一趟，不能把功劳让警备司令部抢去。

很快他们便得到了南京的回复。蒋委员长不在南京，他到江西督战去了。在江西，国民党军队正对红军根据地进行围剿。蒋介石在前线得知上海抓住了共党江南特委军事处主任杨如海以后，便命令由淞沪警备司令部就地进行审讯，要求不管用什么办法，也要撬开杨如海的嘴。只要杨如海开了口，那就是对共党的毁灭性打击。他要求熊式辉把共党在上海的江南特委和中央机关连根拔起，彻底消灭。

第十五章　审查

这是一座很不起眼的小旅馆，它只有三层楼，这在公共租界内只能算得上三等旅馆。门口招牌上的漆也早已脱落，即便你仔细辨认，也认不出招牌上的店名来。

在三楼的 7 号房间内，住着一个看上去很落魄的商人。他年纪不大，看样子似乎不到三十岁，面皮白净，个子也不高，是一个典型的南方人。如果走在街上，就是一个普通得很难引起任何人注意的小商人。

此刻，他就坐在房间内唯一的一把椅子上抽着烟。这把椅子就在窗口，可奇怪的是，明明是大白天，外面的阳光也很好，他却把窗帘拉得严丝合缝，外边的光线一点也进不来，房间里显得阴沉沉的。他皱着眉头，抽着烟，房间里弥漫着呛人的烟雾。他就坐在那儿，好长时间都没有动。突然，他神经质地一下子跳起来，快步走到窗前，掀起窗帘的一角，悄悄地向外边窥望。

他看到在旅馆门口有一个摆烟摊儿的，坐在墙根下，面前就铺着一块脏兮兮的蓝布，在那块布上摆着十几盒烟，在这个不太热闹的小弄堂里，很少有行人，所以，烟摊上也就很少有什么买卖。可那个人一点也不着急，每天天一亮就在那儿摆摊，直到天完全黑透了才收拾起摊子离去。

他知道，这个摆烟摊的年轻人是组织上派来的。当然，任务是双重的。一重任务是为了保护他的安全，而另一重任务则是来监视他。他知道，晚上肯定也有人负责保护和监视，但是，他观察了很久，都没有发现晚上执行这项任务的那个人在哪儿。

参加完军事处会议之后的第二天凌晨，组织就安排他离开原来的住处，来到了这家小旅馆，并且明确告诉他不要擅自离开。现在已经是第三天了，他就一个人住在这儿，组织上也没有派人来和他联系。他的心里感到深深的不安，但是他不能问，其实，他也无人可问。

对组织的命令，他只有绝对地服从，别无选择。因为自己的一举一动，都在组织的监视之中，如果轻举妄动，就会受到惩罚。可是，已经过去整整两天了，他心里的压力越来越大，感到快要崩溃了。他真的很希望组织上马上派人来找他，哪怕是给他带来一个无法接受的坏消息，也比这样好一些。

就在他放下窗帘，重新坐回到椅子上不久，房门被敲响了。这两天多来，除了早中晚的吃饭时间店里的伙计给他送饭以外，他的房门从来就没有被敲响过。现在才是上午的八点多钟，突然响起的敲门声令他吃了一惊。他一下子从椅子上跳起来，急忙向门口走去。

快走到门口的时候，他又突然感到了一阵紧张，甚至有点恐惧。他停住了脚步，猛然想起了要听听这个敲门声是不是联络暗号。果然，敲门声再次响起，是三短两长。

这是他被带到这儿的时候，带他来的人临走时告诉他的联络暗号。他知道这是组织上派的人来找他了。组织上终于派人来了，他本应该高兴，可是，他的心里却感到无比的紧张和害怕。他迟疑了一会儿，在敲门声第三次响起的时候，才打开了房门。

门外进来了两个人，走在前边的人很年轻，只有二十多岁的样子，手里提着一个包，一身短衣打扮，一看就是一个随从。后边的那个人年龄稍大一点，头戴礼帽，身穿长袍，戴着一副茶色眼镜，下巴颏上留着一撮小胡子。

一进门，那个年轻人就被房间里的浓烟呛得咳嗽了起来。后边的那个人说："把窗户打开通通风，你这屋里太呛了。"没等房间的主人动手，那个年轻人已经快步走到窗前，拉开了窗帘，打开了窗户。

窗户一打开，外边的空气一下子涌进来。由于房门也敞着，空气对流，很快就冲散了屋里的浓烟。直到此时，他们都还在那儿站着。他忽然缓过神儿来，赶紧把房间里仅有的那一把椅子往靠窗口的地方拖了一下，对那个老板打扮的人说："您请坐！您请坐！"

那个人倒也没有客气，走过去坐在椅子上，他又指了指床沿对那个年轻人说："您也请坐！"

那个年轻人却没有坐，而是转身走到了门口，先是向外面看了看，然后回过身来站在了门里边。正在他不知所措的时候，那个老板打扮的人指了指床沿对他说："你坐下吧！"

他紧张地看了看，然后坐了下来。坐下之后，他就等着问话了。可那个老板打扮的人却只是看着他，一言不发。他不敢直视对方，坐在床沿上低着头，可他仍然感觉到有两道目光从那镜片后面射出来，像刀子一样刺到他的身上。他不由自主地哆嗦了一下，忽然想起了什么，赶紧站起身来，嘴里说着"我给您倒杯茶！"可那个老板打扮的人却一摆手制止了他。直到此时，那人终于开口说话了："赵梦君同志，我是保卫处的。我姓马。你就叫我老马吧！"说到这儿，又一指站在门口的那个年轻人说，"他是行动队的小刘。"

赵梦君一听到对方说是保卫处的，就情不自禁地又站了起来。

其实，进来的这两个人就是行动队队长李克明和第三行动组组长刘学林。因为李克明在工作中的化名是马方汝，因此才自称姓马。李克明见赵梦君站起来，就说："你请坐！我们今天来是有一些事情需要向你求证一下，希望你能配合！"

赵梦君赶紧点头说："我一定配合！"

李克明说："你知道这两天发生了什么事吗？"

"不知道！我是 14 日早晨被组织上的人带到了这儿，说是有人会来和我接头，一直等到现在，才见到了你们。这两天我按照组织上的要求，连房门都没有出过，所以，也就不知道外面到底有什么事情发生。"

李克明没有说什么，他环顾了一下房间，眼睛看着窗外说："杨如海同志被捕了！"

说出这句话的时候，他猛然回过头来盯着赵梦君。他要看看赵梦君在听到这个消息的一瞬间有什么反应。

赵梦君坐在床上没有动，脸上的表情却是很吃惊的样子。"什么？！杨如海同志被捕了？"

李克明紧盯着他说："你的表情很夸张，但是我从你的声音里听出来，你好像并不是很吃惊？"

赵梦君赶紧辩解说："我是参加了军事处会议之后的第二天就被组织上安排住进了这儿。说实话，这两天里我想了很多，我也曾猜测可能是那天的会议出了问题。所以，刚才听到您说杨如海同志被捕，我虽然有点吃惊，但是，我实际上多少是有一些心理准备的。"

李克明看了一眼床头桌子上放着的烟盒，那是一盒金鼠牌香烟，这种烟由华成烟草公司出产，是当时上海滩最畅销的十种香烟之一。在桌子上还有一个烟灰缸，里面的烟头和烟灰堆成了一座小山。

赵梦君见李克明看着桌子上的香烟，这才醒悟过来，赶紧从桌子上拿起香烟，一边往外抽烟一边说："您看看，我忘了给您拿烟。"

李克明一伸手接过了赵梦君递过来的烟，但是，当赵梦君又去拿火柴给他点烟的时候，他却伸手制止了他。他把那支烟慢慢地放回到桌子上。赵梦君疑惑地看着他。李克明说："你抽了太多的烟，屋子里很呛人。这会儿才稍微好一点儿，我看我们还是暂时忍一忍烟瘾吧。"

赵梦君缩回了手，坐在床沿上，等着李克明问话。

李克明却没有接着刚才的话题说下去，他忽然撇开了杨如海被捕的事儿，问道："赵梦君同志，如果我没有记错的话，你在去年三月份曾经被巡捕房逮捕过吧？"

赵梦君吓了一跳，他想不明白李克明怎么会突然问起这个问题。他在吃了一惊的同时，心里也有点不高兴。他回答说："老马同志，关于去年我被捕的事情组织上已经做了详细的调查，并且得出了结论，才重新安排我回到军事处，继续担任组织科科长的职务，这就说明了组织上对我的信任。"

李克明笑了笑，慢悠悠地说："赵梦君同志，我也就是随便问一问，去年对你进行审查的时候，我虽然没有参加，但是，审查的所有材料我都看过。"

赵梦君愣住了，一个能够看到对军事处组织科科长审查材料的人，在保卫处里那一定是很重要的一员。可自己从没听说保卫处的主要领导中有一个姓马的。此人会是什么身份呢？

李克明见赵梦君疑惑地望着自己，他又笑了笑，提醒说："我们曾经有一段时间算同事，只是没有谋面而已。"赵梦君的脑子里灵光一闪，他想起来了。

在军事处曾经有一位副主任，刚刚任命不久，就由于特委组织保卫处，又被任命为保卫处副主任。所以，他的这个副主任只是挂了一个名，并没有在军事处工作。对于这个人，在军事处的一些同事当中可以说是传得神乎其神。很多人说他不仅善于指挥作战，而且还会双手打枪，还能飞檐走壁。据说军事处和保卫处都在抢这个人，后来军事处没有争过保卫处，此人才彻底离开了军事处，到保卫处当上了副主任兼行动队队长。

莫非眼前这个人就是那个传说中的人物？可他记得那个人姓李，而不是姓马。一转念，他又明白了，眼下从事地下工作的人都有化名，甚至有的人还会有好几个化名。想到这儿，他的心里不由得又打起了鼓，难道自己被怀疑上了？否则怎么会让这个保卫处副主任亲自出面来审查自己呢？他的脸上淌下了汗珠。

在赵梦君思考的时候，李克明坐在那儿，仔细地看着赵梦君脸上的表情变化。他之所以亮出自己的身份，就是要给赵梦君一个巨大的压力，使他崩溃。一个人只有在精神崩溃的时候才会彻底地抛弃自己的防线。现在，他觉得取得了满意的效果。

可是，出乎他的意料，赵梦君想了一会儿以后，却咬了咬牙，说："既然您看到过组织上对我的审查材料，那么如果您觉得那个审查材料有什么问题，请您提出来，我可以回答！"

李克明看了看他，很长时间没有说话，两个人就这么对峙着。

过了好长时间，李克明才说："对于那份材料，我没有疑问。可是，对于那一天参加军事处会议之后你的行动，我却有一个问题要问。"说到这儿，没等赵梦君接腔，他就接着说："那天散会以后，你走出联络站不远，就有一个人追上你，碰了你一下子，然后你们交谈了几句话。我想知道那个人是谁？你们说的是什么话？"

刘学林站在那儿，随时注意着门外的动静，但是房间里的谈话，他也是一字不漏地听进了耳朵里。他对李克明的这种审查方式很感兴趣。他在心里一直很佩服李克明。和其他组长一样，他很想跟着李克明好好学一学。今天李克明把这个机会给了他，他怎么能漏过一句话呢？刚才，李克明故意岔开话题，提起去年赵梦君曾经被捕的事，一下子打乱了赵梦君的方寸。就在赵梦君想要对被捕后的表现进行辩解的时候，李克明却突然话锋一转，说出了真正要问的话。在这种情况下，对方即便是想要撒谎，恐怕也是说不圆的。

赵梦君愣了一下，然后说："那个人是你们保卫处的人，他上前和我对上了暗语，然后告诉我到北四川路998号咖啡馆，说有人要和我接头。可是我去了之后，等了好长时间，也没有人和我接头，直到傍晚我才回家。"

李克明冷笑了一声说："跟你说话的那个人根本就不是我们保卫处的人。我当时就在现场，只不过不是今天这副模样，你可能没有注意到我。那个人我不认识，我手下的几个组长也不认识。"赵梦君正要说话，李克明一摆手制止了他，接着说，"至于你到咖啡馆等了一个下午，没有人为你证明。当然，我知道，那个地方是'左联'的一些领导成员进行秘密接头的地方，而我们江南特委的人很少在那儿接头。所以，你的这个说法不能令我满意。"

　　赵梦君急忙说："可我并没有撒谎！"

　　李克明打断他的话说："有没有说谎，你自己很清楚。现在我可以很负责任地告诉你，到目前为止，你是参加会议的那些人中最值得怀疑的人。当然，我们还要进一步调查，尽量取得更多的证据，但是我也可以明明白白地告诉你，就目前我们掌握的这些证据来看，在这个非常时期，对你采取一些措施也是完全可以的。"

　　赵梦君当然明白李克明这几句话的含义，他吓得脸一下子煞白。他想说什么，可就是张不开嘴。等他缓过神儿来的时候，李克明和刘学林早已离开。

　　屋里只剩下他一个人了，他把今天的事情仔仔细细地想了一遍，尤其是那个自称老马的人看他的眼神。他忽然感到寒冷——组织已经不相信自己了。想到这里，他的心冷了下来。

　　他看了看这间屋子，这不是一个保护所，这是一个监狱。

第十六章　秘密任务

就在李克明受命对参加军事处会议的人逐一进行审查的时候，凌飞也接到了陆岱峰的命令。

这一次，陆岱峰没有在秘密联络站对凌飞下达命令，而是把凌飞约到了法租界的东华俄餐馆。东华俄餐馆，位于霞飞路 558 号，它看起来是俄餐馆，其实是一个从哈尔滨来的山东籍商人经营的。陆岱峰之所以选择这个地方与凌飞接头，是有他独特的考虑。

第一个原因是陆岱峰不想过多地到联络站去。在凌飞看来，这是一件很正常的事情，因为，除了召集保卫处几名成员开会以外，陆岱峰很少到 16 号秘密联络站去。他主要是怕在 16 号联络站出入太过频繁，引起人们的怀疑。所以，陆岱峰只要是与某一个保卫处成员商量事情，他一般是不到 16 号去的。

但是，凌飞不知道，陆岱峰这次把他约出来还是因为对一些熟悉的地方不放心。陆岱峰隐隐约约觉察到了一种危险，这个危险来自那个他还不知道的内奸。虽然他对自己的三名部下从来没有怀疑过，但是，一连串的失败使他变得更加谨慎了。他决定分派工作的时候，不再当着大家的面布置，而是单个交代任务，且不让他们互相通气。这一方面便于保密，另一方面，不论是谁的工作出了问题，都能够把怀疑的目标缩到最小。也就是说，他单独布置的每一个任务都是对他们每个人的考验。

第二个考虑是环境因素。在法租界中，霞飞路是一个很特殊的地方。霞飞路上饭店林立，人员混杂，便于活动。再加上负责这条路治安的法国巡捕房探目赵玉松与特委保卫处有联系，已经被凌飞秘密发展为内线。因此，陆岱峰选择了这个地方向凌飞下达了一个秘密活动的命令。

　　陆岱峰和凌飞找了一副座头，陆岱峰叫侍应生过来，点了两菜一汤。很快，侍应生就送上来第一份菜"色拉凉拌"。陆岱峰和凌飞选择的这个时间是中午 12 点，此时的餐馆里很热闹，老板和侍应生都忙得不可开交，餐馆里人声嘈杂。陆岱峰和凌飞一边吃着饭一边低声交谈，就连坐在他们近处的人也听不见他们说什么。

　　菜刚上桌，凌飞还没顾得上吃，就急忙问："叫我来，有什么重要任务？"

　　陆岱峰说："先吃菜，待会儿再说。"

　　陆岱峰一边吃着，一边好像是很随意地说："今天这儿的生意可真够火爆的。"说着话，迅速地向四周扫视了一番，没有发现可疑情况，这才对凌飞说："交给你一个特殊的任务，你去找一个人。"

　　凌飞吃着菜，眼睛看着别处，好像有点漫不经心的样子，其实，陆岱峰说的每一个字他都听得清清楚楚。陆岱峰知道他在认真地听着，所以就一直说下去："老杨在被送走之前，从里边送出了一份情报，送出的方式还是和上次一样。他让我们去找一个叫郑茹娟的人，此人的身份是调查科上海实验区的机要秘书。"

　　陆岱峰没有像往常那样说杨如海同志，而只是说老杨。凌飞知道，这是因为一旦出现"同志"这个词，万一被别人听到，会有麻烦的。

　　凌飞心里有点兴奋，难道说杨如海同志在敌人内部找到了自己的同志，还是把这个人争取过来了？心里虽然这么想，但是他还是没有说话。凌飞和李克明、钱如林相比，最大的特点就是很少问为什么，因为他知道，应该让自己知道的，不必自己去问，老刀也会告诉自己。不该让自己知道的，即便问了，老刀也不会说。所以，除了开会分析事情以外，他很少说话。这正是陆岱峰最喜欢他的地方之一。

陆岱峰夹了一口菜，接着说："老杨为我们提供的就是这些，看来是他在被捕以后，觉得这个人可以争取过来，或者是可以为我们做事。另外，我觉得老杨的这两份情报很有可能就是这个郑茹娟给传递出来的……"

陆岱峰坐的位置正好面对着侍应生上菜的来路，他看见侍应生来上菜，便住了口。此时，侍应生端来了罗宋汤。侍应生把汤盆放在了桌子上，凌飞一看，只见艳红而油光光的汤面在不断冒泡中散发出诱人的茄香。这是一道很开胃的汤菜，若在平时，凌飞早就迫不及待地想一饱口福了。可今天，他的脑子被一个更令他兴奋的消息占据着。

古人说"知己知彼，百战不殆"，国民党的秘密特务组织调查科在上海设了一个实验区，可自己作为一个情报科长竟然连对方的一点边都沾不上，不知道对方的负责人是谁，更不知道对方的秘密据点在什么地方，简直可以说是一无所知。这仗怎么打？想不到，今天终于看见了它的一点端倪。不管怎么说，自己也要抓住这个机会，打开局面。

陆岱峰见凌飞没有吃的意思，便说："来，先吃饭！"

吃着饭，凌飞心里在想着怎么才能找到这个叫郑茹娟的人呢？

陆岱峰知道凌飞在想什么，所以，他没有再说下去，而是专心地吃着饭。

过了一会儿，陆岱峰问："你准备怎么找呢？"

凌飞说："我想利用警察局的内线，从警察局的户口档案里找。"

保卫处的工作方式很特别，那就是谁负责的工作谁去发展下线，这个下线只对一个人负责，那就是发展他的上线。所以，陆岱峰知道警察局内有情报科的内线，但是，这个内线具体干什么工作，他并不知道。

陆岱峰想了想，然后说："那个内线正好是管户口吗？"

凌飞说："不是，他是外勤人员。"

陆岱峰说："一个外勤人员去查户口上的事，很容易引起敌人的怀疑，再说，在整个上海叫这个名字的可能也不会只有一个。"说到这儿，他又好像自言自语地说："这样做不妥。"

凌飞陷入了沉思，陆岱峰没有打断他的思考，自己又低下头有滋有味地吃起来。

其实，陆岱峰在接到杨如海送出来的情报以后，就对此事进行了反复的思考，心里早已经想出了一个办法。但是，他不想把自己的想法直接告诉下属，他总是让他们自己去想办法，借此来锻炼他们。

过了好大一会儿，凌飞终于眼睛一亮，他说："上一次送出来的情报中告诉了我们对方的汽车牌号，根据它所走的路线可以肯定这个机关就设在英租界内，那么这辆车一定会再次出现在租界内。我可以安排人秘密调查，只要发现这辆车，就跟踪它，这样就可以找到这个机关的地址。根据这个名字，我们可以判定这个郑茹娟是个女性，在这样的秘密机关中，女人不会太多，只要我们在这个机关外守株待兔，就不愁找不到这个郑茹娟了。"

陆岱峰的脸上露出了欣慰的笑容，显然，凌飞的这个思路他是满意的。他看了看凌飞，然后说："不过，你一定要小心谨慎，安排手下人发现那辆车以后，不要跟得太紧，对方是很狡猾的，一旦被他们发觉就会坏事。至于那个'守株待兔'，你要亲自出马，不然，在人家的眼皮子底下行动，稍有不慎就会打草惊蛇。找到这个人以后，先要跟踪找到她的住处，然后再进一步了解她的详细情况，待了解清楚以后再去接触她。"

说到这儿，他停了一下，然后接着说："她如果能够为我们做事当然很好，这个可能性是有的。但是，如果她不能为我们工作，也不要勉强人家。记住一点，无论如何都不能伤害她。你现在就专心做好这一件事，与金玉堂的联络工作交给钱如林去做。"

凌飞说："我会尽快找到这个郑茹娟，争取让她为我们提供有用的情报，力争在营救行动中发挥作用。"

陆岱峰轻轻地摇了摇头，说："你不能心急，在与对方接触的时候，不要急于暴露身份，首先要保证自己的安全。一定要牢牢记住，做地下工作的第一要务是保护好自己。如果能够争取这个人为我们做事，那么对今后的工作会有很大的帮助。这可以作为一个伏兵，不要急功近利，要从长远打算。再说，老杨现在已经转押到了警备司令部，在营救老杨这件事上她不一定能够起作用。营救老杨的事由我来负责安排。"说到这儿，陆岱峰忽然很严肃地看着凌飞说："这件事只能我们两个人知道，与郑茹娟的接触也只能由你一个人负责，不能让第三个人知道这件事。"

凌飞知道，这是一个很秘密且很特殊的工作，一旦泄露出去，就会使整个计划泡汤。所以，他很认真地说："您放心，我明白这件事的重要性。"

由于吃饭的人很多，餐馆里的厨师忙不过来，菜上得很慢。陆岱峰和凌飞把工作都谈完了，还有一道菜没有上来。

凌飞此时有点着急了，他很想立刻投入到工作中去。陆岱峰却很沉得住气，说："别急，吃过饭再说。"

过了一会儿，最后一道菜终于上来了，这是西尼茨煎肉饼，这道菜是要趁热吃的，侍应生几乎是小跑步送上来的，放到桌子上时肉饼上还在不断地冒泡。两个人不再说话，很快地吃完饭。

陆岱峰叫来侍应生结账，侍应生说："先生，两菜一汤，1元6角钱。"

凌飞要掏钱，陆岱峰却抢先掏出了钱。凌飞也只好作罢。凌飞心里很过意不去，他知道，由于党的经费紧张，陆岱峰虽然身为江南特委常委，但是和自己的工资却是一样的，每月只有20块钱。这些钱在上海滩只能够勉强维持生活，因此，陆岱峰曾经要求特委机关的所有人员都要有一个公开的工作身份，这一方面是为了更好地隐蔽，另一方面也能解决一些生活问题。陆岱峰看出了凌飞的心思，笑了笑说："我的古玩店比你那个小书店挣钱多，你就不用客气了。"凌飞只得作罢。

两个人走出餐馆，像普通商人那样互道了一声珍重，便分头走了。

第十七章　出逃

夜已经很深了，旅馆里早已静了下来。赵梦君也早就熄了灯，但他却一点睡意也没有。刚来到这儿的时候，他盼着组织的人快点来，告诉他发生了什么事情。可是上午组织的人来了以后，他的心里却更加不安。尤其是那个自称老马的人临走时说的那一番话更是让他胆战心惊。

整个白天，他在房内坐立不安，中午饭送来，他几乎没有动筷子。晚饭送来时，他本想先吃饱肚子再说，可是，拿起筷子，却仍然一点食欲也没有，勉强吃了一点，就再也吃不下去了。来拿走盘子的伙计看了他几眼，他觉得这个伙计的目光很怪，甚至怀疑这个店伙计也是组织派来监视他的。

晚饭过后，他坐在椅子上，一支接一支地抽着烟，就这样一直抽到很晚。他听见整个旅馆里都没有了声音，知道别人都休息了。天已经很晚了，再亮着灯很容易引起怀疑。于是，他躺到床上，一伸手拉灭了灯。此时他才觉得两眼涩涩的，闭上眼睛想休息一会儿。

不一会儿他竟然睡着了，可刚睡着他就做起了噩梦。他首先梦见自己被敌人抓去遭受了严刑拷打，拷打他的人起先是巡捕房的巡捕，然后是警察局的警察，过了一会儿，又换成了今天上午来过的那个老马。他模模糊糊地意识到自己是在做梦，于是想让自己尽快醒来，摆脱那个噩梦。可是，他就是醒不过来。就在此时，老马用手枪指着他的脑袋，他的眼睛死死地盯住老马的手，老马的手指忽然一勾，他吓得大叫一声，终于醒了过来。

他揉了揉又酸又涩的眼睛，好像看到黑沉沉的屋里有一个枪口指着自己。他伸手去拉灯。就在他的手摸到灯绳的时候，打了一个激灵，手像烫着了似的，一下子缩回来。他知道，外面现在肯定有一双眼睛正在盯着自己的窗口，怎么能拉灯呢？

他躺在床上，像烙烧饼似的翻来覆去。无论用什么姿势躺着都不舒服。他又把这几天来发生的事情想了一遍。

杨如海同志被叛徒出卖了。可这个叛徒会是谁呢？参加会议的每个人都有嫌疑，现在自己的嫌疑最大。一是自己曾经被捕过，二是只有自己在参加完会议出来后与人交流过。他想到那个人自称是"保卫处"的人，可老马说那个人根本不是保卫处的人，这是怎么回事呢？顺着这个思路往下想，他忽然得出了一个很可怕的结论。

一个念头突然冒出来：自己必须要逃出去。

他被自己的这个想法吓了一跳。

组织上对叛逃的人是很痛恨的，尤其是保卫处的行动队，他们有一个很重要的任务就是追杀叛卖组织的人。可自己如果不逃，恐怕也是难以躲过这一关。经过一番思考，他终于下定了决心，要逃出去，躲一天是一天。一旦下定了这个决心，他就开始考虑怎么逃出去。不知道监视自己的人在什么地方，怎么逃呢？

根据白天的观察，他觉得监视自己的人至少分布在三处，一处是在旅馆外的街上，还有一处是在旅馆后面的一条街上，主要是为了防止他从厕所后窗逃走。这两处的暗哨白天就蹲守在街上，可到了晚上他们是不可能在街道上的，因为那样就会引起别人的怀疑。第三处很可能就在这家旅馆内，看来晚上主要是靠旅馆内的暗哨来监视自己了。而旅馆内的暗哨最有可能就在自己对面或是与自己相邻的房间里。说不定他们现在就从门缝里向外盯着。

想到这儿，他又吓出了一身冷汗，自己翻来覆去地弄得床板吱吱作响，他们一旦听到，就会怀疑自己。于是，他躺在床上，一动也不敢动，可他的脑子却在飞速地旋转着。

他想：现在是深夜，应该是逃跑的最佳时机。可是，这个时候也应该是对方警觉性最高的时候，自己一走出房门恐怕就会被他们跟上抓住，倒不如等到天快亮的时候，那时候他们可能会稍微放松警惕。如果碰到他们，就说是上厕所。白天他已经观察好了，厕所的后窗外是另一条街道，自己只要悄悄地从厕所的窗口溜出去，就能很快逃出去。

赵梦君将床单轻轻地撕开，撕床单的声音其实并不是太响，可在赵梦君听来，却是异常响亮。他吓得停住手，蹑手蹑脚地走到门口，听了一会儿，外边并没有什么动静，就又回到床前，继续撕床单。就这样，撕撕停停，费了好长时间，才撕完那条床单。他把撕开的床单一条一条接起来，拧成了一根绳子。然后，他静静地躺在床上。一阵一阵的睡意袭上来，可他却不敢闭上眼睛，他生怕自己一旦睡着了，就错过了逃跑的时机。

天快亮的时候，也正是黎明前最黑暗的时候。赵梦君悄悄地从床上起来，把用床单拧成的绳子掖在腰间，然后轻轻地将门闩拉开。拉开门闩的声音虽然很轻，但在寂静的夜里，在赵梦君听来却是那样的刺耳，那样的惊心。

他站在门里一动不动，静静地听着外面，当确定外边确实没有任何动静的时候，他才轻轻地将门拉开一条缝儿，先是将耳朵贴在门缝处听了一会儿，没有什么动静，这才将一只眼贴在门缝上向外看。

与他对面的房门仍然紧紧关闭着，他又等了一会儿，然后才轻轻地将房门拉开，蹑手蹑脚地走出去。可就在快走到厕所门口的时候，他听到身后传来了开门的声音。他转身一看，从他房间对面的房里出来了一个人，也向厕所走来。他想坏了，肯定是自己的脚步声惊醒了对面的人。

此时他也只能装作上厕所了。

他走进厕所，在一个坑位上蹲下来。此时，他的心里还存着一丝侥幸，他盼着来的这个人不是监视自己的，而是一个普通房客正巧也上厕所，那么他就可以等这个人方便完离开后，自己再从窗口逃出去。

他把自己坑位的小门合上，从门缝里看见那个人走到小便池边，站在那儿解手。他心里的那份侥幸又抬起了头，他盼着这个人快走。可那个人方便完后却没有很快地走出去，而是站在那儿磨磨蹭蹭地系腰带。又等了一会儿，还没有系好。此时，赵梦君的幻想彻底破碎了。

他在黑暗中咬了一下牙，然后站起来，系好腰带，手里攥着那条绳子装作系腰带的样子，走了出来。赵梦君知道行动队的人都身手不凡，如果这个人等自己走出门后，从后面跟上来，那么自己就连一点机会也没有了。现在，他只盼着这个人先走，自己从后面下手，还有成功的机会。所以，他一边装作系腰带，一边慢腾腾地往外走。

那个人听见他出来，也就装作系好了腰带的样子，慢腾腾地向外走去。

此时赵梦君已经走到了那个人的身后，他猛地抢起绳子，一下子套在了那个人的脖子上，双手狠狠地一勒，那个人本能地用双手去抓绳子，赵梦君却突然腾出右手，一拳狠狠地打在那人的太阳穴上。那人一下子昏死过去。

赵梦君迅速掩好门，然后推开后窗，将绳子系在窗框上，双手抓住绳子从窗口溜了下去，当他的手滑到绳子头时，离地面已经很近了，他一松手跳了下去，迅速地消失在黎明前的黑暗中。

这个被赵梦君打昏在地的人是行动队第三组组员张明凡。在他的想象中，军事处的一个组织科科长，应该是一个文人，当然他也没有想到赵梦君会逃跑，所以才轻敌了。否则的话，即便是赵梦君从背后下手，也很难成功。

过了好长时间，张明凡才苏醒过来，他慢慢地从地上爬起来，伸手摸了摸还昏沉沉的脑袋，过了一会儿，终于明白了是怎么一回事。他急忙向四周看了看，一下子就发现了那扇敞开着的窗户，立刻奔过去，踮起脚尖扒着窗台向外一看，黑乎乎的什么也看不清楚。他又伸手摸了摸那根用床单拧成的绳子，知道赵梦君已经跑远了，便赶紧回去叫醒他的同伴。

在7号对面的8号房间内，另一个负责监视的行动队队员孙光斗此时还在睡觉。他和张明凡两个轮流值班，他前半夜值班，后半夜睡得很香。当张明凡听到外面有轻微的脚步声，以为赵梦君只是上厕所，便没有叫醒孙光斗，自己悄悄地跟了出去。孙光斗迷迷糊糊地听到了一点响动，睡意蒙眬中，他看到张明凡打开门出去，以为张明凡要去厕所，他就继续呼呼大睡。直到张明凡跌跌撞撞地跑回房间，把他从床上拉起来，他睁开惺忪的睡眼，嘴里嘟囔着："你干什么？"

张明凡急切地说："赵梦君逃跑了！"

"什么？"孙光斗一下子吓醒了，他一边从床上下来穿鞋一边问，"怎么跑的？"

张明凡把情况简要地向他说了以后，两人赶紧又来到厕所，从后窗顺着绳子溜下去，可外面早已经没有了人影。他们赶紧去向组长刘学林汇报。等他俩找到刘学林时，天已经放亮，刘学林听了他们的汇报，也是大吃一惊。

从今天上午他跟随李克明找赵梦君谈话的情况来看，他虽然觉得赵梦君非常可疑，但是他没有想到赵梦君敢逃跑，并且还打伤行动队队员。他不敢延误，立即向李克明报告。

李克明听到赵梦君逃跑的消息，并没有吃惊，他只是蹙了一下眉头，然后立刻让行动队联络员年小军通知各行动组，分头追查赵梦君的下落，发现赵梦君可以就地枪决。刘学林明白，李克明作为保卫处副主任做出这一决定，也就是代表江南特委下达了对赵梦君的追杀令。

第十八章　试探

情报科的人很快就找到了国民党中央组织部调查科上海实验区的秘密据点。

这个据点是一座花园式洋房，进了大门，里边有一个很大的院子，院子里种满了各种花草树木，在树木掩映中，耸立着一栋二层小洋楼。调查科买下了这栋房子，从外边看就是一座普通的洋房，可里边稍加改造，就成了一个秘密活动的据点。

门口挂了一块牌子，上面写着"西药研究所"的字样，里面的人并不是很多，每天到这儿来上班的只有许明槐和手下的情报组组长、行动组组长、机要秘书郑茹娟以及骨干特工共十几个人，其他情报人员和行动人员则分散隐蔽，待命出动。

凌飞接到手下报告以后，便亲自到那儿去探查。他发现在洋房的对面有一家咖啡馆。咖啡馆临街的一面是一排落地玻璃窗。他便走进去，坐在一角，一边喝着咖啡，一边从玻璃窗向外悠闲地看着过往的行人。

来咖啡馆的人大多就是为了享受独处的滋味，所以，咖啡馆里虽然人不少，但是却很静。这很适合凌飞进行监视活动，因为在这儿，你只要不乱说乱动，就不会有人注意你。

这时已经快到傍晚了，从"西药研究所"里陆续有人走出来，看来他们下班了。凌飞仔细地看着从里面走出来的每一个人。看着看着，凌飞的眼睛一亮,他看到了一个年轻漂亮的小姐。凌飞看到她的脸上流露出一种担心,一种发自内心的对某个人或某件事的担心。凌飞只看了她一眼,直觉便告诉他这个人就是他要找的郑茹娟。

他刚举手叫侍应生来结账,却突然发现郑茹娟穿过马路向咖啡馆走来。侍应生已经看到他举了一下手,便向他走过来,弯下腰低声问:"先生,您还要点什么?"他顺嘴说道:"再来一杯咖啡。"

郑茹娟走进来,找了一个空位坐下,要了咖啡,坐在那儿发呆。凌飞本想过去和她搭讪,可是又觉得很唐突,而且店里人多眼杂,一旦出什么纰漏,就麻烦了。再说,调查科既然选择这儿做秘密据点,他们会不会在这家咖啡馆里安插耳目呢?如果这家咖啡馆里有他们的耳目,那么自己紧随着郑茹娟出去,也是会引起敌人怀疑的。想到这儿,他决定提前走。他喝完了咖啡,天还没有黑,他发现郑茹娟好像也有走的意思,便招呼侍应生结账,提前走出了咖啡馆。

凌飞在路上慢慢地走着,不时回头向后看看,因为他不知道郑茹娟出来以后是向东走还是向西走。本来,老刀是让他在找到郑茹娟以后,先把郑茹娟的家庭情况摸清楚。可他觉得现在的情况很特别,他想如果郑茹娟在营救杨如海这件事情上能够起作用的话,再按照以前的做事规矩按部就班地去做,岂不误事吗?所以,他并没有去做细致的调查,而是决定直接找到郑茹娟,进行一下试探再说。

他凭直觉向西走,不敢走得太远。他想,虽然郑茹娟心里有事,但是一个姑娘家不可能一个人在咖啡馆待到很晚,她应该会在晚饭前赶回家,免得父母担心。他这样想着,慢慢地向前走着,好在很快他就看到郑茹娟走出了咖啡馆,并且向他这个方向走来。

他迅速地向后面扫视了一眼,发现没有人跟踪,于是,他放慢了脚步,直到听到那高跟鞋的声音响在身后的时候,他打定了主意。就在郑茹娟从他身旁走过的时候,他突然扭头,轻声叫了一声:"郑小姐!"

郑茹娟一边走路，一边想着心事，突然听到身边有人叫她，吃了一惊，一抬头，看到一个年轻人正看着她。可她却不认识这个人。于是，她很警惕地说："对不起，我好像不认识您。"

　　凌飞说："郑小姐，我知道您不认识我。杨先生是我姑父，我是为杨先生的事来找您的。"

　　一听他提到杨先生，郑茹娟更是大吃一惊，她拿不准这个人到底是什么身份，是共产党有求于己？还是调查科的人来试探自己？想到这儿，她很冷淡地说："我不知道您说什么？"

　　凌飞知道，必须让她尽快相信自己，否则站在街上会引起怀疑。他很快地说道："郑小姐，杨先生送出来的第二张纸条告诉我姑妈，让她来找您。"说到这儿，他见郑茹娟更加吃惊，便继续说，"我们边走边谈，否则，会引起别人的怀疑。"他一边说着，一边向前走去。凭直感，他觉得郑茹娟一定会跟着自己走的。

　　果然，听了凌飞的话，郑茹娟便随着凌飞向前走去。郑茹娟走着的时候，脑子飞速地旋转，她想自己替杨先生往外送纸条这件事调查科是不可能知道的，因为这件事只有杨先生和自己知道。杨先生是绝不可能投降的，那么只有一种可能，那就是杨先生让自己送出去的第二份情报，是让他们的人来找自己。

　　那这个人就一定是地下党的人，自己的确是不希望杨先生被害，可眼下杨先生已经被押送到了警备司令部，自己也爱莫能助了。莫非他们是想把自己拉过去做他们的内线？想到这儿，郑茹娟打了一个冷颤。她只是想找一份既轻松又赚钱的工作，这才让舅舅帮她谋了份差事，她可不想在政治斗争中陷得太深。

　　想到这儿，她便很冷淡地说："这件事已经过去了，杨先生也已经被押送到了警备司令部，您要想救他还是找别人吧！我真的是无能为力。"

　　凌飞一听她的话，就猜到了她的心思。他心中暗笑，这个姑娘真的是涉世不深，连拒绝人都不会。如果想拒绝，就该把话说绝。如果她说自己"根本就不知道一个什么杨先生"的话，那这场谈话就很难往下进行了。这样一想，凌飞笑了笑说："郑小姐，您先不要忙着推辞，我找您没有别的意思，一来是代表我姑妈向您表示感谢，二来是想请您帮个忙，如果您今后听到关于我姑父的消息，希望您能转告我一声。"

郑茹娟听了凌飞的话，觉得很为难，她不好意思再拒绝，迟疑了一下，忽然问道："你是共产党吗？"

这是一个很简单的问题，凌飞也早就想好了说辞，就说自己不是共产党，是有人把这个消息告诉了自己的姑妈以后，姑妈不太放心，便又告诉了自己，让自己来找郑茹娟帮忙。

当然，他知道郑如娟肯定不会完全相信，但是，不管相信不相信，这个身份是不能直接承认的。这是当时险恶工作环境下的权宜之计，只要你不承认是共产党，一旦落到敌人手里就还有回旋的余地，而一旦承认了身份，就没有回旋的余地了。

可是，从刚才的一番谈话中，凌飞看出了郑茹娟虽然涉世不深，甚至可以说还很单纯，但是她却很聪明，自己撒谎，就很难取得她的信任，那么今后的合作就会很难。虽然老刀一再嘱咐自己不要暴露身份，要从长计议。可是，营救杨如海同志却是一件迫在眉睫的事情，容不得再耽误时间。并且，他也看出来，郑茹娟虽然身在敌特机关，却很正直善良，她冒着风险替杨如海传递情报就说明了这一点，她很有可能会被争取过来，即便是不能成为自己的同志，也可以为我们提供一些有价值的情报。

想到这儿，他对郑茹娟说："您的这个问题本来很好回答，但是我却又很难一下子对您说清楚，这样吧，我们找个地方，详细谈一谈怎么样？"

郑茹娟却说："今天已经很晚了，我们明天中午再谈吧。"说着话，她顺手一指前边不远处一个弄堂口的小饭馆说，"明天中午 12 点，我们就在那儿见面吧！"

凌飞说："好吧！"

凌飞刚想转身离开，郑茹娟突然又问："请问我该怎么称呼您？"

凌飞说："我叫王平。"

两人分手，凌飞边走边想：这个郑茹娟虽然是刚刚参加工作，几乎没有什么地下工作的经验，但是的确很机灵，也很冷静。假以时日，她必定会是一个很出色的特工。但愿能够把她争取过来，那样的话，就等于是我们在调查科安插了一个千里眼、顺风耳，调查科的活动就会掌握在我们的手中。

想到这儿，凌飞心里一阵兴奋，但是他却没有放松警惕，他一边走一边好像是不经意地向后面扫视了几眼，没有发现被跟踪，这才加快脚步，回到了他的家。

第十九章　老刀感到了不安

16 日的晚上，陆岱峰刚刚获得了一个情报，说是蒋介石很快将从江西前线返回南京，他命令淞沪警备司令部于 20 日将杨如海押往南京，蒋介石要亲自对杨如海进行劝降。

陆岱峰当晚便拟订了一套营救方案，在黑暗之中，他将这套方案反复斟酌，一直到很晚了，才去睡觉。他想在第二天上午与李克明再进行一番研究，然后便可以确定下来，进行行动前的准备工作。

天还不亮，陆岱峰正在睡梦之中，一阵急促的敲门声把他给惊醒了。自从 13 日晚上从住处搬出来以后，他这几天就住在古玩店里。店里没有安装电话。他侧耳细听，听出敲门的是自己人，并且是有紧急事情汇报。他立刻穿衣下床去开门，来的人是李克明。一进门，李克明便说："赵梦君打伤了负责监护他的行动队员，逃跑了。"

听到这个消息，陆岱峰大吃一惊。对于赵梦君，陆岱峰还是比较了解的。去年赵梦君被捕，陆岱峰亲自过问了对他的审查。所有的审查材料，陆岱峰曾经仔细地看过，凭这些材料，他得出的结论是赵梦君没有叛变。结束对赵梦君的审查并恢复工作的决定就是陆岱峰做出的。

13 日中午军事处散会的时候，有人从戏院里出来走到赵梦君身边与他说话，从而导致了李克明对他的怀疑。但是，陆岱峰并不相信赵梦君就是那个出卖杨如海的人。因为，如果赵梦君是叛徒，他和敌人都知道这样重要的会议我们一定有人在四周负责监视和保卫，他这不是故意暴露自己吗？他不会这么蠢。

虽然还不能排除他，但是，凭直觉，陆岱峰觉得不太可能是他。当然在找出真正的叛徒之前，他不能凭直觉排除任何一个人。况且，敌人在确实无法做到既能确认杨如海又不使叛徒暴露的情况下，很可能采取这样的冒险措施。

再者说，敌人是很狡猾的，这也很可能是敌人故布疑阵。因为人人都会觉得赵梦君怎么会这么傻呢？他怎么会用这种方式暴露自己呢？如果他真的这样做了，不是正好利用了人们的这种心理保护了自己吗？这是李克明怀疑赵梦君，陆岱峰提出疑问时，李克明给出的分析。所以，他让李克明负责对所有参加军事会议的人进行一次审查。

没想到，昨天上午李克明刚刚找赵梦君谈了话，他在今天凌晨就采取了行动，竟然打伤监护人员逃跑了。现在看来，李克明的分析是很对的。

李克明跟着陆岱峰走进了屋里，在一张小沙发上坐下来，此时，天已经放亮了，屋里没有开灯也能看清楚了。李克明见陆岱峰坐在那儿沉思着没有说话，他便说："我已经下达了对赵梦君的追杀令，行动队队员已经分头去找。"

陆岱峰说："在上海滩想找一个人如同大海捞针一般，是很难找到的。不要说他有可能逃出上海，他就在你的眼皮底下随便找一家小旅馆住下来，你也不好找到他。"

李克明接过话茬说："我们不会去漫天撒网的，他身上没带多少钱。在上海，没有钱便寸步难行。他要想长期潜藏下去或者是出逃，就必须用钱。临来之前，我已经命令各行动小组对我们知道的赵梦君的亲友家进行监控。只要他回家或者到亲戚朋友家拿钱，我们就有机会抓住他。我相信他跑不了。"

陆岱峰说："在这么短的时间内，你就迅速做出了反应，这很好。不过，我们决不可掉以轻心，要把他可能去的地方都仔细地想一想，不要有任何的疏漏。同时，不到万不得已，不要伤害他的性命！"

听了陆岱峰的话，李克明愣了一下，说："什么？不要伤害他的性命？我们可是在敌人的眼皮子底下活动，稍有不慎，牺牲的就会是我们的同志。他打伤行动队队员潜逃，仅凭这一点，就已经证明了他就是那个出卖杨如海同志的叛徒。对这样的人，我们必须要严惩。"说到这儿，李克明咬了一下嘴唇，看了看陆岱峰。

陆岱峰说："我总觉得他可能知道点什么，或者我们还能从他嘴里捞到点什么有价值的东西，我想亲自和他谈一谈。"

李克明无奈地点了点头，心有不甘地说："虽然我不赞成您的这一想法，但我回去以后会向行动队队员传达这个命令的。"

陆岱峰说："那好，你现在就去通知各小组，完成以后，到16号去，我们要商量一下营救杨如海同志的行动方案。"

李克明问："杨如海同志那儿有消息了吗？"

"蒋介石很快就要从江西回南京了，他让警备司令部在20日将杨如海同志押解到南京去。这是我们的最后一次营救机会，这一次我们必须要做到万无一失才行。我已经有了一些想法，等你完成对赵梦君的追查布置以后我们再详细研究。"

李克明走后，陆岱峰回到楼上。此时，萧雅也早已经起来了。她给陆岱峰泡了一杯茶，端到他面前。由于长期紧张地工作，陆岱峰常常感到很疲乏，为了提神，便要喝茶。渐渐地，他每天早上起床就要先喝上一杯淡茶，只有这样，才能精神抖擞地开始工作。

陆岱峰端起茶杯，喝了一口，忽然，他端着茶杯的手抖动了一下，心里感到了隐隐的不安。他就这样端着茶杯一动不动地坐在那儿。萧雅一见他这个样子，就知道他心里肯定又想到了什么重要的事情。每当这个时候，萧雅知道最好是不要打扰他。萧雅本来是想给陆岱峰泡好茶以后去做饭，由于怕打断他的思路，她就一动不动地站在那儿。

过了一会儿，陆岱峰才从沉思中走出来。他把茶杯放到桌子上，对萧雅说："我有点儿急事，出去一趟，做好了饭你自己吃吧。"一边说着一边穿上外衣走了出去。

萧雅看着陆岱峰出去，她的心里很是不安。李克明刚刚离开，陆岱峰肯定是又想起了什么，并且一定是很重要的一点，不然，他不会出现失魂落魄的样子。虽然很担心，但她却不能问。这是纪律。

自从与陆岱峰假扮夫妻以来，她的心里已经起了微妙的变化。开始她觉得自己是在完成组织交给的任务，可她和陆岱峰朝夕相处，对陆岱峰的思维缜密、行事果断很是佩服，渐渐地竟然对他心生爱意。于是，关心陆岱峰的生活起居对她来说已经不再是一个任务，而是一种发自内心的行动。

以前每当陆岱峰陷入思考的时候，她会悄悄地走进自己的房间，不去打扰他。可现在，每当看见陆岱峰眉头紧锁，她便站在一旁跟着着急。只是，她深知党内的纪律，不该她知道的事情她是不能问的。所以，她也就只能在那儿干着急。

陆岱峰刚才也看到了萧雅着急的样子，但是，他没有时间去宽慰她。

陆岱峰找到凌飞，对他说："今天凌晨赵梦君打伤了一名行动队队员逃跑了，我担心他会去投靠调查科上海实验区。你立刻从情报科找两名身手好的人到调查科上海实验区附近埋伏，发现他在那儿出现，可以立即将他除掉。"

凌飞虽然感到很吃惊，但还是毫不犹豫地说："好的，我这就去安排。"

陆岱峰又说："昨天晚上你不是说郑茹娟答应今天中午与你见面么，见到她以后，你可以想办法问问她，今天是否有人到他们那儿寻求保护。我担心，我们的行动已经落后了，从赵梦君出逃到现在已经过去好几个小时了，他如果想去上海实验区的话，恐怕也早就去了。"

凌飞担心地问："如果赵梦君真是逃进了敌特机关，那么他所知道的联络站和人员都得隐蔽。不然……"陆岱峰打断了他的话说："这一点你放心，在杨如海同志被捕以后，凡是那天参加会议的人员都被隔离审查了，与他们有联系的人员都已经隐蔽起来了。即便是他真的逃进了敌特机关，也暂时不会给我们造成什么损失了。"

凌飞急匆匆地走了，陆岱峰转身向16号秘密联络站走去，他一边走着，一边想着心事。

他来到秘密联络站的时候，李克明还没有来。他对宋世安说："宋伯，本来我约克明在这儿见面，可我忽然有点急事儿要办，待会儿他来的时候，麻烦您告诉他一声，我们要商量的那件事以后再说。让他先把眼前的紧要事办好。"说完他便走了。

宋世安看着陆岱峰远去的背影，一副怅然若失的样子。过了好一会儿，他摇了摇头，低声叹了一口气，转身关上了门。虽然他不知道这几天到底发生了什么事，但是，他从陆岱峰和李克明等人的表情上看出来了，一定是出了大事。自从在这儿建立秘密联络站以来，每次他看到陆岱峰时，陆岱峰都是一副从容镇定的样子，可今天，他从陆岱峰的脸上竟然读出了一丝慌乱。

宋世安虽然不知道这个"关老板"就是威震敌胆的老刀，但他知道自己的侄女婿李克明在共产党内是个大官。他也看出来了，这个"关老板"是李克明的上司。是什么事使"关老板"不再镇定了呢？他想不明白。所以，他也就只能叹一口气，摇一摇头。

第二十章　接头

凌飞早早地来到了昨天他和郑茹娟约好的那家小饭馆。这家小饭馆开在弄堂口，连个店名都没有。来这儿吃饭的大多是附近的居民。当然，这儿的饭菜也都很便宜。凌飞猜测，郑茹娟可能常来这儿吃饭。他来的时候离中午还有一段时间，店里还没有食客。

老板一见凌飞进来，便笑着迎上来。"先生，您吃点什么？"

凌飞说："老板，我要在这儿等一个人，等她来了我们再点菜。"

老板说："好的！好的！先生，您找个座头坐下来，我先给您沏壶茶。"

凌飞一进来，已经把店里的情况看了个清楚，在所谓的大厅里只有五张桌子，每张桌子的两旁各放着四把椅子。他问："有包间吗？"

老板说："我们在二楼只有一个雅座，您这边请！"说着把凌飞领上了二楼。这是一个家庭作坊式的饭店，二楼留出了靠窗的一间房子当包间，其余房间便是老板一家人的住处。走进包间，凌飞从窗口向外一看，整个街道尽收眼底，他对这个位置很满意。

他对老板说："待会儿一位姓郑的小姐来的时候，您把她请到这儿来。"

老板一听满脸堆笑。"您说的是在西药研究所上班的郑小姐吗？"

凌飞并没有觉得奇怪，他说："对，是她。"说着话，他好像很随便地又问了一句，"她常来这儿吗？"

老板脸上堆满了恭维的笑容说："郑小姐可是我们这儿的常客。别看她是富家小姐，可是一点架子都没有，待人和气着呢！"

凌飞笑了笑，没有说话。其实他很想让老板多说一点有关郑茹娟的情况，可是他现在的身份是郑茹娟的朋友，他只能装作对郑茹娟很了解的样子。

老板见凌飞只是笑了笑，没有接腔，才一下子醒悟过来。"您看看，我真是糊涂了，您对郑小姐肯定是非常了解的，我在您面前说这些干吗呢？"

凌飞说："老板，没关系的。其实我很乐意听到别人夸奖她。"

听了他的这句话，老板在心里更加确认了自己的猜测，因为他看到这么一位年轻的男士单独约郑小姐在这儿吃饭，这个人肯定是郑小姐的男朋友。想到这儿，他笑着说："那您先坐会儿，我这就去给您沏茶。"说完，便转身走出去。

老板走后，凌飞站在窗前，一边看着街上的来往行人，一边在心里盘算着待会儿怎么和郑茹娟谈，才能使她答应帮助自己。

很快老板便送来了茶水。他一见凌飞站在窗前看街上的景象，便问："先生不常来这儿吧？"

凌飞转过身，说："是的，其实我家离这儿并不远，可在认识郑小姐以前却很少来这儿。您这儿我更是第一次来，这还是郑小姐点名要来的呢。"

一听凌飞这么说，老板的心里乐开了花。"先生，我们虽然是小本生意，但是，一直是讲究诚信为本，饭菜价钱便宜，干净卫生。来这儿的都是常客，来这儿吃饭就是因为信得过我……"

没等他说完，凌飞接过话茬说："以后我一定会常来您这儿，还请您多多照顾！"

老板一听，更乐了。"您这是说哪儿的话，您常来是照顾我的生意，我感激您还来不及呢！您放心，待会儿我给您做几道拿手菜，包您满意！"

凌飞和老板闲聊着，他想借机多打听一点关于郑茹娟的情况。可惜的是，老板虽然心直口快，但是他对郑茹娟了解的并不比凌飞多。由此，凌飞知道郑茹娟虽然看上去很单纯，却很机警，虽然常来这儿吃饭，但是很少对人说起自己的事情。所以，老板说来说去，无非就是说一看就知道郑小姐身在富贵之家，可待人和气，吃饭也从不挑剔等等。

凌飞不接腔，只是微笑着听老板翻来覆去地说着郑茹娟的好话。老板正在滔滔不绝的时候，楼下来了客人，他便忙着下去招待客人去了。

郑茹娟来了后，凌飞让她点菜。她没有推辞，很随便地点了几道家常菜。两个人边吃饭边交谈。凌飞本来想先对郑茹娟进行一番试探，可没等他开口，郑茹娟就说道："王先生，我昨天晚上把您说的话和这几天发生的一些事情反复考虑了一番。我想先表明一下我的态度。"

凌飞一下子陷入了被动，可他转念一想，这样也好，省得自己多费口舌，先看看她到底是何态度再说。于是他微笑着说："郑小姐，您说！我一定会尊重您的选择的。"

郑茹娟说："首先我要告诉您的是，我刚从大学毕业不久，是我的一个亲戚把我介绍到了调查科上海实验区做一点文字工作。在此之前，我虽然对国共两党之争也有所了解，但是并不感兴趣。我在上学期间，曾听过一些共产党的宣传演讲，也很赞成你们的一些主张，但是，我只是一个普通的大学生，我的父母都是有身份的人，他们不允许我去过问政治。

"毕业后，我有很多地方可以去，可我的舅舅却说组织部党务调查科在上海要设立一个实验区，他和刚刚任命的实验区区长是好朋友，可以介绍我去工作，这个实验区是组织部的一个机构，工作清闲，待遇又高。我父母和我一商量，我就来这儿上班了。可工作之后，我才知道，这个所谓的党务调查科上海实验区并不是搞什么党务工作的，而是专门对付共产党的。我想退出来不干了，可舅舅说这是一个很特殊的机构，想半路退出来挺麻烦的，得等他想想办法再说。于是我就干下去了。但是，我对我舅舅提出我不参加什么搜集情报和抓捕行动，舅舅和许区长都答应了。

"可几天前，许区长找我帮一个忙，他说要秘密抓捕共产党的一个要犯，这个人很狡猾，需要我和他们演一出戏，既要秘密地抓捕这个要犯，又不能惊动他的同伙。我经不住他再三要求，便与他们一起去抓住了杨先生……"

说到这儿，郑茹娟觉得自己的脸上发烧，她从心里瞧不起自己。当时怎么会答应许明槐去假扮杨如海的情人呢？这是一件多么丢人的事情啊！不但丢人，而且也太卑鄙了。

郑茹娟停下来，凌飞看到她的脸上升起了红晕，他知道郑茹娟自己也感到很尴尬了。他本想安慰她几句，可是又无从说起，所以，他也就只好沉默不语。

过了一会儿，郑茹娟调整了一下情绪，这才接着说下去："许区长审问杨先生时，我负责记录。杨先生的大义凛然和崇高人格打动了我。我深深地感到对不起杨先生。也正是因为这一点，我才想要帮助杨先生逃走。我帮他送出了一份情报，可不知道怎么回事，临出发的时候，许区长却突然改变了主意，他没有用我们自己的车押送杨先生，而是租了一辆车把杨先生押送到了警备司令部。我想救杨先生，并不是想帮助共产党，而是因为我佩服杨先生的为人，我不想让他就这样断送在我们的手里。所以，今天我要给您交个底，只要是与帮助杨先生脱困有关的事情我可以帮你们做，因为我想以此来赎罪。与此无关的事，请不要为难我。"

听了郑茹娟的这一番话，凌飞心里一阵轻松，自己原先准备的一套说辞已经派不上用场了。他本来想的就是先用营救杨如海同志来打动郑茹娟，只要在这件事上她肯帮忙，那就是一个很好的开端，只要她与共产党人有了接触，她就会受到影响，就会逐渐对国民党的腐败和黑暗感到厌恶。没想到今天郑茹娟竟然开诚布公地答应帮忙营救杨如海。

他知道，此时决不能够再有过分的要求。于是，他很诚恳地说："郑小姐，您能主动地帮助我们营救杨如海同志，我深表谢意。今天您既然这样坦诚，我也不能再有隐瞒，说实话，我是共产党。我尊重您的选择和决定，绝对不会勉强您去做您不愿意做的事情。今天我来找您，就是为了营救杨如海同志，杨如海同志的被捕是由于我们内部出了叛徒，这个人现在已经脱离了我们的控制。我们怀疑他很可能到调查科寻找庇护。请问您今天上午发现你们那儿有什么异常情况吗？"

郑茹娟想了一想说："没有。许区长押解杨先生到警备司令部以后，就留在那儿与警备司令部的人一起审讯杨先生。许区长办公室的电话这几天也是由我来接的。今天上午我去上班以后，一切都和往常一样，行动组的人并没有出动，行动组组长李维新还到我的办公室里闲聊了一会儿。这说明您说的那个人应该没有跑到我们这儿，否则的话行动组不会这么清闲。"

凌飞一听赵梦君没有到调查科，他顾不得仔细想，便对郑茹娟说："郑小姐，我们有两件事需要您帮忙。"说到这儿，他略一沉吟，接着说，"当然，请您放心，我们不会让您为难，这两件事都是与营救杨如海同志有关的。杨如海同志现在还关押在警备司令部，我们得到情报说最近很可能要被押解到南京。这个情报来源并不十分可靠，我们需要的是警备司令部往南京押送的具体时间，希望您多留意一下，如果有这方面的消息请您马上通知我。"

郑茹娟接过话茬说："这一点您放心，只要我能听到这方面的消息，我就会立刻告诉您。只是我怎么和您取得联系呢？"

凌飞说："你只要一有这方面的消息，把它写在一张纸上，然后在你回家的路上，在兆丰花园门口左边有一个卖烤白薯的，你问他'多少钱一斤'时，他说'比别人的便宜1分钱'。你再问'那到底是多少钱呢？'他会说'你就放心吧，我不会多收你钱的。'然后你就可以把情报交给他了。如果遇上下雨天，他是不能出摊的，你就打这个电话。打通以后，你不必说话，只要用手敲电话听筒三下就可以了。这样你既送出了情报，又没有人看见你，甚至连你的声音都听不到，可以最大限度地保证你的安全。只要接到这个电话，我就会来这儿等着你。"说着，他从上衣口袋里掏出了一张纸条递给郑茹娟。郑茹娟接过纸条，看了一眼那个电话号码，然后又把纸条递给了凌飞。凌飞接过来，划着了火柴把它烧掉了。

郑茹娟见凌飞烧完了纸条，才又问道："那第二件事呢？"

凌飞说："第二件事是如果我们内部的叛徒到你们那儿，希望你告诉我，我们必须尽快除掉这个出卖杨如海同志的叛徒。"

郑茹娟说："这件事我也答应你。只要这个人出现在我们那儿，我不但要立刻告诉你，还要帮助你们除掉他。因为他是导致杨先生被捕的罪魁祸首，我绝不会放过他。"

郑茹娟这么痛快地答应下来，倒是大出凌飞的意料。

其实，郑茹娟也没有想到，自己会如此痛快地答应了王平。在答应下来之后，她自己也吓了一跳，虽然自己刚刚进入调查科，但是她早已经知道自己在做的是多么危险的事情。可不知道怎么回事，对杨先生的关怀已经占满了她的整个心。她心里想，莫非自己喜欢上了这个杨先生？想来想去，她觉得自己对杨先生的感情是很复杂的，不过她自己认为，敬佩之情还是占了上风的。她的理智在对杨先生这件事上似乎不太起作用，而是感情在左右着她。她想，仅凭这一点，自己就不适合从事秘密工作。

凌飞见郑茹娟突然陷入了沉思，他猜到郑茹娟陷入了矛盾之中。他没有打断郑茹娟的思考。过了好大一会儿，郑茹娟才从沉思中回过神儿来，她抬眼一看凌飞，见凌飞也正看着她。她以为凌飞看破了她的心事，脸上不觉有点发烧。

凌飞一见郑茹娟的脸突然红了，觉得自己太冒失了，赶紧把自己的目光从她的脸上挪开。两个人竟然都觉得有点尴尬，便各自埋下头去专心致志地吃饭。

吃完饭，两人便走出饭馆，各奔东西了。

第二十一章　追踪

行动队对赵梦君展开了追杀。可是，各小组反馈回来的消息令李克明很失望。因为，他们在赵梦君的亲戚朋友家派人蹲守，结果整整一个白天过去了，却是一无所获。

原来，赵梦君在出逃之前，都已经对各种情况进行了分析。他从旅馆逃出来以后，不敢回自己的家，因为他知道他家肯定早已在保卫处的保护和监视之下。他趁着天还没亮，来到一个亲戚家，借了一点钱，悄悄地逃出了租界。

他知道江南特委主要是在租界活动。他逃出租界以后，并没有再继续往远处逃，仍然在上海，只是他来到了离淞沪警备司令部不远的一条街道上，找了一家旅馆住下来。他知道保卫处一般情况下不敢到这儿来。他不敢与家人联系，但是也舍不得离开家人，于是暂时在这儿住下来，他在苦苦地等待着一个机会，等待一个使他重见天日的机会。

可李克明沉不住气了，他原料到赵梦君一定会到亲友家借钱，可怎么会一点消息都没有？更重要的是，他必须在警备司令部往南京押解杨如海之前除掉赵梦君，只有这样他才能全力投入到下一个行动中。

今天上午，他从陆岱峰那儿回来以后，派人去向各行动组组长传达了一个命令：发现赵梦君以后，立刻将其抓获，如果他反抗或者很难秘密押回时，可以就地处决。等他发出这个密令之后，便立刻前往 16 号联络站，可等他到那儿时，宋世安告诉他，陆岱峰临时有急事先走了，与他说好的事等以后再说。他知道，宋世安转述的"说好的事"是指研究营救杨如海的计划，陆岱峰不会直接对宋世安说出来，只能用这样隐晦的说法，这样，他们到底在做什么，宋世安并不清楚。这也是地下工作的需要。他猜不出陆岱峰到底有什么事比研究营救计划还紧急。他心里隐隐地感到不安。

李克明转念一想，眼下，自己必须抛开一切杂念，尽快找到赵梦君才行。于是，他静下心来，把自己想象成赵梦君，自己会怎么做？经过一番苦思冥想，他终于想明白了，赵梦君肯定是从旅馆逃出来以后立刻到某一个亲友家借了钱，然后连夜潜逃了。等自己得到报告然后通知各行动组展开追杀的时候，他早已经逃走了。

看来，赵梦君早就进行了精心的筹划，他正是利用了这个时间差。而自从赵梦君被隔离审查以来，他的亲友肯定都知道赵梦君出了事，所以，当我们派人到他的亲友家询问他是否去过的时候，那个借钱给他的人怎么敢承认呢？

李克明很苦恼，不知道他借了多少钱，怎么能猜到他下一步的打算呢？必须要找到这个借钱给他的人。经过一番思考，他终于想出了一条妙计。他命人把各行动组组长找来，向他们交代了一番，然后让他们带人分头行动。

正是吃晚饭的时候，第四行动组组长夏少杰来到了赵梦君的一个远房表哥家。在家门口，他询问负责监视的队员是否有可疑情况。队员说没有。夏少杰敲开了门。

赵梦君的这个远房表哥叫魏连奎，是一个小学教师，为人老实。他一见夏少杰带着两个人进来，就吓得直哆嗦。夏少杰一进去，他后面的两名队员就把房门紧闭，站在他身后。魏连奎的老婆和孩子都紧张地看着他们。

夏少杰说："魏先生，请让您的家人先到卧房里去，我想单独与您说一点事。"

他嘴里说得很客气，可是脸上却冷若冰霜。

魏连奎赶忙转身让老婆和孩子们都到卧室里去。老婆临走时担心地望着他，他又摆了摆手，她才战战兢兢地走了。

夏少杰紧紧地盯着魏连奎，一句话也不说。魏连奎吓得不敢抬头，过了好大一会儿，他终于忍不住用颤抖的声音问："请问——先生——，不知您——找——找——我有——什么——事？"

夏少杰冷笑了一声。"你认识赵梦君吧？"

魏连奎又哆嗦了一下，他犹豫着没有说话。

夏少杰又逼问了一句："认识还是不认识？"

魏连奎哆嗦着看了夏少杰一眼，又赶紧耷拉下眼皮说："认识，认识。"

"他是干什么的，你也知道吧？"

"知道——哦——不知道。"

"你原先可能不知道他是干什么的，但是现在你再说不知道就是假的，不知道我们是干什么的才是真。我可以告诉你，本来，赵梦君是我们的人，可他出卖了我们的同志，并且潜逃了。我们是专门追杀叛徒的。"

魏连奎听了夏少杰的话，禁不住打了一个冷战。

夏少杰冷冷地看着魏连奎，说："魏先生，我们之所以让你的老婆、孩子暂时回避，是不想吓着他们。可你一味地撒谎，这很不好！"

魏连奎哆嗦着说："不敢撒谎！不敢撒谎！"

"可你刚才正在撒谎！"

"我——我——"

"我们已经抓住了赵梦君。"

"什么？你们抓住他了？"

"没有他的供述，我们会在这个时候来找你吗？"

魏连奎吓得腿一软，扑通一声跪在了地上。"原来我真的不知道他是干什么的，只是隐隐约约地感到他可能做着什么秘密的事情。今天早上他突然来找我，说要借一点钱，我觉得很可疑，天还不亮，他那么慌张，肯定是出了什么事。我问他，他说是遇到了麻烦，要出去躲一躲，想借点钱。我该死，我该死，我不该给他钱，更不该骗你们。只求你们放过我的老婆和孩子，他们都是无辜的，我任由你们处置。"

夏少杰不由得佩服起李克明，这是李克明向他们五个组长交代的办法，分头找赵梦君的亲友进行试探，不想一下子就让自己给诈出来了。他的心里觉得好笑，可脸上仍然紧绷着，冷冷地说："只要你说实话，我们就会放过你。如果你说的和赵梦君说的不一样，你们两个人中间必定有一个人撒谎，那后果你应该想得到。"

魏连奎抬起头急忙说："我再不敢撒谎！我一定说实话。"

夏少杰却一摆手止住了他，李克明教给他的话他还没有说完呢，他接着说下去："其实，对于赵梦君来说，说不说实话都是一死。可对你来说就不一样了，你说实话，你们全家都不会有什么事，你说完以后，我们立马走人，你们照样过你们的安生日子。可如果你撒谎，那就对不起了。现在你说吧！"

魏连奎定了定神说："今天早上四点多，赵梦君来找我，他说遇到了一个大麻烦，必须出去躲一阵子。他不敢回家，想从我这儿先借点钱。我原来与他感情不错，看他说得很可怜，我就给了他15块钱，我们家里不富裕，只能给他这么多。他临走时，嘱咐我说如果有人来问就说没见过他，否则我就会有性命之忧。所以，今天早上你们的人来问的时候，我只得撒了谎……"

夏少杰上前扶起了魏连奎，然后和蔼地说："对不起了！魏先生，我们也是迫不得已，让您受了惊吓。今天的事就当没有发生过，您对谁也不要说，也嘱咐您的家人管好自己的嘴巴。我保证您和您的家人不会有什么事，安安生生地过你们的日子吧！"说完，他深深地鞠了一躬，然后带着人转身走了。

等夏少杰他们走了好一会儿，魏连奎才回过神来。他伸手摸了摸自己的脖子，又抹了一把脸上的汗，这才去关好门。一见到老婆孩子，他苦笑着说："怎么能当什么事也没发生呢？我这简直是到鬼门关走了一遭啊！"

李克明得到报告后，立刻与他的五个组长研究行动计划，他分析说："根据你们各组汇报的情况来看，在赵梦君的所有亲友中，魏连奎的家境并不算好，可他为什么没有到其他几家有钱的家里去借呢？"

夏少杰说："魏连奎说他和赵梦君感情比较好。这可能是一个原因吧。"

二组组长王泽春说："我去审查的这两家中，有一个是他的同学，两个人关系也非常好，并且他这个同学开着一家店铺，很有钱。赵梦君为什么没有去向他借呢？"

一组组长张耀明说："我们组审查的那家，是赵梦君的姨妈家，条件也比较好。可他也没有去，这里面一定有什么名堂。"

李克明又问三组组长刘学林和五组组长林一凡："你们那儿呢？"

两人都说他们审查的这几家都比较穷。

李克明沉思了一会儿，他说："你们把各自审查的赵梦君的亲友的住处都说说。"

五个人分别说了自己审查的家庭的情况。大家说完以后，李克明说："我明白了。赵梦君之所以到魏连奎家借钱，是因为另外两家有钱的亲友与他出逃的路线相反，他不敢在租界里耽误时间，所以只能找顺路的魏连奎家去借钱。根据这一点，我已经确定了他的出逃路线和他可能藏匿的地方。我要亲自带人去把他抓回来。"

第二十二章　白脸与红脸

在淞沪警备司令部的一间刑讯室里，屋子充斥着血腥味和皮肉烧焦的煳味。杨如海被绑在行刑架上，已经被折腾得昏死过去了。警备司令部审讯处处长罗浩博垂头丧气地走出了刑讯室。

许明槐在罗浩博的办公室等着他。一见罗浩博那副垂头丧气的样子，许明槐就知道没有什么结果。可他还是问了一句："罗处长，怎么样？他开口了吗？"

罗浩博气哼哼地说："真他妈的是一副硬骨头，打人的都累坏了，可他硬是一句话也不说。"说到这儿，他叹了一口气，接着说，"我是他妈的玩戏法的下跪——没办法了。就看老兄你的了！"

许明槐苦笑了一下说："我早就给你说过了，我是费尽了口舌，可结果怎么样？他倒是跟我说话，可就是不说一点真事。这个人实在是不好对付啊！"

"那怎么办？难道我们就这样认输？"罗浩博气恼地说，"再过两天可就要押往南京了，在这两天里，我们如果一点东西也掏不出来的话，可真是很没面子啊！"

许明槐也叹了一口气说："丢面子是小事，恐怕会影响你我的前程啊！"

"可如果再打，恐怕要出人命。一旦他被我们打死了，委员长那儿可就交不了差了。"

许明槐沉思了一会儿说："罗处长，以兄弟之见，我们不能再用刑了。但是，让他吃点苦头也好，挨了这一通折腾，我再给他一点甜头，他才可能会吃出一点甜味来。"

罗浩博笑了，说："老兄，这坏人是我当，好人可都是你当了。好吧，咱俩就这样，一个唱白脸，一个唱红脸。如果实在不行，咱就轮番上。"

许明槐急忙摆了摆手说："不、不、不，罗处长，不管他是否开口，我们都不能再用刑了，不但不能再用刑，我们还得找军医好好地给他诊治。"

罗浩博一听就急眼了。"什么？还给他请军医？许区长，我这儿可是审讯处，不是慈善机构。如果不是因为上头要人，他想活着出去比登天还难。"

许明槐说："罗处长，你别急嘛。你听我说，两天之后他就要被押送去南京了。像他这样的要犯，委员长肯定会亲自审问的，我们把他整得这么难看，万一委员长怪罪下来，你我可吃罪不起呀！"

罗浩博不以为然地说："不就是共党的江南特委军事处主任嘛，委员长不会放在眼里的。再说，委员长最恨这些共党了，恨不得把他们斩草除根，怎么会怪罪我们呢？"

许明槐故作高深地笑了笑，慢悠悠地说："罗处长，别看这个人的官儿不大，但是你可别忘了，共党的江南特委和他们的中央机关都在上海，顺着这个藤是可以摸出大瓜来的。"说到这儿，他吸了一口烟，然后又说，"委员长当然很想要他的命，可是作为一党的领袖，最起码在表面上他得保持一点斯文吧？如果给他送去的是一个半死不活的人，他怎么会高兴呢？"

罗浩博听了许明槐的这一番话，恍然大悟。他打了一个哈哈说："老兄，这姜还是老的辣啊！好，就按你说的办。"

他伸手抓起电话，许明槐却拦住了他。"你给谁打电话？"

"军医处啊！"

"别急，我们演一出戏。效果可能会好一点。你先让人把他弄醒，待会儿我再去。"

罗浩博一听，明白了许明槐的用意。

两名打手往杨如海的头上浇了两盆凉水，杨如海才醒了过来。

过了一会儿，许明槐来了。他一走进刑讯室，看到杨如海被打得体无完肤，立刻大怒，大声地训斥站在两边的打手："你们怎么能这样对待杨先生呢？这简直是惨无人道！快！把杨先生放下来！"

可两个打手并不买账，一个打手说："对不起！许区长，没有我们罗处长的命令，不能把他放下来。"

许明槐一听，火冒三丈。"什么？罗处长？哼！我是奉你们熊司令之命来的。我命令你们把他放下来！"

两名打手显出为难的样子："这——这——"

"什么这啊那的，赶紧放下来。"

两名打手很不情愿地上去把杨如海解下来。

许明槐急忙上去，不顾杨如海身上的血弄脏自己的衣服，亲自扶着他在一把椅子上坐下来，眼里竟然含着泪说："杨先生，真是对不起！都怪我，不该把您送来之后就回去了。"

杨如海当然知道许明槐这是在演戏，但并不想去揭穿他。在坚持什么都不说的前提下，能少受一点苦总是好事，何必去硬充刚强，无谓地多吃一些苦呢？所以，他并没有去揭穿许明槐的鬼把戏，而是闭着眼睛，一句话也没说。

许明槐扭头对两名打手说："你们两个过来搀着杨先生，把杨先生送到军医处去。"

两名打手则继续在装糊涂。"什么？送军医处？这是谁的命令？"

许明槐一见两名打手竟敢顶撞自己，大怒道："我的命令！"

一名打手冷哼一声，另一名打手见许明槐动了怒，赶忙说："许区长，我们只是奉命行事，请您不要为难我们！"

许明槐强压下心头之火，说"去叫你们罗处长来！"

一名打手出去了，不一会儿，罗浩博来了。他进来以后，奸笑了一声说："许区长，人犯交到我们警备司令部，就没有你什么事了。兄弟可以说句实说，他要想活着走出我的刑讯室，只有一个办法，那就是开口交代问题。否则，从我这刑讯室只能抬出死尸去。这是多年来我们的规矩，不能因为你许区长坏了我们的规矩吧？"

许明槐做出一副正气凛然的样子说："罗处长，我要告诉你的是，杨先生不是杀人放火的刑事犯，他只是与我们的信仰有异、政见不同而已。信仰和政见的问题，可以坐下来谈，怎么能用这种酷刑呢？"

罗浩博冷笑一声，说："许区长，我是个粗人，不会讲什么信仰啊政见的，要想放人，那你就拿熊司令的手令来。否则，恕兄弟不能从命！"

许明槐气得说不出话来，他愤怒地瞪了罗浩博一眼，转身走出去了。

不一会儿，他又转回来了，罗浩博跟在后面。进来以后，罗浩博走到杨如海的面前，低下头说："对不起！杨先生。我这就安排人送您到军医处。"

杨如海淡然地看着罗浩博，还是什么也没说。

杨如海被送到军医处以后，医生马上对他的伤口进行处理。其间，许明槐来过两次，每次来，都是一脸的悲戚，叹着气说："唉！怎么能把人打成这样呢？"说完，叹口气，又摇了摇头，走出去了。

好在杨如海受的都是外伤，经过医生消毒、上药和包扎以后，恢复得很快。傍晚的时候，医生领着一名军官走进来，那名军官看了看杨如海，说："杨先生，您受苦了。熊司令让我来看看您，在生活方面您有什么要求，尽管对我说。"

杨如海看了看这名军官，没有说话。军官转身对跟在身后的医生说："刘军医，麻烦你把我带来的那点营养品给杨先生拿进来。"

医生出去后，那名军官突然压低了声音说："杨先生，后天就要把您押往南京。你们的人已经得到了这个消息。你要做好准备。"说到这儿，他又大声地一语双关地说，"不管怎样，你要好好地配合医生治疗，按时服药，好好吃饭，尽快恢复。"

这时，刘军医已经进来了，他只听到了军官后面的几句话。他对杨如海说："杨先生，希望您不要辜负金处长的一番好意啊！"

原来那名军官就是金玉堂的哥哥，警备司令部总务处副处长金满堂。金满堂走的时候，刘军医送出来。金满堂对刘军医说："很快就要将他押往南京，交给委员长亲自审问。所以必须让他尽快康复，不然，在委员长那儿不好交代。"

刘军医一听，急忙说："您放心，我们一定尽全力。"

金满堂走后，杨如海想到同志们一定会想办法在半路营救自己，自己必须尽快让身体好起来。晚饭时，他尽量多吃了一些。

晚饭后，许明槐来了，他先是假装关切地询问了一番杨如海的身体状况，刘军医如实向他做了汇报。然后他拖过一把椅子，在杨如海的床边坐下来，说了一些自责和道歉的话。

杨如海说："许先生，你也不必自责，这件事也怪不得你。"

许明槐一听杨如海这样说，装出更加痛苦自责的样子说："杨先生，真的是我照顾不周。否则，您怎么会吃这么多苦头呢？看到您被打成这样，我的心里真的是很不安。"

杨如海听了金满堂的话以后，已经知道南京来了命令要把自己押往南京。在到达南京之前，他们是不敢再对自己用刑了。他很镇定地说："许先生，我想问一句，如果我什么也不说，你是不是还会把我送回刑讯室呢？"

许明槐一听杨如海问这样的话，以为杨如海有点怕了。他故作姿态地犹豫了一会儿，然后说："杨先生，我是尊重您的。可是，您也看到了，我可是在熊司令面前打了保票的，说您一定会听我劝的。您如果一点也不配合的话，一旦惹恼了熊司令，我也就不好保您了。"

杨如海说："许先生，那你就不必再为难了。还是把我送回去吧！"

许明槐说："唉！杨先生，您这是何苦呢？"

杨如海说："我跟你说过，我自从参加这项工作以来，就做好了牺牲的准备。说实话，我不想死，但我也不会为了苟活于世就放弃自己的信仰，背叛自己的组织。"

此后，不管许明槐说什么，杨如海都不再说话，最后干脆闭上了眼睛，不再搭理许明槐。许明槐无奈，只得悻悻地走了。

第二十三章　尖刀的追杀

赵梦君在旅馆的房间内焦躁地走来走去，心里很是不安。他打伤了保卫处的人逃了出来，虽然觉得在离警备司令部很近的这条街道上，按照正常的思维，保卫处的人应该不会到这儿来找自己，可是，保卫处的人向来不按常规出牌，如果他们真的找到这儿来的话，自己就死无葬身之地了。况且，保卫处的人可以说是无孔不入。据组织内部的一些同志私下里闲谈时说，保卫处在警备司令部、警察局以及租界的巡捕房里都有内线。如果真是这样的话，保卫处肯定把对自己的追杀令传给了这些内线，一旦自己出现，很可能就会招来杀身之祸。

来这家旅馆的时候，他自然是用了一个假名字，并对老板说自己是做生意亏了本，欠着人家的债还不了，债主正到处找他呢。他可怜兮兮地哀求老板说："老板，我出来就是躲几天，临出来的时候我已经给我的一个做大生意的亲戚打了电话。他正在给我筹措钱款，等他替我还上了债之后，我就可以回家了。"说到这儿，他仔细地看了看老板，见老板正认真地听他说话，于是他接着说下去，"所以，我得麻烦您一件事！"

老板对他说的话半信半疑。在上海滩，什么稀奇古怪的事都会发生，赵梦君说的这种情况也是经常有的。可是装可怜行骗的人更多，因此，在赵梦君编造了那一套谎言的时候，还没等他说完，旅店老板的心里早已经拿定了主意，那就是不管你说什么，店钱都不能欠。只要不欠自己的钱，其他的事，都好说。所以，当他听见赵梦君说有一件事要麻烦自己时，他想到肯定要说先欠着自己的店钱了，那是万万不能的。于是，他便接过话茬说："客官，您说的这些事情我很理解，但是，我开着这么一家小店，也是小本生意，来我们这儿住店的，都是先预交店钱的。您……"

赵梦君知道旅店老板误会了自己的意思。他打断老板的话说："您放心！店钱，我一分也不会欠的。"一边说着话，一边从口袋里拿出一个钱包，"老板，我先交上三天的店钱。"

老板一见他这么爽快，心头一喜，赶紧说："您看，我一看就知道您是做过大买卖的人，通情达理，善解人意，怎么会欠我们这么一点点店钱呢？"他嘴里一边说着，一边拨弄了几下算盘，"三个晚上住宿是一块五角。"赵梦君却没有给他钱，而是说："老板，我的话还没有说完呢。"

老板尴尬地笑了笑说："对对对，您有什么事儿？"

赵梦君压低了声音说："我是出来躲债的，债主正在到处找我。我在您这儿不但要住店，还要连一天三顿饭都在您这儿包了。如果有人来打听，您就说没有来过陌生人就可以了。"说到这儿，他见老板脸上露出了疑惑的表情，他拿出一个身份证件放在柜台上，说："您放心，我绝对是守法的商人，不会给您带来麻烦的。再者说，我如果是不法之人，怎敢到您这儿来呢？别忘了，您这儿可是在警备司令部的眼皮子底下啊！"

老板仔细地看了看他的证件，没有什么可疑的地方，再一想他的话也有道理，如果是不法之人怎敢自投罗网呢？

想到这儿，他立刻满脸堆笑说："客官，您说笑了。我怎么会怀疑您的身份呢？您放心，您尽管在小店住下来，一切都包在我身上。如果有人来打听您，我保证连半个字也不会说。您一天三顿饭我会让伙计给您送去。"

赵梦君在柜台上拿给老板看的证件当然是伪造的。不过，他这个假证件是保卫处负责办理的，所以，证件上张顺才这个化名保卫处自然是知道的。这一点，赵梦君很清楚。

可是，自从他参加地下工作以来，他就一直以这个身份活动，他的家里也只有这么一个身份证明，从家里出来时就带着这个证件。出逃时他曾想去住偏僻的小店，因为那些小店可以不要身份证明。

可是，他转念一想，保卫处肯定也会想到他会去住那种小店。如此一来，自己反倒更加危险了，倒不如到这种稍微大一点的店里住下。于是他选择了这家离警备司令部不远的旅店。

赵梦君真的是闭门不出。他交了三天的店钱，他估计在这三天里可能会出现一个对自己有利的局面。他想只要这三天自己不出门，保卫处的人是不会找到他的。

伙计来送早饭时，他掏出钱，让伙计从街上给他买来了当天的《福尔摩斯》。

在上海滩众多的小报中，《福尔摩斯》是赵梦君最喜欢的，它注重揭露党政军和社会各界的黑幕，常抛出一些惊人的消息，赵梦君经常从这份报纸中了解到自己感兴趣的东西。所以，当伙计给他买来一份报纸后，他便立即打开报纸看起来。

他知道这些小报记者无孔不入，在上海滩没有什么事能够瞒得了他们。昨天晚上，确切地说应该是今天凌晨他打伤了一名行动队队员逃了出来，他不知道那名队员是死是活。如果被自己打死了，店家一定会报案的，那么，报纸上就可能会有消息。

他想看看小报上有没有这方面的消息，他拿着报纸迅速地浏览了一遍标题，没有他关心的事情。他把报纸放在床上，闭上眼睛一想，又觉得自己有点神经质了，今天凌晨刚刚发生的事情，即便是店家报了案，又即便是小报的记者去采写了稿子，那时报纸早已经印刷出来了，这件事怎么会登在今天的报纸上呢？

过了一会儿，他又重新拿起报纸，仔细地读了起来。读了一会儿，他就觉得眼皮沉重得抬不起来。昨天晚上他根本就没有睡觉，现在，觉得自己安全了，睡意也就不可阻挡地向他侵袭过来。很快他就睡着了。这一觉睡到中午还没醒，睡梦中他被一阵响声惊醒，一骨碌爬起来，吓得浑身是汗。

仔细一听，原来是店里的伙计来给他送饭。他开了门，让伙计把饭菜端进来，却忽然心里惶惶的，一点胃口也没有。他想问问外面有什么情况，可又怕引起伙计的怀疑，于是，心神不安地吃了几口饭，便坐在椅子上发呆。

伙计来收拾盘碗时，见他低垂着脑袋一动不动地坐在那儿，便问："先生，您有什么事儿需要我帮忙吗？"

赵梦君一下子清醒过来，连忙说："没有什么事，我就是有点累。"

等伙计出去以后，他把门关好。他现在已经找不到早上刚逃出来时的感觉了。他虽然不认识保卫处的人，可他知道保卫处的厉害，他很清楚自己肯定上了保卫处的追杀名单。他们会不会找到这儿呢？他的面前老是浮现出那天到旅馆去审查自己的那个自称姓马的人的脸，尤其是他那一双眼睛，盯住自己的时候，简直像两把锋利的刀一样。这一个下午他就在惶惶不安中度过了。

晚上，他好不容易昏沉沉地睡着了。在睡梦中，赵梦君见那个自称老马的人像鬼魂一样轻飘飘地来到自己的床前，一用手枪指着自己，黑洞洞的枪口里射出了一颗子弹，打在了自己的脑门上。他不由得惊叫一声，吓醒了。他坐在床上，在黑暗中睁大了双眼。他不敢开灯，可他又实在太怕这黑漆漆的夜了。他正想强迫自己再躺下，忽然听到楼下有说话的声音。

他赶忙侧耳细听，果真从楼下传来隐隐约约的说话声。

此时，在楼下的正是李克明和两名行动队队员。这家旅馆已经是他们今天晚上查问的第四家了。李克明根据赵梦君出逃时借钱的情况，分析出了他出逃的路线，又猜透了他的投机心理，把目标锁定在了警备司令部附近的这几家旅馆，然后连夜带人前来追杀。每到一家旅馆他都装作是警察局的人仔细盘问。有的旅馆老板虽然对他们的身份有所怀疑，但一见他们都带着枪，也就老老实实地配合了。

当李克明他们来到这家旅馆时，老板早已经休息了。他把老板叫起来说是警察局在追查一名逃犯。老板一听说追查逃犯，心里一下子犯了嘀咕，难道白天来的那个张顺才不是一个逃债的而是一个逃犯吗？

他脸上的变化都落在了李克明的眼里。李克明立刻严厉地问："今天你的店里有没有来过可疑的人？"

老板迟疑着说："长——官，店里——来的人——都有合——法的身——份证明……"

李克明看出了他的迟疑，立刻压低了声音说："快拿出登记簿给我看。"

很快，他便看到了"张顺才"这个名字，他当然知道这个张顺才就是赵梦君。他一看登记的房间号是二楼九号，便把登记簿一扔，立刻带着两名队员向楼上走去。他的动作异常迅速，简直像发现了猎物的豹子一样迅猛，却又像一只猫一样没有发出一点声响。

赵梦君掀开窗帘，想跳窗逃跑，可转念一想，对方肯定在外面留了人，跳出去也是自投罗网。他赶紧向房门口跑去，只要进了楼道，从后窗跳出去，或许能跑得了。

当李克明来到二楼的时候，黑暗中，看见一个黑影已经跑到了楼道一侧的窗户前，正在推开窗户，想要跳窗逃跑。李克明迅速地从腰间掏出一把飞刀，顺手就甩出去。赵梦君惨叫一声，趴在了窗台上。李克明过去用手一探，发现赵梦君已经死了。他立刻带人下楼。

在楼梯口正好碰上听见响动上来查看的店老板。李克明也不搭理他，带人一溜风地走出去。老板自然是不敢阻拦的。老板走上二楼楼梯，打开楼道里的灯，刚往前走了几步，借着灯光，忽然看见楼板上有血迹，他吓得失声惊叫。他不敢再往前走了，跌跌撞撞跑下楼来，正好与匆匆赶来的伙计撞了个满怀。他惊慌失措地说："不好了，杀人了！快打电话报警！"

没等警察来到，警备司令部的人先来了。由于饭店离警备司令部很近，老板在给警察局打电话的同时，也给司令部打了电话。今天晚上，正好是情报处副处长周晓年在值班。他接到电话后，立刻告诉了正在司令部的许明槐。两个人便带着几名士兵赶来了。

许明槐和周晓年走上二楼，看见了趴在窗台上的赵梦君。听到有军警来到，二楼的客人才都打开房门走出来。他们站在自己的房门口惊恐地观望着。

周晓年走到近前，伸出手试了试，冲许明槐摇了摇头，那意思是已经死了。许明槐忽然看见赵梦君的脖领子上挂着一块白布条，他伸手一抻，抽出了那块白布条，借着过道里昏黄的灯光，看见上面写着几个血红的大字："没人能逃脱尖刀的追杀"。

"尖刀"这个名号，许明槐和周晓年都不陌生。他们知道"尖刀"是江南特委保卫处行动队队长的代号，这个代号和"老刀"一样，无论是国民党的特工还是共产党的地下工作者，都很熟悉，甚至在很多人的心里，"尖刀"更可怕，因为这个代号代表的就是死亡。

许明槐俯下身去拿起那块白布条，他仔细地看着上面的字，周晓年也凑过来看。许明槐对周晓年说："你看，这些字写得很工整。这显然是早就写好了的。尖刀对自己想做的事，是很有信心的。"

说到这儿，许明槐的心里很沮丧，他对周晓年说："看来这就是那个给我们提供情报的人，没想到尖刀这么快就找到了他。"

第二十四章　分头行动

天一亮，李克明兴冲冲地来向陆岱峰汇报自己已经除掉了叛徒赵梦君的消息。陆岱峰听后，显得很冷静，并没有李克明所希望看到的很高兴的样子，好像他早就知道了一样。李克明觉得很奇怪，自己除掉了赵梦君，陆岱峰怎么会不高兴呢？难道他的心里有什么打算？还是他另有什么发现？

陆岱峰问："你是在哪儿找到他的？"

李克明压下了心中的兴奋，说："在一家叫作楼外楼的旅馆里。"

陆岱峰知道在上海滩叫"楼外楼"的旅馆、饭店不少，大大小小一共有十一家。他从事地下工作，对整个上海的各种场所都有比较详细的了解。这些在平时看来好像没有什么用处的事情，在关键时候却常常会起到不小的作用。

陆岱峰问李克明："你是在哪一家楼外楼找到他的？"

李克明说："在离警备司令部不远的那一家。"

听了李克明的回答，陆岱峰皱起了眉。"既然他到了那儿，为什么没有跑到警备司令部里寻求庇护呢？"

李克明连想也没有想，说："这不是明摆着吗？他肯定知道我们在警备司令部里面有内线，他怕贸然进去会不明不白地送命。"

陆岱峰听了李克明的分析，没有说话。

过了一会儿，李克明见陆岱峰一直在沉思，便问："昨天，你不是说要研究一下营救杨如海同志的计划吗？"

李克明的问话，把陆岱峰从沉思中拽了出来。他想了想说："我已经初步想出了一个计划，我们这次必须全体出动，可以化装成出丧的队伍，把长枪都放在棺材里，在半路等着他们。等押解杨如海同志的囚车一到，我们就把棺材横在当路，然后下手。"

　　李克明说："这个办法不错。不过，如果他们走山路的话，我们还可以提前埋伏好，那就不用这么麻烦了。"

　　陆岱峰说："从上海去南京，山路很少。我想，敌人不会选择走山路的。"说到这儿，他略一沉吟，说，"不过，我们也得有这一方面的准备。这样吧，克明，你按照走大路和走山路这两种情况分别制定出一套行动方案。到时候我们再随机应变。"

　　李克明答应了一声，然后就没了言语。近来，由于一连串事件的发生，他也比以前沉默了许多。

　　陆岱峰仍然有点担忧地说："只是，目前我们还不知道敌人押解的具体时间和行经路线。"

　　李克明说："我们可以让金玉堂和他哥哥联系，让他哥哥打探这个情报。"

　　陆岱峰说："目前，我们在警备司令部里没有其他人可以依靠，也只能靠他了。"

　　李克明说："我想叛徒既然已经找到了，那么金玉堂应该是可靠的。他哥哥提供的情报我们应该相信。"

　　陆岱峰说："根据凌飞上次对金玉堂的考察来看，我对他还是有点不放心啊！"

　　李克明想了一会儿说："要不，我们分兵几路，在去南京的几条主要道路上都埋伏下人？"

　　陆岱峰摇了摇头："警备司令部不比调查科上海实验区，他们可是有军队的。为了保险起见，他们可能会派军队保护。我们本来只有几十人，如果再分散兵力，就更不可能拦截住了。所以，我们只能冒险了，把全部的宝都押在金满堂的身上了。"

说到这儿，陆岱峰稍一沉吟又说："这件事，我还没有告诉凌飞和钱如林，今天下午我就让他们开始着手做准备。你回去以后，立即召集各小组组长开会，向他们布置任务，要他们做好准备。但是，不要让他们把具体任务告诉队员们，以免走漏消息。"

李克明担忧地说："我对行动队的几个组长是非常信任的。可是，在这个关键时刻，我们还是要谨慎，提前把任务告诉他们，万一泄露出去……"

陆岱峰打断了他的话说："即使我们不事先告诉他们，只让他们做武装行动的准备，他们也能猜到是营救杨如海同志，所以，倒不如直接告诉他们。他们不知道行动的具体细节，怎么做好准备呢？"

李克明想了想，说："也只好这样了！"

李克明走后，陆岱峰又找来凌飞和钱如林，向他们布置了任务，让他们安排手下的人都做好武装行动的准备。布置完任务后，他让钱如林先走了，又特别叮嘱凌飞说："你要想办法尽快与郑茹娟取得联系，让她多注意他们内部的情况，看有没有人去送情报或者是打电话出卖我们的情报。"

凌飞说："据郑茹娟说，自从许明槐把杨如海同志押送到警备司令部以后，就留在那儿没回来。"

陆岱峰说："杨如海同志是他抓到的，他怎么会把这个大功劳拱手送给熊式辉呢？我想，往南京押送时，他也会亲自去的。"

"这个人很狡猾，如果他亲自去的话，恐怕会给我们带来很大的麻烦。"凌飞担心地说。

陆岱峰说："正因为这样，我们必须把可能出现的各种意外情况都要想到。"

凌飞感到肩上的担子很沉重："但愿我们的情报不会出现纰漏才好。"

陆岱峰笑了笑，说："你也不要有太大的压力，离行动还有一天多的时间，你要多想一想，把准备工作做细。只要把准备工作做细了，也就离成功不远了。"

凌飞临走的时候，陆岱峰突然又叫住了他："在行动之前，你还要和郑茹娟再见一次面，要她尽量多提供一些信息，然后我们把她提供的信息和金满堂提供的情报进行综合分析，以确保这次行动的成功。"

凌飞一脸凝重地说："这一点我知道，如果这一次我们再失败的话……"

他没有再说下去，陆岱峰当然知道他后面没有说出的话是什么。他拍了拍凌飞的肩膀，又说道："还要记住一条，千万不能暴露郑茹娟，虽然她不是我们的人，但是，她的位置很重要，今后会成为我们的朋友，更会成为我们的一个很重要的情报来源。"

凌飞点了点头。"我知道，现在，知道这件事的就只有我们两人。"

陆岱峰说："不仅是现在，今后也不能让其他人知道。"

说完后，他让凌飞走了。屋子里就只剩下陆岱峰一个人，他坐在椅子上，两眼看着窗外，又陷入了沉思。

第二十五章　百乐门舞厅

距离百乐门舞厅还有一段距离，钱如林就看到了百乐门舞厅的大楼，这是一栋漂亮的大楼，有六层高，楼顶是圆柱状的梯形塔楼，周围层层围以霓虹灯灯柱，楼的左右两翼，安置了从楼顶直贯底层的流线型灯柱。现在刚到入夜时分，百乐门已是彩灯齐放，整栋大楼就像是一个通体透明的水晶宫。

来到百乐门舞厅门口，他有点犹豫。因为工作的缘故他曾经多次从这栋大楼门前走过，但从来没有进去过。今天因为有急事必须要到百乐门来，他心里还有点紧张，不过他还是装作若无其事的样子大摇大摆地走进去。

他对一个侍应生说："我有点事情，要找高志源先生，他的家里人说他来这儿了，麻烦你带我去找一下他。"

侍应生一听说是找高志源，立刻满脸堆笑说："先生，高先生一般不在一楼舞厅，我带您到二楼找找看。"

百乐门舞厅的四楼以下全是舞厅，五楼、六楼是旅馆。钱如林跟着侍应生来到二楼。二楼的舞池有五百多平方米，灯光可以自由调节，地板由汽车钢板支托，有很好的弹性，钱如林知道这就是人们所说的弹簧地板。

侍应生迅速用眼睛扫视了一遍，没有看到高志源。他便抬头向上看，钱如林也随着向上看。他看到三楼的一个小型玻璃舞池，这个舞池是个巨大的半圆，从大舞池的天花板下优雅地伸出来。从下面往上看，活像个精致的玻璃果盘。钱如林觉得有点眼花缭乱，可就在这时侍应生说："高先生就在上面。"说完，便带着钱如林走上三楼。

一走进三楼，钱如林看到高志源正在那个舞池里跳舞。侍应生说："先生，您稍等一下，这一曲马上就跳完了。"

钱如林只好站在那儿等着。这个舞池不大，里面只有四对舞伴在跳舞。舞池的地板是用大约两寸厚的玻璃铺成的，玻璃底下安装了灯光设施，人在上面起舞，有一种飘飘欲仙的感觉。

一曲终了，舞女们在乐台前的一排座位上坐下，而跳舞的男士们则走回自己的台子。就在高志源走出舞池的时候，侍应生迎上去低声说了一句什么，高志源扭头一看，便快步向钱如林走过来。钱如林也迎上前去。他随着高志源走向一张台子，高志源今天是自己来的，他也就独占了一个台子。

百乐门舞厅的每一张台子只招待同一批客人，不能任意扎到有人的台子上去坐，也不能邀请不是和自己同来的女士跳舞，这是一个不成文的规矩。这正好符合钱如林的心愿，因为他来是找高志源谈一件很重要的秘密事情的。

高志源是上海滩大名鼎鼎的律师，今天，钱如林来找他，是请他帮忙营救江南特委副书记张英。当然钱如林没有说出张英的真实姓名，而是说了张英被捕时临时编造的一个名字——王林。

高志源在听了钱如林的话以后，沉思了一会儿说："如林老弟，本来凭你我的交情，这个忙我是应该帮的。可是，前不久，我听说有人花了大价钱，买通了监狱方的官员和法院官员，给王林减了刑，由五年改判为两年。当时我就想，这个王林绝不是一个普通的工运分子，否则不会有人出那么大的价钱为他减刑。今天你又来找我，这就更说明这个人是一个重要人物。可是，这件事的确是有点难办，你想，才刚刚减了刑，现在又要求保外就医，这个保我可不敢做。一旦他出来后，再出什么事情，怎么办？"

其实，对这一次行动，钱如林也很不理解。王林是张英同志被捕后的化名，他在被捕判刑后，在提篮桥监狱服刑，整天不与任何人打交道，闷头不响地干活，身份一直没有暴露。前不久，李克明筹集了一笔款子通过与他有交情的青帮"江北大亨"、上海天蟾戏院老板顾竹轩从中斡旋，买通了监狱和法院的官员，给张英减了刑。这已经很不容易了。

可就在昨天，陆岱峰又亲自向他交代任务，让他想尽一切办法，把张英同志尽快营救出来。钱如林当时就觉得这件事有点怪，一个是这件事本来是由李克明负责的，自己半路接手不太妥当。第二个是刚刚花了大价钱减了刑，现在再次活动，而且不是要求减刑，而是要求弄出监狱。但是，他没有问为什么，他知道，陆岱峰这样做，一定是有缘由的。

自从他加入保卫处以来，无论陆岱峰布置什么任务，他从来不问为什么。他很明白，需要向他说明的，陆岱峰一定会对他交代清楚。陆岱峰不说，那就是他不需要知道，至少是暂时不需要他知道。在这一点上，他和凌飞有点相似。

当然，他不问，并不代表他不去思考，回家后，他又把那两个问题仔细地考虑了一番。对于第一个问题，他自己给出的答案是李克明正在对参加军事处会议的人员进行审查，并且还要组织营救杨如海同志，现在，李克明肯定是忙得不可开交，顾不上这件事。他相信，这也是陆岱峰不再把这件事交给李克明去做的唯一的合理解释。

至于第二点，他也只有一种解释，那就是张英同志目前可能正面临着很大的危险。张英被捕后并没有暴露身份，那么陆岱峰这么着急地想不惜一切代价把张英在最短时间内营救出来，究竟是为了什么呢？如果说是怕叛徒出卖，可是，这个叛徒不是已经查出来了吗？并且已经被李克明除掉了吗？况且，即便是赵梦君没有被除掉，他也不知道张英被捕这件事。那么，只有一种担心了，那就是担心营救杨如海同志失败，担心杨如海叛变，因为杨如海身为江南特委常委，对张英同志被捕这件事是很清楚的。难道，中央对杨如海同志也不放心吗？想来想去，钱如林也只有这一种解释。

昨天晚上，钱如林反复考虑，只有以保外就医的借口才能将张英营救出狱。可谁当保人呢？钱如林知道，这个保人必须是有身份的人，否则，监狱和法院的官员是不会放心的。想来想去，只有著名的律师高志源合适，他的父亲是上海有名的实业家，他本人又是从英国留学归来的法学博士，在上海滩只要他经手的案子，不论是租界的法院还是国民党政府的法院都买他的账。因此，他接案子的酬金也是很高的。不过，高志源为人正直，而且还很赞赏共产党的一些主张。

他和钱如林是很要好的朋友，虽然钱如林一直没有在他面前承认自己是共产党，高志源心里却很清楚钱如林到底是干什么的。但是他从来不问钱如林的真实身份，他知道钱如林干的是秘密工作，自己装作不知道更有利于钱如林的工作，也有利于保护自己。所以，两人虽然在生活上是无话不谈的朋友，但是在这件事上却一直是只字不提。

可是，现在，要想把高志源完全蒙在鼓里是不行的，那样这件事就不可能谈成。你想让人家为你担风险，又不对人家说实话，这怎么可以呢？再说，高志源可不是傻瓜，不但不是傻瓜，而且很聪明，像以前那样他不想知道，你当然可以不对他说明，可今天这件事风险太大，不说明是不行的。所以，昨天晚上，钱如林早就把这个问题想到了。

今天高志源一问，钱如林也就没有犹豫，他对高志源说："志源兄，这件事我不能瞒着你。王林是共产党内的一位重要领导，现在他在监狱内很危险，特委决定要不惜一切代价尽快把他营救出来。这个任务落在了我的头上，昨天晚上我翻来覆去地想，这件事只有麻烦志源兄你了。"

说到这儿，他认真地看着高志源，他只是承认王林是共产党的高级领导，但还是不想说出他的真实身份。高志源知道他还会说下去，所以没有搭话，只是很认真地听着。钱如林接着说："至于您的安全，我们也想好了。王林出狱以后，就安排他离开上海到苏区去。只要他离开了上海，就不会再有人知道他的事。志源兄尽管放心，我们共产党是不会为了自己的事把朋友陷进去的。"

高志源听了钱如林的话，陷入了沉思。虽然他早就知道钱如林是共产党。但是，今天听钱如林亲口说出这件事，心里还是有点震动。虽然他一直对共产党有好感，暗中故意装糊涂给共产党做过不少事，帮过不少忙。可是，今天这件事与以前的事不同。越是重要的人物，自己担的风险越大。想了一会儿，他说："这件事也并不是不可以，但我要知道这个人到底是谁？也就是说，我要看看我担这么大的风险到底值不值。"

钱如林略一沉吟，轻声说："这个化名王林的人就是张英。"

钱如林只是简单地说出了这一句。别的就不需要再说了。国共两党以及社会各界对张英这个名字都是很熟悉的，虽然大多数人并不认识他本人。

听了钱如林的话，高志源心头猛地一震，一向沉稳的他也不由得耸然动容。他一下子下定了决心，很果断地对钱如林说："为了张英先生，这个险我冒得值。你放心，这件事，你就交给我吧，我会尽我最大的努力，尽快营救张英先生出狱的。"

听了高志源的话，钱如林一下子感到轻松了，因为他知道，只要高志源答应了的事，不管再难，他也会千方百计去做好的。可是，他无论如何也不会想到，一个突然变故，使他的这次营救功败垂成。

第二十六章　告密电话

电话铃声响起的时候，郑茹娟正坐在那儿发呆。这几天发生的事情都太不可思议了，她心里感到忐忑不安。她想把这几天发生的事情理一下，理出一个头绪来。

她想，自己错就错在了12日那天答应了许明槐参加13日的秘捕行动，答应他假扮杨如海的情妇制造假象，像这样的卑鄙事情自己当时怎么就答应了呢？她为自己的所作所为感到后悔。尤其是想到当许明槐在对杨如海进行劝降的时候，竟然不惜让自己去进行色诱，这更让她觉得受到了莫大的侮辱。可正是在此时，被他们用卑鄙手段秘捕的杨如海却义正词严地维护了她的尊严。这更使她的心里觉得有愧，也正是因此，她才不惜冒险为杨如海送出了一份情报。因为她觉得不能让杨如海就这么不明不白地死去。

可没想到的是，她的这个举动却带来了麻烦，共产党的人找上了自己。她知道，秘密地与共产党来往，一旦泄露出去，那就是死罪。可那天那个叫王平的人说出的话自己却不能回绝。因为，她心里的确觉得对不起杨如海，她真的很想帮助他们把杨如海救出去。可现在，杨如海已经被关押在了警备司令部，凭着共产党的那点儿力量，要想从戒备森严的警备司令部救出人来，恐怕比登天还难。

自己到底该怎么办呢？是继续帮他们，还是赶紧抽身而退呢？抽身而退，她的确有点于心不忍，她实在不忍心看着杨如海被杀。可继续与他们合作下去，她又怕自己陷得太深，招来杀身之祸。正在她左右为难的时候，电话铃突然响了起来。

自从许明槐押送杨如海去警备司令部后，许明槐的这部专用电话就由她这个机要秘书负责接听。许明槐临走的时候，特别叮嘱过她，有什么急事可以打电话到警备司令部情报处找他。

郑茹娟接起电话，刚"喂"了一声，里面立刻传来一个明显压低了的沙哑声音："我找许明槐！"

郑茹娟吃了一惊，因为打给许明槐的电话，很少有人这样直呼其名。她觉得这个电话有点怪，但还是客气地说："您好！这儿是西药研究所，许所长现在不在。请问您是谁？有什么话我可以转告。"

电话那头的人显然是在犹豫，过了一会儿，没有声音，郑茹娟正想再问，电话那头又说话了："我是他的表弟，请你告诉我怎么才能找到他，我有急事。"

郑茹娟一听，心里咯噔的一下。许明槐曾经嘱咐过她，只要有人打电话说是他的表弟，就必须按照打电话人的要求去做。想到这儿，郑茹娟的心头又是一动，难道这个人就是那个出卖杨如海的人？难道地下党组织又有行动？如果是这样，那么这个行动肯定与营救杨如海有关。

怎么办？如果自己把警备司令部情报处的电话告诉他，他肯定会打电话到那儿去，那就会给杨如海的那些同志带来危险，并且营救计划肯定也会落空。可如果不告诉他，事后，许明槐必然会知道真相，自己就暴露了。

她还在犹豫，对方却沉不住气了，说："小姐，请你告诉我怎么才能尽快找到他。"

不能再犹豫了，郑茹娟说："许所长到警备司令部去看一个朋友，我可以告诉你他那儿的电话。"

那边的人急促地说:"好,你说!"

郑茹娟说:"号码是95866。"

她一说完,对方说了一声"谢谢",就立刻挂断了电话。

郑茹娟觉得应该立刻把这个情况告诉王平。可是这个电话刚刚打过来,万一许明槐再往这儿打电话,没人接,会不会引起他的怀疑呢?为了保险,还是再等一会儿好。于是她就一边继续在那儿守着电话,一边写了一张纸条。等了一会儿,没有电话来,她这才起身走出门去。却不料在院子里遇上了行动组组长李维新。

郑茹娟刚来这儿上班的时候,李维新就喜欢上了她。郑茹娟早就看出来了,可她没看上李维新。李维新虽然想套近乎,可郑茹娟不给他机会,李维新在郑茹娟面前说个笑话,想引着她接茬,可郑茹娟不苟言笑,根本不搭理他。时间一长,他觉得没趣,也就不敢再想了。

可是,那天他们一块去参加秘捕杨如海的行动,郑如娟假装杨如海的情妇,虽然有点不情愿,但却表演得很动人。李维新的心又动了,在他的眼里,郑茹娟不再是那个独来独往、性情孤傲、高不可攀的冷美人了。他觉得郑茹娟的那一副冷面孔很可能是装出来的,其实她在骨子里是一个很淫荡的人,不然那天的表演怎么会那么动人呢?这不该是一个刚从学校毕业的大学生的样子啊?其实他不知道,郑茹娟在大学的时候参加过学校剧团的演出。

这几天,李维新没事老往机要室跑,郑茹娟还是像以前一样不怎么搭理他,可他并不气馁。今天一来,他就说:"郑小姐,今天中午我请你到'一家春'吃西餐,请你务必赏个脸!"

郑茹娟说:"对不起,李组长,我不喜欢吃西餐。"

"那我请你到'楼外楼'去吃中餐?"

郑茹娟见他死乞白赖的样子,心里就更加厌烦他,于是便说道:"对不起!我今天中午已经约了人。"

李维新不好再缠着，可他见郑茹娟在这个时候出门，便又问："郑小姐，你要出去啊？"

郑茹娟本不想多和他说话，可她转念一想，自己不能树敌，不然会给自己招来不必要的麻烦，于是说道："早上走得急，没顾得上吃早饭，现在有点饿了，出去买个烤白薯。"

李维新连忙说："这点小事儿，何须你自己跑腿呢？我去买吧。"

郑茹娟没想到他竟然会打蛇随棍上，她笑了笑说："刚才还说请我吃西餐、中餐的，怎么一下子就变成请吃烤白薯了？这也太便宜了吧。这种便宜东西还是我自己来吧。"

李维新见郑如娟有了笑模样，心里又一下子乐开了花。"那好，那好，郑小姐，你今天中午有饭局了，我就不打扰了。那晚上我请你到百乐门舞厅跳舞怎么样？"

郑茹娟想回绝他，可又怕得罪他，不知道怎么回事，自从帮助杨如海送情报以来，她的胆子小了，不再是以前那种谁也不放在眼里的样子了。这也正是李维新这几天老是来纠缠她的原因。可她心里的确是有点虚，因此，她没有回绝李维新，只是说："下午再说吧！"

就是这样一句话，就让李维新好一阵子兴奋。

郑茹娟走出"西药研究所"大门，拐过了一个街口，就来到了兆丰花园门口，在左边有一个卖烤白薯的年轻人。郑茹娟过去问："多少钱一斤？"

那人看了看她说："我这是刚开业的小买卖，比别人便宜一分钱。"

郑茹娟笑了。"你这个人可真有意思，只说比别人便宜，不说自己的价钱。"

卖烤白薯的人也笑了一笑，说："你就放心吧，我不会多收你钱的。"

郑茹娟没再说什么，她买了一块烤白薯，把钱递给他，转身就走了。她心里很佩服王平，许明槐疑心很重，如果在"西药研究所"门口新上一个卖烤白薯的摊子，必然会引起他的怀疑。在这儿呢，不仅可以避免引起怀疑，还很方便。同时，这个接头暗号也很有意思，一般情况下，别人问你"多少钱一斤"，你得先说出多少钱一斤，再说比别人便宜多少钱。或者是先说比别人便宜多少钱，再说多少钱一斤。而这个暗号中只说比别人便宜一分钱，不说多少钱一斤。也就是只说了一个半截子话。不是联系人就会接着追问多少钱一斤，是联系人就不会再问了。这样双方心里都明白，即便当着外人的面对暗号也不会引起怀疑。

回到机要室，她吃了半块烤白薯，剩下了半块，可转念一想，她还是把剩下的那半块也吃下去了。

下班以后，郑茹娟来到了那家无名小餐馆，老板一见她就笑脸相迎。"郑小姐，王先生早就来了，还在那个房间。"

郑茹娟装作羞涩的样子，笑了笑，便上了二楼。果然，凌飞正在等着她。

饭菜早就点好了，郑茹娟一来到，老板便往上端菜，嘴里还说着："郑小姐，王先生点的可都是您爱吃的菜！"

等老板走后，凌飞说："郑小姐，我们边吃边说。"

郑茹娟却说："你的这个联系方式可不太好啊！"

凌飞一愣。"怎么了？有什么问题吗？"

郑茹娟笑着说："为了约你来这儿，我必须得买一个烤白薯，吃得我现在肚子还饱饱的，怎么吃饭啊？"

凌飞乐了。"你干吗非得吃下去啊？你可以剩下点呀。"

郑茹娟说："可我出门的时候碰到了行动组组长李维新，我只得撒谎说没吃早饭，可事实上我吃过早饭了，还吃得很饱。"

凌飞笑了笑，说："怪不得！"

郑茹娟问："怪不得什么？"

凌飞说："怪不得你今天来的时候，身后会多出了一条尾巴。"

"什么？"郑茹娟吃了一惊，赶紧走到窗前去看，可什么也没有发现。

凌飞说："他已经走了。可能就是你说的那个李维新了。今后你可得小心一点，千万不能让他看出破绽。"

有人跟踪自己竟然还不知道，郑茹娟为自己的粗心感到不安。

凌飞却笑了。"没关系，也不要太紧张，他可能是吃醋呢。你急着找我，肯定是有急事吧？"

郑茹娟赶紧把今天上午接到电话的事情告诉了凌飞。

凌飞一听，觉得事态严重。叛徒不是已经除掉了吗？怎么会有人打这个电话呢？会不会是巧合呢？可他记得陆岱峰曾多次提醒过他，任何时候都不要用巧合来解释遇到的情况。可如果这个打电话的人是告密者的话，那么这次营救行动不但还会像上次那样遭到失败，而且特委也会面临一场灭顶之灾。必须尽快向老刀汇报。想到这儿，他也没有吃饭的心思了，倒是郑茹娟劝他："你还是先吃点饭吧，不管遇到什么事，都不能不吃饭啊！"

听了郑茹娟的话，凌飞冷静下来，很快地吃完了饭，便急匆匆地走了。

可让他没有想到的是，他的后面也有了一条尾巴。

第二十七章　跟踪

被人跟踪了。

这是凌飞刚走出餐馆不远就发现的。他并没有回头去看，只是在走过一家商店的时候，借着商店的玻璃橱窗，隐隐约约看到后面有一个人在跟着自己。从身影来看，很像刚才跟踪郑茹娟的人，如果是这样，那他就是调查科上海实验区的行动组组长李维新。

凌飞一边走一边想：如果自己想甩掉他并不是很难，虽然能够看出对方也是接受过特工训练的人，但是，凌飞是到苏联接受过契卡训练的人，反跟踪是他们的重要训练课程，毕竟凌飞他们回国后是从事地下工作，如何在白色恐怖之下保护自己才是最重要的。因此，在苏联接受特工培训的时候，李克明、凌飞和钱如林三人虽然也都接受过搜集情报、擒拿格斗、射击刺杀等训练，但是，教官针对他们三人的特殊情况，重点对他们进行了跟踪和反跟踪训练。

此时，凌飞如果想甩掉李维新，至少有四五种方法可以做到。可是，凌飞想李维新现在跟踪自己恐怕是因为吃醋，至少他现在对自己还是不了解的。如果自己将一个训练有素的特工甩掉，即使做得天衣无缝，也必然会引起对方的怀疑。那么，他对自己就不会再是因为吃醋而跟踪了。这样一来反而会坏事。可是如果不甩掉他，被他跟踪到自己的书店里，日后被这个人盯住，自己的活动必然会受到限制，甚至随时都有暴露的危险。

想到这儿,凌飞的脑子里想到了一个冒险的主意:把他引到一个偏僻的地方,除掉他。可这个想法只是在脑子里一闪而过,他立刻就否定了这个危险的做法。因为为了安全起见,他白天活动从不携带武器。而单靠拳脚,如果是对付一个普通人那是易如反掌的事,可对方是训练有素的特工行动组组长,一旦失手,后果将不堪设想。

甩掉不行,除掉也不行,任其跟踪更不行。凌飞左右为难,又不能在路上走的时间太长,让对方看出自己已经发觉了对方的跟踪那也是很麻烦的。情急之下,凌飞想出了一个办法,他不是怀疑自己与郑茹娟在谈恋爱吗,那么就顺着他的这条思路,把自己假扮成一个花花公子,或许能蒙过去,至少也是能蒙一阵子,等营救出杨如海同志以后,再想办法把他除掉。在营救行动之前无论如何是不能节外生枝的。

打定了主意,凌飞走到一个拐角处,见有黄包车,便一招手,叫来一辆黄包车,说了声:"丽都舞厅。"

车夫答应一声:"好嘞!"拉起凌飞便向麦特赫司脱路丽都花园跑去。

跟在后面的李维新见凌飞上了一辆黄包车,本来他完全可以不再跟踪了。可是,他自己也不知道是怎么回事,心里竟然对这个人充满了好奇,便也一招手叫过来一辆黄包车,说道:"跟上前面那辆车!"

在车上,他终于想明白了,促使自己继续跟踪的原因,并不仅仅是一股子醋劲儿,还有自己特工的职业敏感。莫非这个人发现了被跟踪,他想甩掉我?如果是这样,这个人就不简单了。想到了这儿,他忽然就对凌飞更感兴趣了。他心里想:今天我就跟定你了,倒要看看你到底是一个什么货色,能赢得郑茹娟的芳心。

来到丽都舞厅,凌飞付了车钱,走进舞厅,掏出钱买了一沓舞票,然后径直走进去。

舞厅最热闹的时候是在晚上,现在午饭时间刚过,来跳舞的人并不多，此时乐队正在演奏，舞池里只有三对在跳舞。乐台前面的一排座位上，五六名舞女懒洋洋地坐在那儿，等候客人来邀请跳舞。

凌飞来到一张台子边坐下，点了一杯咖啡。这时，李维新也进来了，他是舞厅的常客，比凌飞熟络得多，他也找了一张空闲的台子坐下来，点了一杯咖啡。

一见李维新进来，舞女大班立刻笑盈盈地走上前来，笑着问："李先生，请问您今天找哪位小姐伴舞啊？"

李维新看了看舞池里正在跳舞的舞女说："等这一曲跳完，我请沈美琪小姐伴舞吧！"

舞女大班立刻笑着说："好的，这一曲马上就完，我这就去叫她。"说完，腰肢一扭，走到了舞池边。

李维新坐在那儿，用眼睛的余光向凌飞瞟去。只见凌飞坐在那儿，眼睛在那些舞女的身上扫来扫去，俨然一个大色鬼的模样。就在舞曲即将结束的时候，凌飞冲舞女大班打了一个响指，舞女大班赶紧过来。

此时，舞曲停了，凌飞对舞女大班说："听朋友说这儿的舞女挺不错，不比百乐门的差，我今天破例来这儿看看。我这人就一个爱好，喜欢新人儿，你把这儿刚入道的年轻漂亮的舞女给我叫一个过来。"

舞女大班一听，也以为是一个花花公子，就说："先生，我们有几位刚来的新手，既年轻又漂亮，可她们的跳舞技术不是太好……"

没等他说完，凌飞就打断她说："这没关系，我这人就喜欢给年轻漂亮的小妞当师父。"

虽然他说话的声音并不是很高，可李维新却是听得很清楚。李维新想：自己正想在跳舞的时候问问沈美琪这个人是否经常来，他现在这样一说，倒不必再问了。这么说，他是第一次来这儿。会不会是他故意这样说呢，把自己装成一个花花公子？那这里面就有问题了。转念一想，待会儿看他跳舞是否娴熟便知真假。

舞曲响起时，凌飞和李维新都拥着舞女步入舞池。

李维新一边跳舞，一边不时偷偷地向凌飞看一眼。与凌飞跳舞的是丽都舞厅最年轻的舞女，名字叫吴晓露。李维新是这儿的常客，吴晓露虽然既年轻又漂亮，可她毕竟入道不久，跳舞的技术并不是很好。李维新知道，在舞厅里论技术，还是那些年龄稍大的舞女技术娴熟，跟着她们跳舞是可以提高自己的舞艺的。沈美琪就是一个年龄稍大的舞女，刚才李维新之所以点她，并不是想借以提高舞艺，他今天的目的是观察凌飞，所以他要找个技术好的舞女带着自己跳，好腾出心思来观察。

他见凌飞搂着吴晓露，随着舞曲翩翩起舞，有时竟然要由凌飞带着吴晓露跳。看来这个人是奔着吴晓露的年轻和漂亮去的。他忽然想起了一个主意，嘴角不觉露出了一丝笑意。

李维新没有想到的是，凌飞之所以要找一个最年轻的舞女，也是因为新来的舞女技术不娴熟。虽然凌飞在接受契卡训练时为了适应各种场合，曾经接受过跳舞的训练，但是回国以后，由于不能经常出入舞厅，早已经生疏了。所以，他才找一个新来的年轻舞女，只有这样，才能不露出破绽。

沈美琪见李维新心不在焉，误会了他的用意，以为他是在看吴晓露，心里不高兴，现在见李维新嘴角又露出笑容，就更吃醋了。她故作娇嗔地说："怎么？看上别人碗里的了！"

李维新笑着说："我的大美人，还真被你说中了。不过，我可不是看中那个什么吴小姐了。你别吃醋。"

连续跳了几曲，李维新见凌飞丝毫没有要走的意思，他就先走了。

李维新走出舞厅，叫了一辆黄包车，返回单位。在路过中午凌飞和郑茹娟吃饭的那家餐馆门前时，他下了车。虽然李维新从来没有到这家餐馆吃过饭，这家餐馆的招牌也早就看不清了，可李维新知道这家餐馆叫"如意餐馆"，他还知道这家餐馆的老板姓杨。这就是一个特工与普通人的区别。

他走进如意餐馆，此时早已过了午饭的时间，店里很冷清。杨老板一见有人进来，以为是错过了吃饭时间的过路人，便立即笑脸相迎："先生，您要点什么？"

虽然李维新平时对这样的小餐馆不屑一顾，可今天他是来打听事的，也就是说有求于人，因此，他满脸堆笑地说："杨老板，您可能不认识我，我可认识您。我就在离您这儿不远的西药研究所上班，和郑茹娟小姐是同事。"

杨老板一听提到郑茹娟，立刻来了兴致，接过话茬说："郑小姐可是我们这儿的常客。"

李维新笑着说："这我知道，就是她告诉我您姓杨的。我家和郑家是世交，我一直拿他当亲妹妹看待。"

杨老板不知道李维新要说什么，也就不好接话。

李维新见杨老板不说话，便说："杨老板，我今天过来是受郑小姐的父亲委托向您打听一件事。"

杨老板听了李维新的话更糊涂了，他想不明白郑小姐的父亲找自己有什么事。

李维新故作神秘地说："杨老板，实不相瞒，近来郑小姐交了一个男朋友，她父亲怕她不懂世故，怕她吃亏，让我打听一下那个男士叫什么，从事什么职业。别忘了，郑家可是……"

没等李维新说完，杨老板便急切地说："依我看，王先生可是一个好人，他叫什么，从事什么职业我还真不知道，就听他说过，他住在离这儿不远的地方，是个什么书店的老板。"

李维新眯起眼睛，听完了杨老板的话，才说："哦，看来这个年轻人是值得信任的！"说完便告辞走了。

李维新从如意餐馆出来，回到"西药研究所"，他来到机要室，敲了敲门，郑茹娟说："请进！"

李维新走进去，很神秘地说："郑小姐，你猜我刚才见到谁了？"

郑茹娟诧异地看着他。"你看见谁了？"

李维新怪异地笑着说："我看见王先生了。"

郑茹娟吃了一惊，本想矢口否认，说自己根本就不认识什么王先生。可转念一想，李维新既然连王平姓什么都知道了，自己再否认，只能增加他的怀疑，倒不如坦然承认。于是，她问："你在哪儿看见他了？"

李维新轻浮地一笑，轻轻地说出了四个字："丽都舞厅。"

郑茹娟几乎不敢相信自己的耳朵，根据她对杨如海的了解和对王平的观察，共产党人是很艰苦的，他们的活动经费也很有限，王平怎么会出入那种地方呢？

李维新一见郑茹娟吃惊的样子，心里十分得意，他又说："王先生的舞姿真是优美潇洒啊！一看就是个舞场老手，我真是自叹不如啊！"

郑茹娟心里一团乱麻。她自己也觉得很奇怪，按说自己与王平只是因为营救杨先生才暂时有了一种合作关系，他去舞厅与她又有什么关系呢？她怎么就这么在乎呢？莫非喜欢上他了？

李维新见郑茹娟陷入了沉思，一句话也不说，他知道自己的挑拨已经奏效了，不能再说下去了，再说下去只会引起郑茹娟的反感。来日方长，日后再慢慢地不露声色地进行一番挑拨，相信很快就会把郑茹娟从那个姓王的身边给夺回来。想到这儿，他悄悄地走了。

在李维新离开舞厅以后，凌飞也很快就走了。因为他的心里很急，他要向老刀汇报紧急情况呢。等他找到陆岱峰，把这个情况汇报以后，陆岱峰却一点不着急。他只是很认真地听着凌飞的报告，然后说："你不要乱了阵脚，还是继续按照我布置的去准备。这件事，我会认真对待的。"

凌飞心里想不明白，可他知道不能问。

第二十八章　陷阱

　　许明槐心情很不好，原因是他用尽心智却不能从杨如海的口中得到哪怕一丁点有用的东西。其实，这本来是他的预料之中的事，他从见到杨如海的第一眼就已经有了这个预感。可他干的就是这个活，就是要让不愿意开口的人开口说话，开口说出不愿意说的话。所以，从抓住杨如海的那一刻开始，他就和杨如海较上了劲，看看谁能在这场游戏中获胜。

　　他心里也明白，自己在这场游戏中获胜的可能性并不大。因为，在这场游戏中，看起来好像是他占主动，其实不是。他的游戏目的是多重的，既想把这件事看成一个智力游戏，想在游戏中凭自己的智慧获胜，可另一方面，他的游戏目的并不单纯，他太想在把杨如海押往南京之前赢得这场游戏了。毕竟，杨如海在去南京之前开口和去南京之后开口对自己是很不一样的。其实，最初他奢望的是在把杨如海押解到警备司令部之前赢得这场游戏，那才完全是他一个人的功劳。正是因为有了太多的杂念，他反而不能彻底地静下心来。

　　而杨如海的目的却很单纯，从被抓的那一刻起，就想为了自己的信仰做出牺牲。他把自己当作向信仰献祭的一件祭品，所以，他像得道的高僧一样，把尘世的一切都抛到脑后。不要说死，就算是比死更可怕的事他都能坦然接受。

　　因此，在这场游戏中，并不是许明槐不高明，而是他遇到了杨如海这样坚守信仰且机智过人的对手，注定必输无疑。虽然他也能想通这一切，可是他的心情仍然不好。人的理智和情绪不是一回事，理智上能想通，可情绪上仍然不能释怀。

他整天待在穆新伟的办公室里，晚上也待在那儿。穆新伟早就为他安排了住宿的地方，可他不去。开始的时候，他在等一个电话，等那个出卖杨如海的人再次打来电话。可是，自从那天晚上在楼外楼饭店见到了那个尸体和那具白布条以后，他的这点希望也破灭了。穆新伟知道许明槐的心里不好受，可也没法劝他，就任由着他坐在办公室里想心事。

这一天，许明槐脑子里忽然冒出了一个想法：那个被特委处决的人很可能不是给自己打电话的人。这个想法一冒出来，他自己也不能相信。可他太盼着是这样的结局了。由于在潜意识里有了这样的一个想法，于是，他情不自禁地开始为自己的这个想法寻找依据。

他想，给自己打电话的那个人是一个非常老练的人，怎么可能这么快就被特委发现了呢？虽然他觉得这有点不可思议，可还是沿着这个思路想下去了。中共地下组织必然不会对杨如海撒手不管，他们必然还想营救。这是自己最后一次立功的机会。他盼着那个人再打来电话。他太需要掌握特委的行动计划了，撬不开杨如海的嘴，如果能借着押解的机会将江南特委保卫处一网打尽，那也是大功一件。

他没有将自己的想法告诉穆新伟，倒不是他信不过穆新伟，而是信不过穆新伟身边的人。上次往警备司令部押解杨如海时，他就怀疑是警备司令部的人走漏了消息。

虽然那个神秘人给自己打电话说押解的时间、车辆都已经被特委掌握了，却没有说特委在什么地方、用何种方式拦截。

穆新伟说现在又没有了内线，许明槐不可能再得到特委的情报了，劝他晚上不必守在办公室等什么电话。许明槐没想到穆新伟竟然猜到了自己的心思，可他还是不想和穆新伟说什么。

不知怎么回事，他凭直感，总觉得他还会有所收获的。过了好长时间，他才觉得自己的这个想法有点不切实际。怎么可能还会有所收获呢？他就这样翻来覆去地胡思乱想着。

可是，就在这天上午，正在许明槐和穆新伟都感到百无聊赖的时候，电话突然响起来。穆新伟接起电话，许明槐立刻紧张地从沙发上站起来。他多么盼望这个电话是打给自己的啊！他盼着在旅馆被打死的那个人不是给自己通风报信的人。

只见穆新伟脸上露出了疑惑的表情，穆新伟对许明槐说："许兄，是找你的，说是你的表弟，有急事。他往你的办公室打电话，茹娟告诉了他你在这儿，还把电话给了他，他就找到这儿了。"

一边说着，穆新伟一边把电话听筒递给许明槐。

许明槐一把抓过电话听筒，他激动得手有点颤抖。他强压住激动的心情，尽量用平静的语气说："我是许明槐。"

他只说了这一句话，就不说什么了。他知道对方能听出他的声音。果然，那个沙哑的声音传进他的耳朵："表哥，你那儿说话方便吗？"

许明槐说："你说吧！"

那人压低了声音说："特委已经知道了你们 20 日上午要押解杨如海去南京，他们准备出动所有人员在半路进行武装拦截。你们内部有人给他们送情报。"

许明槐问："他们在什么地方拦截？"

对方说："不知道。"

许明槐又问："我们内部往外送情报的人是谁？"

对方还是说："不知道。"然后电话就挂断了。

许明槐拿着听筒愣了一会儿神，才慢慢地把电话听筒放下。他走到沙发前，想坐下，却没有坐下。站在那儿看着坐在沙发上故作镇静的穆新伟说："穆兄，果然不出我所料，江南特委准备在半路上武装拦截我们的押解车队。"

穆新伟一听，立刻像打了鸡血一样来了精神。他站起来，对许明槐说："那么，我们可以借这个机会将他们一网打尽了。"

许明槐说："刚才我问了一个愚蠢的问题。"

穆新伟听见许明槐的两个问题了，一个是问对方在什么地方行动，第二个问题是问自己内部是谁出卖情报。这两个问题都没有什么问题，也都是最应该知道的。他说："你问的那两个问题都很对呀。"

这时，许明槐在沙发上坐下来，他看着穆新伟，用眼神鼓励对方说下去。

穆新伟说："第一个问题很关键，我们只有知道他们在什么地方动手，才可以提前做好准备，设下埋伏将他们一网打尽。第二个问题当然也是应该问的。这有什么愚蠢的吗？"

许明槐嘴角露出了一丝笑意。那天与杨如海进行一番较量之后，他的自信心就受到了打击。现在，在穆新伟面前，他的自信心又回来了。因此，他的心情好了许多。他说："你想，我们只是接到要将杨如海于20日押往南京的命令，并没有确定要走哪条路线，对方怎么能确定下来在哪儿拦截呢？我这个问题不是很愚蠢吗？"

穆新伟点了点头，又说："那他说谁是内奸了吗？"

许明槐没有说话，只是轻轻地摇了摇头。

穆新伟说："那怎么办？这个情报没有多少价值。"

许明槐说："不！很有价值。"

穆新伟不屑地说："什么价值啊？我们不知道对方在什么地方行动，也不知道我们这儿的内奸是谁。我们怎么采取行动啊？"

许明槐说："江南特委在什么地方行动，不是他们说了算，而是我们说了算的。"

穆新伟一愣，他稍一沉思，恍然大悟："哈哈，许兄，你是想来个将

173

计就计，利用我们的内奸告诉他们一个行动路线。"

许明槐得意地点了点头。

"可是我们不知道这个内奸是谁啊？总不能把行动路线到处宣扬吧？"穆新伟说，"如果是那样的话，人家一下子就猜到我们这是个圈套，他们就不会往里钻了。"

许明槐说："这个内奸虽然不能确定，但是可以大致确定一个范围。司令部里能知道南京来电的人不会太多吧？"

穆新伟想了想说："这倒是，南京的电话是直接打给熊司令的，熊司令又告诉了我和军医处王处长、审讯处罗处长。我们回来后，就在我的办公室里商量如何给他治疗。"

许明槐问："除了你们三位处长知道以外，还有谁知道吗？"

穆新伟想了想说："我们回来的时候，我的情报副处长周晓年和总务处副处长金满堂正好在这儿，我们就一块商量了一番。商量完以后，我还特别要求大家回去以后不要向任何人说。其他人应该不会知道吧。"

许明槐来回踱着步，过了一会儿，说："你再想办法落实一下，看看是否还有其他人知道这件事。不过，可千万不要打草惊蛇啊！"

穆新伟不太高兴地说："许兄，我是干什么的，这点事儿还用得着嘱咐吗？"

许明槐一见穆新伟不高兴，赶忙说："穆兄千万不要误会！我是想如果一不小心惊动了这个内奸，我们就不能利用他来给我们往外送情报了。"说到这儿，他见穆新伟没有接腔，便又说，"等你确定下知道这件事的人员以后，我们就将押解的时间和路线巧妙地让他们知道。然后，就单等鱼儿来咬钩了。"

穆新伟说："我们可以在他们最有可能拦截的地方提前设下埋伏，到时候，只要他们一出现，就来个一网打尽。"

许明槐却又摇了摇头说："不，我们不能轻视江南特委啊！他们的保卫处主任老刀非常厉害。他一旦确定了在什么地方拦截，就一定会提前派人去侦察，如果我们一有动作，必然会惊动他们。"

穆新伟为难地说："可如果安排押解的兵力太多的话，他们不敢行动，我们就前功尽弃了。如果兵力少了，万一真的让他们把人劫走，可是赔了夫人又折兵啊！那可不好向上峰交代啊。"

许明槐说："这个好办，我们可以只派一个班或者两个班负责押解，另外在囚车里满满地装上一车士兵，当然这些士兵也要精挑细选，每人都要配备最精良的武器。只要他们拦截，这些人冲出去，将他们全部消灭。"说到这儿，他轻啜了一口茶，慢悠悠地说，"至于杨如海，我们根本不需要用囚车。"

穆新伟恍然大悟："哦，你这是要唱一出'偷梁换柱'。"

许明槐得意地说："我用一辆普通小车从另一条路把他押解到南京。"说到这儿，他又说，"穆兄，这件事还要你帮忙啊！"

穆新伟问："我们弟兄还客气什么，你就直说吧，我怎么帮你啊？"

许明槐说："我想请穆兄亲自带队将江南特委保卫处消灭掉，我则从另一条路将杨如海送往南京。这样，你消灭江南特委保卫处立了大功，我抓获杨如海也立了功。我们弟兄都会受到嘉奖的。"

穆新伟心里说：你真是一个老狐狸，让我去冒险，你却轻松地把人送到南京领功受赏，还说什么好兄弟呢？不如先答应下来，待会儿去找熊司令，把这个巧计当作自己想的献给熊司令，然后要求由我押送杨如海去南京，让你许明槐带人去与共党特委保卫处拼命。熊司令必然不会甘心把这个大功劳送给调查科，一定会同意自己的这个想法的。他心里这样想着，可嘴上却笑着说："那我就多谢许兄给我这个立功的机会了！"

许明槐已经从穆新伟的脸上读出了他的心思。他从情报处一出来，就立刻去找熊式辉，把自己的想法向熊式辉做了汇报，最后提议让情报处长穆新伟带人去消灭特委保卫处，自己带两名警卫走另一条路押送杨如海去南京。

熊式辉当然能猜出许明槐的真实用意，他也不想让许明槐独占抓获杨如海的功劳。所以，在许明槐说完后，他笑了笑说："穆处长并不擅长带兵打仗，我看还是让警卫营的冯营长带队前去吧。让穆处长与你一起押送杨如海去南京。"

许明槐知道熊式辉让穆新伟这个老情报陪自己去南京的目的是与自己争功，可熊式辉说得在理，自己也不好说什么，只得答应下来。

经过一番策划，一个陷阱就布置好了，只等老刀他们往里钻。

第二十九章　不可能完成的任务

金玉堂从他哥哥金满堂那儿得到了警备司令部往南京押解杨如海的情报，这份情报相当详细，不仅有从上海警备司令部出发的准确时间和行经的路线，甚至连押解的兵力部署都一清二楚。

凌飞拿着这份情报去向陆岱峰和李克明汇报。陆岱峰接过情报仔细地看了一遍，然后递给了李克明。等李克明看完以后，他问："你们怎么看？"

李克明没有说话，他看了看凌飞，意思是让凌飞先说。凌飞在来的路上就反复地思考这件事，心里早就有了自己的看法。所以，当李克明示意他先说的时候，便开口说："我先说说我的看法吧。我觉得这份情报里面有名堂。"

陆岱峰和李克明都看着他，虽然他们二人都没有说话，但那眼神却是在鼓励他说下去。凌飞接着说："我第一次审查金玉堂的时候就觉得他很可疑。他哥哥金满堂是总务处副处长，像押解重要人物这样的事应该与总务处没有多少关系。按照我们对敌人的了解，这么重要的事他们一定会严格保密，不是直接参与行动的人是不可能知道的，更不可能知道得这么详细。我担心这是敌人设下的一个圈套。"

凌飞说完，李克明接着说："凌飞的怀疑是有道理的，我也有同样的怀疑。虽然我们除掉了叛徒赵梦君，但是我一直怀疑金玉堂也有问题。

他说他哥哥金满堂与情报处处长穆新伟是好朋友，金满堂正是从穆新伟那儿弄到的情报。对这一点我很怀疑，穆新伟是一个从事情报工作多年的老特工，情报工作的纪律他比谁都清楚。这么重要的情报他能随便说出去吗？

"上一次，我们在枫林桥营救杨如海同志失败，我就一直觉得有问题。敌人突然改变了方式，神不知鬼不觉地把杨如海同志押送到了警备司令部。当然，我们知道敌人是很狡猾的，很有可能是他们担心我们采取行动而临时改变了主意。那么我们的失败看起来就好像是一种巧合。但是，在我们的工作中一定不能轻易地相信巧合。"说到这儿，他看了一眼陆岱峰，继续说，"这也是你多次提醒我们的。你还多次提醒我们，凡事要往最坏处打算，才能有好的结果。所以，我们不能把这件事看作是巧合。可是，如果不是巧合，那就只有一种可能，那就是有人把我们准备营救杨如海同志的消息告诉敌人了。

"当时，参加会议的军事处的几位科长，当然也包括赵梦君，都在我们的严密监视之下，别说他们不知道我们的营救计划，就算是知道，他们也根本不可能给敌人通风报信。事后，我对此事也做过分析，知道我们的营救行动的，除了我们保卫处的几个同志之外，就只有金玉堂和金满堂兄弟俩了。但出卖情报的不可能是我们保卫处的人，因为参加行动的一般人员都是集中起来以后才告诉他们行动任务的，我们几个人倒是提前知道整个行动计划，但是如果这个人出在我们这几个人之中，他一定会把我们埋伏的地点等详细情况都告诉敌人，那么敌人就不会是偷偷地把杨如海同志押走这么简单了，他们一定会设下埋伏趁机消灭我们，我们就不可能那么轻松地全身而退了。所以我想，如果有人出卖情报的话，这个人一定是只知道我们会在半路救人，却不知道我们的具体行动计划，尤其是不知道我们会在什么地方设伏。而知道我们会采取营救行动，又不知道我们如何营救的，就只有金玉堂兄弟了。因为，押解的时间正是金满堂提供给我们的。

"本来我早就想到了这一点，但是还没有理顺。我原来是想在审查完赵梦君以后，紧接着就亲自审查金玉堂的。可是，我还没来得及审查金玉堂，赵梦君就畏罪潜逃了。赵梦君的暴露，使我对金玉堂的怀疑产生了动摇。可是，今天看到这份情报，我的怀疑又加重了，我怀疑他们是通过提供假情报赢得我们的信任，为今天的行动做铺垫，这一次给我们提供的情报这么详细，骗我们按照他们的设计去采取行动，他们则设下埋伏，借机把我们一网打尽。

"当然，这样做，有可能是金满堂自己的打算，瞒着他弟弟金玉堂。也可能是他们兄弟俩相互勾结，为我们设下了一个套。因为在敌人的眼里，我们保卫处是他们最头疼的。江南特委的所有机关，甚至是在上海的中央机关，如果没有保卫处的保护，是很难在敌人的眼皮子底下生存下去的。所以，这一次行动我们一定要谨慎，决不能把保卫处断送在我们的手里。"

听了李克明的分析，陆岱峰连连点头："克明同志的分析很透彻，这些怀疑都是有根据的。可是，我们目前却陷入了一个两难的处境。一方面，我们知道这个情报很有可能是敌人设下的圈套，他们很可能想借此机会消灭我们，而另一方面，我们又不能不采取行动。也就是说，即便知道这是一个陷阱，也只有踏进去。我们不能眼睁睁地看着他们把杨如海同志押往南京。今天，我们就是要想一个两全之计，既要救出杨如海同志，又要打破敌人的计划，保住我们特委保卫处这支队伍。"

听了陆岱峰的话，李克明和凌飞都陷入了沉思，过了好长时间，他们都没有说话。这件事太难了。既然敌人设了计，他们必然做了周密安排，不仅要救人，而且要全身而退，这几乎是不可能的事情。

陆岱峰见他们都不说话，知道他们眼下也想不出办法来，他也沉思了好长时间，才打定了一个主意。他让凌飞先出去一会儿，要单独对李克明说几句话。

凌飞没有说话，站起身来就往外走。就在他走到门口的时候，陆岱峰又说："你就在外面等着，克明同志走后，你再进来。"

从事秘密工作，这样的事情很经常。李克明、凌飞都知道，有时候为了确保一个重要行动的成功，即便是大家都参加这一行动，也常常并不知道对方在干什么，只知道自己在干什么。有时候甚至连你自己干什么都不清楚，你只知道按照命令这样去做，而这么做的目的是什么却不知道。尤其是在眼下叛徒还没有找出来的情况下，陆岱峰自然更是小心谨慎，他这样单独给每个人下达任务，如果谁那儿出了问题，责任就全在那个人的身上，这样一来，怀疑的范围就会缩小。所以，凌飞并没有感到丝毫的尴尬。

等凌飞出去以后，陆岱峰掏出了一幅地图在桌子上铺开，指着地图对李克明说："我仔细研究了一下，在从上海通往南京的几条路线之中，他们选择的这条路虽然比较近，但是在这条路上，却有一座无名小山。小山靠近南京，最适合我们打伏击的地点就只有这一处。这段山路虽然并不是很长，但已经足够我们展开行动了。另外，我想敌人刚刚出上海的时候必然警惕性很高，等一路上平安无事快到南京的时候，必然会有所放松，这也是我们最佳的行动时机。所以……"说到这儿，他在地图上敲了一下说，"这个小山头是最佳的伏击地点！这样一来，我们原先考虑的化装成出殡的队伍就没必要了。我们直接进入山地埋伏就行了。"

李克明担心地说："可是，我们也不能轻视敌人！许明槐和穆新伟都是和我们打交道多年的情报专家，他们对我们的行动习惯和方式都很了解。在通往南京的几条路线中，有一条很通畅的公路，敌人却没有选择。为什么放着大路不走，走这一条山路呢？他们当然也知道这是搞伏击的最佳地点，如果他们是故意放出情报来的话，那么他们就很有可能想提前在这儿设下埋伏，对我们来一个反包围。到时候他们里外夹击，我们

180

就危险了。"

陆岱峰说："这一点我也想过了。我们可以安排经验丰富的队员提前到那儿去侦察，如果没有问题，就把他们留在那儿，今天晚上也不能离开，让他们占据制高点，如果敌人去埋伏，必然逃不过他们的眼睛。假如有埋伏，我们就改变地点，在公路上用我们原先准备的假装出殡的队伍进行拦截。如果敌人没有去埋伏，那我们明天就在这座山头上打这一场伏击战。情报上说敌人将出动三辆车，前后各一辆兵车，上面各有一个班的兵力，中间是囚车。我们把人分作三股，到时候，我亲自指挥，只要他们进入伏击圈，我们三股力量同时向三辆车发动攻击。"说到这儿，他看着李克明说，"你挑选几名枪法好的队员埋伏好，专门狙杀他们的指挥官、司机和携带重武器的士兵。明天，行动队全部出动，力争一举成功。"

李克明沉思了好大一会儿，才勉强地点了点头。

陆岱峰看着李克明说："你看还有什么问题吗？"

李克明说："如果他们有伏兵呢？我们该在什么地方伏击？"陆岱峰指着地图说："那我们就在这儿，这儿路两旁都是小树林，也便于我们埋伏。不过，他们走到这儿的时候肯定是很警觉的，所以比较麻烦。但那也是没有办法的事。"

李克明仔细地看了看地图，然后说："也只好这样了。但愿明天一切顺利吧！"

陆岱峰对李克明说："那你现在就挑选人去侦察吧！如果你能够在晚饭前准备好这一切，今天晚上我们再商量一下明天的行动中的一些细节。"李克明快走到门口时，陆岱峰却又叫住他说，"一定要安排周密，千万不能有疏漏啊！"

李克明深知陆岱峰的行事风格，他都是事前反复分析研究，一旦做出决定，就会坚决果断地去行动。布置下去任务后，他从来不再多嘱咐，尤其是对李克明，像今天这样再次叮嘱一遍，是以前从来没有过的，由此看出他心里对这次行动很担心。李克明被他这一句嘱咐弄得心情很沉重。他什么话也没说，看着陆岱峰，用力地点了点头，便转身走了出去。

第三十章　秘密布置

李克明走后，凌飞进来了。陆岱峰又指着地图对凌飞说："你带领情报科的人埋伏在这条小山路上，你要提前去探查好地形，选择最有利的地点。"

凌飞疑惑地看着陆岱峰，陆岱峰便压低了声音把自己的一个计划对凌飞说了。凌飞在听了陆岱峰交代的任务之后，感到很意外，但他只是脸上掠过一丝疑惑的表情，什么也没有问。而陆岱峰显然也并不想对他做详细地解释，只是淡淡地说了句："有些事情现在来不及细说，你抓紧去准备吧！"

凌飞急匆匆地走了。

钱如林进来的时候，陆岱峰正在屋子里来回踱着步。一见钱如林，他就问："那件事办得怎么样了？"

钱如林知道是在问营救张英的事，他说："高志源已经把能动用的关系都用上了，可是，监狱方面说在等待法院的回复，据他们透露，张英同志最快也得等到三天后才能放出来。高志源要求今天先送人到医院检查，监狱方面却不同意，他们说会让狱医给他检查的。"说到这儿，钱如林想了一想说，"也许我不该问，到底出了什么事儿？"

陆岱峰看着钱如林，并没有回答钱如林的问题。他紧锁眉头，过了好一会儿，才长叹一声，说："张英同志这件事我们已经尽力了。你就先放一放吧。我现在交给你一个更为重要的工作，你马上去寻找五处新的秘密住处，每一个住处至少能住十几人，天黑以前把地址和联络方式给我送来。"说到这儿，他又拿出一张纸，交给钱如林，说，"今天晚上，最晚到明天早上，把这些人全部转移走，转移到只有你自己掌握的秘密住处。没有接到我的命令，不能告诉任何人。"

钱如林接过那张不大的纸，打开一看，只见上面列着十几个人名。钱如林知道，这些人名肯定都是化名，他以前从没有见过这些名字。但是，既然陆岱峰亲自安排，那么这些人可能都是江南特委的领导，甚或是中央机关的高级领导。他顿时觉得手中的这张纸是那样的沉重，压得他的心里沉甸甸的。

自从他跟随陆岱峰从事秘密工作以来，从没有像今天这样害怕。从陆岱峰今天的安排中，他知道一定是出了大事。对于陆岱峰的安排，他从来不问为什么，只知道绝对服从命令，并且是丝毫不差地执行命令。可今天，他却禁不住发出了疑问："难道出什么事了？"

听了钱如林的问话，陆岱峰愣了一下，因为在他的记忆中，从来不记得钱如林问过为什么。可他没有满足钱如林这唯一的一次提问，而是看着钱如林那因为紧张而有点发白的脸庞，沉吟了一下说："我和克明同志明天要带领行动队全体队员去营救杨如海同志，可以肯定的是，这是敌人为对付我们专门设计的一个陷阱。但是，我们还必须得去，我们不能眼睁睁地看着杨如海同志被他们押走。另外还有一些事情，不是三言两语能够说得清楚的，事情紧急，没有时间说太多的话，但愿行动顺利，等这一切结束之后，我再详细地告诉你。"

钱如林说："有您亲自指挥，明天的营救行动一定会成功的。"

陆岱峰只是点了点头，却没有说什么。钱如林走了，陆岱峰坐在那儿，一动不动，过了好长时间，他才从一个随身携带的布包中取出了一套衣服，把自己常穿的衣服换下来，然后坐在一面镜子前，给自己粘上了一抹胡须，还在自己的左脸颊上粘上了一颗很大的黑痣。

他仔细观察着镜子中的自己，对自己的化装很满意，尤其是对那颗大黑痣。他相信，即便是与他很熟悉的人，也不可能把认出他来。如果是一个陌生人，那么首先记住的必然就是他左脸颊上的这颗大黑痣。

以前，陆岱峰在行动中多次化装。他化装的原则是把自己的长相上和衣着上的特点掩盖起来，把自己化装得越普通越好。走在街上，引不起人们的注意。可这一次，他却采取了与往常不一样的方式，他给自己弄了一个很明显的特征，那就是左脸颊上的大黑痣。他要让别人见过他一面后就牢牢地记住这个特征，从而忽略了他固有的那些特征。当然，这种化装方式不能重复，在一次行动中给自己一个明显特征，在以后的行动中就绝不能再次使用，否则就会把自己给出卖了。

化装以后，陆岱峰走出去。他对上海的地理早已熟记于心，尤其是对英美公共租界和法租界。所有的马路、弄堂以及旅馆、饭店、咖啡厅、影院等都装在他的心中。他不用出门，也不用看地图，就能在心中根据地形确定好自己要采取行动的地点。

他先是来到法租界，在宫琳大饭店五楼定了一个房间，然后又到与宫琳大饭店隔街相对的小白宫饭店的二楼定了一个房间。当然，在登记房间的时候，用了两个假名字。这两个名字是他早就为自己准备好的许多假身份证明中的两个，但是他从来没有用过，这是他第一次用这两个假身份，当然，也是最后一次使用。

小白宫饭店位于爱多亚路，离号称远东第一游乐场的大世界游乐场很近。陆岱峰选中了离大世界很近的小白宫饭店作为自己采取重要行动的地点，是经过认真思考的。大世界游乐场坐东南朝西北。这儿从一开始营业就游客如云，每日游客达到一万人次左右。这里人员混杂，便于行动以后撤退，即使退路被堵无法撤走，也可以改变装束混进大世界，然后再设计脱身。当然，这只是原因之一。

还有一个更重要的原因，那就是大世界的创办人黄楚九去世以后，大世界落到了上海青帮头子黄金荣的手中。黄金荣不仅是青帮大佬，更担任着法租界巡捕房的总探长。也正因为如此，不论是上海的军警宪特还是租界巡捕房都得给黄金荣一个面子，没有黄金荣的允许，任何人都不敢擅自闯进大世界去抓人。这就给了陆岱峰的行动一个很好的掩护，至少能够为他们赢得脱身的时间。

　　陆岱峰在做好行动的准备工作以后，回到太和古玩店，他递给萧雅一个纸条，说："明天你先到这家饭店里去住下，店里也不要留人照看了，先关门吧。记住，不是我去接你或者我派人接你，你不要回来。房间号以及联络暗号都写在纸上了，你抓紧看看，记住以后就把纸条烧掉。我还有事，先走了。今天晚上我也不回来了。"说完话，他就急匆匆地走了，把萧雅一个人晾在那儿。

　　萧雅呆愣了半天，才醒过神儿来，匆匆忙忙地按照陆岱峰的吩咐去准备。

第三十一章　行动队

19日晚上，李克明在与陆岱峰碰头商量以后悄悄地出了城。他来到预定设伏的地点，先与提前在这儿埋伏观察的行动队队员陈小轩、冯玉军、孙光斗、苏小伟四人接上了头。

他问陈小轩："有没有发现可疑情况？"

陈小轩慢慢地揉着自己的屁股，说："没有可疑情况。"

李克明知道，他们隐身在大树上，大概是在树杈上把屁股坐麻了。然后他又扫了其他几个人一眼，那意思是让他们逐个汇报。冯玉军等人也都纷纷说没有发现什么异常的情况。可是，李克明还是有点不放心，他让四个人先在这儿稍微休息一会儿，又亲自对四周进行了排查，他也没有发现可疑的情况。

他回来后对四个人说："这一次行动关系到我们行动队的生死存亡，所以，大家必须要多受一点累，不能有丝毫的马虎。你们回到各自的哨位，继续仔细地观察四周的情况。不能漏过一点可疑的情况。一有发现，要立刻向我汇报。"他一边说着，一边伸手往一棵大树一指，"我就在那棵大树上。谁发现了问题，就学三声猫头鹰叫，我就会来这儿等着。"

他让四个人又爬到树上去，坚守着各自的哨位。随后他也爬上了一棵高大的树，在一个大树杈上坐下来，把身体隐藏在浓密的树叶里面。虽然是晚上，但是借着淡淡的月光，他可以看得很远。约定的时间快到了，他看到有黑影三三两两地向这儿走来。他仍然坐在树杈上，没有下来。

最先来到的是第二行动组的组长王泽春和几名队员，不一会儿，其他各组也都陆陆续续地来了。行动队总共有四十三人，除了驻守新新药店的胡万成和行动队联络员年小军以外，今天晚上全部出动，来到这个小山坡上集合。等各小组都到齐了，李克明才从树上下来，他先让大家以组为单位，原地休息，然后召集各小组组长开会，布置任务。

五个小组长与李克明一起围坐在一块空地上，李克明说："根据我们得到的情报，警备司令部明天将要把杨如海同志押解到南京，这儿是他们的必经之地。特委研究决定，要不惜一切代价营救。但是，我和老刀同志都觉得这很有可能是敌人的一个圈套，他们故意放出诱饵，引我们上钩，妄想把我们一网打尽。我们的计划是不管敌人是不是为我们设了一个圈套，我们都必须采取行动。如果是白天，这么多人都往这儿来必然会引起怀疑，所以我才让大家提前来这儿。

"待会儿我领着你们把各小组的伏击地点看一看。一组、二组负责消灭前边车上的一个班的敌人。四组、五组负责消灭后边车上的一个班的敌人。三组负责劫囚车救人。只要三组一得手，其他各组就立刻撤退。我带着陈小轩、孙光斗负责掩护。武器我已经安排人提前送来了，待会儿你们分别带着队员到后面那个小山洞前领武器。"说完以后，他又带着大家去看各自的埋伏地点。

等大家都看好了埋伏地点以后，李克明说："现在你们去叫几名队员领武器，领到武器以后，各小组进入伏击位置，就地休息，每个小组都要安排暗哨，轮流值班。"最后他又说了一句，"记住，明天的行动以我的枪声为号。我会先一枪击毙囚车司机旁边的那个人，听到枪声，各小组一齐开火。囚车的司机必然出于本能地踩下刹车，这时候，一、二、四、五组必须要把那两个班的敌人压制住，要把他们打得不能抬头，不能靠近囚车。三组冲出去救人，靠近囚车以后要分头行动，必须安排会开车的人去控制司机，否则一旦囚车失控，翻下山沟，杨如海同志就会有生命危险。其他人负责砸开囚车，动作要快，不能让敌人伤害到杨如海同志。只要我们的火力够猛，行动够快，打他们一个措手不及，即便这是他们的一个圈套，我们也能够把他们彻底打垮。"

各小组领了武器以后，分别进入了各自的伏击位置。李克明还是不放心，又逐个去检查了一番，对每一个队员的伏击位置都仔细地看了看，要他们尽量找大石头或大树为掩护，并嘱咐他们撤退时的注意事项。然后，他又找了两名队员将在大树上观察情况的陈小轩和孙光斗替换下来。他带着陈小轩和孙光斗爬上小山头，这儿居高临下，既能看清山下公路上的情况，埋伏的行动队队员也都在他们的眼皮子底下。这个小山头并不高，公路上的敌人完全在他们长枪的有效射程之内。

李克明找了一块大石头，他先在石头后面趴下，把枪从石头一侧伸出去，向山下的公路上瞄了瞄。然后他站起来，让陈小轩和孙光斗从近处又抬过来一块大石头，和那块大石头并排放在一起。两块石头之间留着一个小空隙，然后他再趴下，隐身在石头后面，把枪从两块石头的缝隙中伸出去，仔细地看了看，瞄了瞄。

陈小轩和孙光斗一看就明白了，李克明这样做的目的是自己可以从石头的缝隙里向敌人射击，而敌人却打不到自己。这两块大石头真是很好的掩体。过了一会儿，李克明很满意地站起来，对陈小轩说："你趴下试一试！"

陈小轩照着李克明的样子趴下试了试，觉得很好。李克明又在近处找了一个伏击位置让孙光斗试了试。最后，他自己也找好了位置。

他对陈小轩和孙光斗说："我们的任务有两个，在营救过程中，我们在这儿负责消灭敌人的指挥官和机枪手。"他扭过头又对陈小轩说，"你的任务是先一枪把前边那辆车上的机枪手给击毙了，然后再击毙班长。随后，你要根据情况，看到哪个敌人露头就打死他。"说到这儿，他又扭

189

过头看着孙光斗说，"你负责阻击后面那辆车，也是先打机枪手和指挥人员，明白吗？"

孙光斗说："明白！先打机枪手和指挥官，然后谁露头我就打谁。"

李克明满意地点了点头，说："我负责消灭囚车上的敌人。"

说到这儿，他回过头向身后看了看，说："我们的第二个任务是营救成功以后，掩护行动队撤退。你们两个的枪法在整个行动队是最好的，只要沉住气，趴在石头后面不露头，敌人就打不到你们。我们三个人把枪打准了，一枪撂倒一个，就会给敌人很大的震慑力，就能够掩护大家撤出去。等大家撤退以后，我们三人再撤。"

听了李克明的话，陈小轩和孙光斗都有点不以为然。

陈小轩说："队长，你放心吧，敌人只有两个班，才二十几个人。我们有四十多个人，又占据了有利地形，一口气就把他们全消灭了。"

孙光斗也附和着说："就是啊！"

李克明很严肃地看着他们俩说："千万不能轻敌！我们的情报来得太容易了，我总觉得这很可能是敌人的一个圈套。敌人这二十几个人是明的，谁知道他们还会有什么花招呢？我和老刀分析了半天，觉得他们最有可能就是安排另一支队伍悄悄地包抄我们，因此才提前来这儿埋伏，并在山顶上设了暗哨，可是至今没有见敌人有什么动静。难道他们会在明天早上派人来？"他沉吟了一下，又说，"不过你们也别紧张，老刀已经安排好了，他已经亲自为我们找好了退路。不管敌人再来多少人，我们也能全身而退的。"

他嘴上虽然这么说，但是心里还是感到不安。不过陈小轩和孙光斗听了李克明的话，却都放了心，因为有了老刀和李克明，他们就什么也不怕。他们知道李克明的本领，就凭李克明的枪法，一口气能干掉十几个甚至几十个敌人。虽然他们都没有见过老刀，但都知道老刀是一个很神奇的人物，在地下党组织里，人人都把老刀说成是诸葛亮，敌人不论多么狡猾，都在他的算计之中。只要他想做的事，不管从表面上看是多么不可能的事，也一定会成功的。

李克明让陈小轩和孙光斗就在各自的伏击位置睡一觉，养足精神，准备明天的战斗。然后他也回到自己的伏击位置，躺在大石头的后面，用上衣蒙起了头。以前，在每次行动前他都是反复谋划，等安排好了，他便好好地休息一番，以保证行动时有足够的精力和体力。可这一次，他却怎么也睡不着。

这一次行动只许成功，不许失败。可是这一次他实在没有必胜的把握。他想强迫自己镇定下来，可心里老是觉得不安。他躺在那儿，把自己的安排从头到尾仔细想了一遍，没有找出一点儿破绽。可是，老刀和凌飞、钱如林他们安排得怎么样呢？他并不清楚，心里没有底。

就在李克明带人出城去埋伏的时候，陆岱峰秘密地来到了几位特委常委暂时隐蔽的地方，这是钱如林给找到的临时住处。只不过，钱如林并不知道他们的身份而已。陆岱峰亲自把几位常委召集到了一处，他和常委们在黑暗中召开了一次特殊的会议。陆岱峰把这几天来发生的事情和自己的分析与判断向常委会做了汇报。大家都被他带来的消息和判断震惊了，可又觉得他的分析和推理很符合逻辑。最终，大家做出了一个决定，那就是在关系到特委甚至是整个中央机关生死存亡的紧要关头，授权陆岱峰全权处理此事。

第三十二章　伏击

陆岱峰做好了一切准备之后，已经是凌晨三点多钟了，离天亮只有两个多小时了。他急忙出城，赶往埋伏地点。他早就从汽车行租好了一辆车，让司机把他送出城，可他并没有让司机走那条通往无名小山的路，而是走了另一条路。

到了半路上，他突然让司机停下车。这儿前不着村，后不着店，司机很疑惑地看着他。他笑了笑，往前边指了指，说："我要到前边的那个村子里找一个人要一笔账，这儿离那个村子已经不远了。我不能让他知道我是坐汽车来的，否则，这笔账就泡汤了。"

司机往前边看了看，隐隐约约地看见在远处好像是有一个村子，他明白了陆岱峰的意思，说："先生，我明白了，您是装作现在已经很穷了，逼着他还您的钱。"

陆岱峰的脸上露出了很赏识他的样子，笑着说："你是个聪明人。"

司机说："先生，那我还在这儿等您吗？"

陆岱峰说："不用了，我这个朋友虽然不愿意还债，可他却很好客。我要在他这儿住下来。"说到这儿，他又笑了一笑说，"我得吃他几顿饭才走。"

司机心领神会，心中暗自感叹：这些商人还真是狡猾啊！

陆岱峰往前走了不远，就转过身子，从一条小路上横插过去。原来他早就调查好了，从这儿正好可以通往那座小山。他这样做有两个目的，一个是避免租车司机多话，说出自己的行踪。更重要的一个是他要仔细地勘察好这一条小路，到时候行动队就要沿着这条小路撤退。

天刚麻麻亮的时候，陆岱峰来到了那座设伏的无名小山。李克明先把具体的安排向他做了汇报，然后问："是不是召集各组组长开个会？"

陆岱峰说："你的安排很细致，不需要再开会了。你还是带我看看他们的阵地吧。"

李克明领着陆岱峰对各小组的阵地检查了一番。每到一处阵地，陆岱峰都仔细地查看一番，然后他都会叮嘱组长："撤退的时候大家都要跟着我走，由李队长和两名队员做掩护。大家要相信李队长的枪法，他向来百发百中，敌人在短时间内攻不上来，所以不要紧张，各组长要确保不能让自己的队员掉队。"

虽然大家都不认识陆岱峰，但见李克明领着他来检查，心里也都清楚这就是他们这个组织的最高领导——老刀。以前，在大家的心里，老刀只是一个幻影，今天终于见到了他本人，非常激动，激动之余，大家又觉得他和传说中的老刀不一样。传说中的老刀是一个武功高强、枪法很准且非常严肃的人，可今天他们见到的老刀，竟然是一个文弱书生，不但不严厉，反而和蔼可亲。不过这一点也没有减少大家对他的敬畏，因为，在他那温文儒雅的背后，大家分明看到了一股英武之气。他走后，队员们便趴在各自的位置上埋伏。

太阳出来了，山路上依然静悄悄的。有的队员已经开始沉不住气了，李克明让陈小轩通知各小组，一定要沉住气，不能乱动，以免暴露。

陆岱峰此时正独自一个人坐在一块大石头后面。他已经坐了好长时间，自从来到这儿，检查完各小组的准备工作以后，他就坐在这儿，一动不动，像一座泥雕一般。

对今天的这场战斗，他并不担心，他相信李克明有这个能力。他担心的是战斗以后的事情，在这场战斗之后还有另一场更加惊心动魄的战斗。眼下的这场战斗他完全可以交给李克明，他相信自己的判断，李克明一定会在行动结束以后掩护整个行动队撤退。

可接下来的那场战斗，则必须由他来指挥，并且只许成功，不许失败，因为一旦失败，被毁灭的不仅仅是整个特委保卫处，江南特委和在上海的所有中央机关都有可能会面临灭顶之灾。所以，他要把自己的行动计划再仔细地考虑一遍，也要把他的对手猜个透，只有对手完全按照他的设想行动，才能保证这次行动的成功。他完全了解自己的对手，他也知道，这个对手很了解他。他反复地设想着自己的对手会怎么想，会怎么做。

其实，这一切他已经翻来覆去地思考了好几遍，他本想闭上眼睛休息一会儿，昨天晚上他忙了一个通宵，现在很需要稍微休息一会儿。他能闭上眼睛，可就是不能让大脑停止思考。这次行动太重要了，这是他参加革命以来最危险的一次行动，他不能有一丝一毫的疏漏。最后，他干脆放弃了休息一会儿的想法，闭着眼睛，把自己想象成自己的对手，他现在会怎么做呢？下一步会怎么做呢？

山下隐隐约约地传来了汽车的轰鸣声，陆岱峰停止了思考，从石头的缝隙中向山下的小路上望去。

不一会儿，行动队的队员们就都看到了那条盘山小路上的三辆车。情报是准确的，这三辆车前后各是一辆军车，每辆军车上都有约一个班的全副武装的士兵，每辆军车的车头顶子上架着一架机枪。中间一辆是囚车，囚车的驾驶室里，坐在司机旁边的是一名军官。

三辆车前后相距竟然有好几百米，并且开得很慢，山路并不是很难走，他们完全可以开得快一点，可他们慢悠悠的，好像不是在押解要犯，而是像在游山玩水一般，更像是故意等着人来袭击他们。

看到这种架势，李克明心里咯噔了一下，敌人到底打的什么主意？

他忽然觉得自己的心里很没底，这是他加入特委以来从没有过的现象。他当然知道敌人是很狡猾的，他们不可能故意送上来挨打，可今天这种情况又怎么解释呢？

只有一种解释，那就是这是敌人的一个花招，可在这个花招背后是什么呢？他猜不出。正因为猜不出，他心里才没有底。他感到了一阵恐慌，难道今天这场战斗会送掉他的行动队吗？这支队伍是他亲手创建起来的，每一个队员都是他亲自挑选的，这是他的心血，他必须保住这支队伍。

老刀呢？他怎么看这种情况？他忍不住向身后的那块大石头看去，只要能看到老刀的眼神，他就知道老刀的心里是否有底。可是，他看不到老刀。他扭回头来，继续注视着那三辆车，心里想：不管怎么样，今天已经是箭在弦上，不得不发了，只能根据战斗打响以后的情况随机应变了。

李克明定了定心神，慢慢地从石头的缝隙中望出去，他的枪早就伸出去了，并且在枪管上绑上了一些枯树枝伪装，当然，他留出了瞄准的位置。一旦进入战斗状态，他便什么也不想了，他趴在那儿，像一块石头一样，纹丝不动。他的枪口早已经指向了那辆囚车上的军官，他继续观察着，等到看到三辆车正好都进入了伏击的最佳位置，他扣动了扳机。随着一声枪响，那名军官的头被打中了。

紧接着，陈小轩和孙光斗的枪也响了，前后两辆军车上的机枪手也被同时击毙。负责伏击的四个组也都同时开了枪。一时间，枪声大作，敌人被打得抬不起头来。有的趴在军车里，有的在往车外跳的时候被打死或打伤，也有的跳到车外，以车体为掩护胡乱地打着枪。

刘学林见两辆军车上的敌人都被压制住了，立刻发出冲击的命令。三组的队员向囚车扑去。

可就在这时，囚车的后门被人从里面打开了。车门一开，一批手抱轻机枪的士兵跳出来，立刻以车体为掩护，就地卧倒，向山上迅速射击。三组一下子就有两名队员被打倒，其他队员只得就地卧倒。子弹从他们的头顶嗖嗖地飞过，他们不敢抬头。

李克明一见这个架势，终于明白了敌人的诡计。他瞄准了敌人的机枪手，果断而又迅速地开枪射击，随着枪声，几名机枪手被打死或者打伤了。可是，这辆囚车里面竟然塞进了二十多名机枪手，囚车里面的军官正是上海警备司令部警卫营的冯营长。他在铁皮囚车里指挥着机枪手反击。当他看到有几名机枪手被打中以后，立刻判断出在山上有对方的神枪手，这才是他最大的威胁。

他立刻命令离他最近的几名机枪手向山上扫射，他并不能指望他们能够击毙山上的神枪手，只要能把这几名神枪手压制住，他就成功了。因为，他的任务就是拖住特委行动队，只要把他们拖住，让他们撤不下去，援军很快就会来到。因为在他们出发以后，警备司令部的整整一个营的兵力紧接着就出发了。只要他们一来到，这个小小的山头就会被围得水泄不通，到那时候，中共的行动队就插翅难逃了。

可是，他的如意算盘显然打错了。他的机枪手把那几名神枪手隐身的地方打得飞沙走石，可依然没能压制住他们。他只得命令更多的机枪手向山上射击。这样一来，就减轻了三组的压力。

刘学林正要命令继续向囚车进攻时，忽然听到山上传来了一阵梆子声。这是李克明事先与大家约定好的，只要听到梆子声，不管处于何种情况，都必须立刻撤退。李克明没来得及向陆岱峰请示，就躲在石头后面敲响了梆子。因为敌人的火力太猛，他无法向陆岱峰请示，陆岱峰也无法向他传达命令。但是，根据这种情况，他猜测敌人的援兵很快就会来到，再这样僵持下去，他的行动队就真的会全军覆没了。所以，他毫不犹豫地敲响了自己带来的那个梆子。

梆子声响起，其他各组都吃了一惊，因为他们打得还算顺利，张耀明和王泽春的两个组已经把第一辆军车上的敌人打得趴在地上不敢动了。可他们不能违抗命令，只得边打边撤。

李克明和陈小轩、孙光斗三人在石头后面从石头的缝隙中不断地开枪，打得敌人也抬不起头来。敌人的机枪也只能是向山上乱射。这就给各组撤退制造了有利条件，大家很快地撤了下来。

陆岱峰带领他们架着伤员迅速地向山后撤去。在撤退的途中，陆岱峰召集行动队的五个组长开了一个短会，向他们交代了撤退以后的任务，命令他们不能再回城了。他把钱如林找到的隐蔽地址分别交给了五个组长，并再三叮嘱："没有我的命令，任何人不得擅自外出，任何人不得与外界联络。各组之间也不得联系。如有违背，一律军法处置。"

二组组长王泽春问："我们不管杨主任了吗？"

陆岱峰说："根据刚才的观察，杨主任根本就不在那辆囚车里，这只是敌人想借机消灭我们的一个陷阱。"

一组组长张耀明问："那我们组的陈小轩怎么办？"

三组组长刘学林也问他们三组的组员孙光斗怎么办。

陆岱峰说："我会安排人与他们联络，把他们转移出去。"

五组组长林一凡问："那李队长呢？"

陆岱峰说："他和我一样，还得回城，我们还有更重要的任务要完成。你们放心，他们三人在敌人的援兵到来之前，一定会撤下来的。我们要迅速行动，只有我们安全了，他们才会尽早地撤下来。至于营救杨主任的事，我们另作安排。大家赶紧撤吧！"

行动队撤退以后，李克明命令陈小轩和孙光斗也赶紧撤下去。两个人不撤，李克明严厉地说："这是命令！快撤！只要你们撤下去了，我就能撤下去，别他妈的在这儿耽误事儿！"

陈小轩和孙光斗只得撤退了。

敌人一见山头上的火力不如刚才猛烈，便立刻组织反击。李克明却很沉得住气，他一动不动地趴在那儿。敌人打了一阵子枪，见上面没有反应，以为都跑了。冯营长立刻来了精神，他从囚车里跳出来，挥舞着手枪，命令大家迅速向山上进攻。

可就在他正喊得起劲的时候，一颗子弹打穿了他的脑袋，敌人一下子吓傻了，以为这是对方的神枪手故意引诱他们露头，谁露头就必死无疑，所以他们都趴在地上不敢动。

趁着这个机会，李克明悄悄地爬到树丛里撤走了。

等敌人的援兵来到，才又组织向山上进攻，可等他们到了那个并不高的小小的山头上时才发现，特委行动队的人早就不见人影了，连一具尸体也没有给他们留下。山脚下，横七竖八地躺着警卫营的士兵。

第三十三章　营救

这是一条从上海通往南京的泥土路，天蒙蒙亮的时候，这条路上就有一些过路的小商人。

在从上海通往南京的几条道路中，这条路虽然是最近的一条，却也是最难走的一条，一到雨天就泥泞难行，即便是晴天，也并不好走，再加上路上还有几座小山，有几段弯弯曲曲的山路，所以，那些汽车都宁肯多绕一点路去走大路，就连一些马拉的大板车也都不愿意走这里，从这条路上走的都是一些肩挑手推的小商小贩。

往南京去的方向上，行走的小商小贩们，在拐过一个小山角时，猛然发现前边停着一辆警车，几名荷枪实弹的警察正在对过往行人进行盘查。人们猜想肯定是哪儿有杀人越货的犯人逃匿，遭到警察的追捕和拦截。不过，看上去这些警察并不是很认真，他们只是对过往的行人看一眼，便摆手放行。而一名警官则坐在停在路边的警车的车头上，与一个推着独轮车卖梨膏糖的小贩说着话，看样子不太像在盘问，却像是在聊天似的。不过，谁也不会去过问别人的事情，出门在外，大家都怕惹事上身，所以，一见警察摆手让通过，就匆匆忙忙地走过去。

这帮警察就在那儿吊儿郎当地执勤。

上午九点多钟的时候，驶来一辆小轿车，由于路坑洼不平，小轿车走得很慢。

当小轿车快到拐弯的地方时，一名坐在山坡上树丛中的警察看到了，他立刻冲下面轻轻地喊了声："来了一辆小轿车。"

那名警官冲几名警察一摆手，大家立刻拉开了枪栓，摆好了拦截的架势。而那名警官却依然坐在路边的车头上，与那个卖梨膏糖的人说话。可这会儿，那个卖梨膏糖的人却不再倚在车上，而是恭恭敬敬地站在警官的面前。

那辆小轿车一拐过山角，就发现前面站着几名警察，他们没有理会，依然不紧不慢地向前行驶。当车行驶到警察面前时，几名警察端着枪拦住了他们。司机只得停下车，坐在副驾驶座上的是警备司令部警卫营的一名排长。他平时骄横惯了，哪里会把警察放在眼里，大声呵斥说："你们瞎眼了！连警备司令部的车也敢拦！"

几名警察却不买账。"我们没看出你这是什么警备司令部的车，我们正在奉命追查一名要犯，所有的人都下车检查！"

那名排长这才想起今天他们没用警备司令部的军车，而是租用了祥生汽车行的车。他只得回头向后座看了看，请示该怎么办。

坐在后面的有三个人，右边的是警备司令部情报处处长穆新伟，左边的是调查科上海实验区区长许明槐，被他俩夹在中间的正是中共江南特委军事处主任杨如海。

车刚一被拦住，许明槐就起了疑心，他怀疑这是特委保卫处派来的。可他一见那名警官坐在警车车头上还在训斥一个卖梨膏糖的小贩，又有点放心了。因为对方如果是来劫车的，怎么会有闲心在那儿训斥一个小贩呢？想到这儿，他说："张排长，别跟他们纠缠，把证件给他们看看。"

就在这时候，那名警官却说话了，他冲那名小贩一摆手，说了一声："滚！"

那名小贩赶忙点头哈腰地说："谢谢！谢谢！"

警官根本连看都不再看他一眼，一边向小轿车这边走过来一边大声问："怎么回事？"

一名警察回头说："他说他们是警备司令部的。"

警官大大咧咧地说："别他妈的充大头，警备司令部的我都认识，我倒要看看是哪位在这儿充大爷！"

张排长一见这几名警察这样做大，心里很生气。他刚想发作，穆新伟说："别节外生枝，给他证件。"

张排长只得从口袋里掏出证件递给走过来的那名警官。

就在警官查看证件的时候，那个卖梨膏糖的小贩也推起他的独轮车，一边嘴里哼着扬州小调一边向这边走来：

小把戏吃了我的梨膏糖，小崔子尿尿有一丈长；

大姑娘吃了我的梨膏糖，十七八岁能找个有情郎；

老婆婆吃了我的梨膏糖，脸上的皱纹掉个净荡光；

老伯伯吃了我的梨膏糖，包你提神壮阳还能娶二房；

呜呀呜里哐呀，呜呀呜里哐呀……

警官看了证件以后并没有放行的意思，而是摘下墨镜，向车里瞅了瞅说："对不起！我接到的命令是所有过往行人都得盘查，请你们下车！"

许明槐和穆新伟都对这些警察起了疑心，两人同时掏出了手枪。穆新伟打开车门走下车来，就在他下车的一瞬间，许明槐忽然说："小心那个卖梨膏糖的人！"

原来，那名小商贩本来是用唱地道的扬州小调来掩饰自己的身份，可是这正应了那句话：欲盖弥彰。正是他哼唱的这支小曲出卖了他。许明槐想到，在持枪的警察面前一个小商贩怎么会如此悠闲呢？

可惜，穆新伟此时一只脚已经迈下了车，他听到许明槐的这句话，愣了一下。正好那个卖梨膏糖的小贩走到他面前，一见他手里拿着枪，小贩装作吓得妈呀一声，车子歪到一边。

可就在穆新伟扭头看车子的时候，小贩却迅速地掏出手枪从背后指住穆新伟。与此同时，几个警察也端着枪指向了许明槐、张排长和那名司机。警官挥舞着手枪让他们都下车。

张排长和司机都吓得魂飞魄散，乖乖地下了车。穆新伟也不敢动了。只有许明槐依旧坐在车里，神色不动。当一个警察隔着车窗用枪指着他再次命令他下车时，他不慌不忙地用手摇下了车窗玻璃，只见他的右手正用手枪指着杨如海的太阳穴，嘴角露出一丝冷冷的嘲笑。

警官凑过去，看着许明槐，脸上写满了疑惑。他竟然怪笑着问许明槐："哈哈！这事儿透着新鲜，你这是干什么？给老子演戏看吗？"

许明槐的嘴角抽动了一下，脸上竟然堆满了笑容，很平静地说："几位，你们是在执行公务，我也是在执行公务。我正奉委员长之命将这名共党要犯押往南京。我绝不能让这名共党要犯从我的手中逃脱，现在只要我的手指轻轻一勾，就可以要了他的命。怎么样，几位，还是让一条路吧！"

许明槐心里很清楚这些警察就是江南特委保卫处的人，可是他见那名警官竟然还在跟他演戏，他也并没有说破，而是软中带硬地把球给踢回去。他觉得这样或许会更好些，他很为自己的小聪明得意。

警官笑了笑，许明槐很奇怪他这时竟然还能笑得出来。只见他凑上来说："共党要犯，我可得看看这要犯到底是什么模样？老子抓了几年共党竟然一个也没抓到，我倒要看看这共党究竟是不是长着三头六臂。"

一边说着，他一边伸手拉开了车门，刚想进一步采取动作，许明槐突然用手枪使劲一顶杨如海，嘴里冷冷地说："还有必要继续演下去吗？"

那名警官一见他这样，也就不再演戏了。原来他就是情报科科长凌飞，而卖梨膏糖的小贩是情报科的情报员杜小飞。

凌飞依然很镇静，用很平静的语气说："如果我没看走眼的话，你就是调查科上海实验区区长许明槐，我们做一笔生意吧。”

许明槐一听对方竟然知道自己，心里吃了一惊。自己的这个组织是秘密组织，自己的身份也是一个秘密，对方竟然一下子说破了，看来共党的保卫处真是不可小觑。

其实，凌飞完全是猜测的。那天郑茹娟告诉他许明槐自从押送杨如海去警备司令部以后就一直留在那儿，他知道这是许明槐怕自己的功劳被警备司令部抢去。那么这次押解杨如海同志去南京，他一定会亲自押送的。刚才见到有个人如此狡猾，凌飞就猜到一定是他。

许明槐虽然心里吃惊，可一点也没有表现出来，他冷冷地说：“我不会同你们做生意的，要么放我们走，要么我就一枪打死他。”

凌飞也冷冷地说：“这笔生意你是做也得做，不做也得做。恐怕还真是依不得你！”

许明槐没有说话，只是冷冷地看着凌飞。

此时，穆新伟、张排长已经都被缴了械，和那名司机一起被三名警察看守着。杜小飞从另一侧进了车，隔着杨如海向许明槐伸出手枪，想引诱许明槐向自己开枪，只要许明槐的枪口一离开杨如海的头部，他就开枪与许明槐同归于尽。可许明槐并不上当，他只是用枪指着杨如海，嘴里说：“退出去，否则我会一枪把他打死！”

杜小飞只得退出去。

这时，杨如海说话了：“我到了南京也是一死，倒不如今天死在自己同志的手里，你们开枪吧！就权当为我送行了。”

凌飞是何等的聪明，他立刻听出了杨如海的话外之音。他继续对许明槐说：“我觉得今天这笔生意你还是值得做的，只要你放了杨先生，我保证放了你们四个人。如果你坚持不做这笔生意的话，我可以明白地告诉你，你们就都得为杨先生陪葬。我们得到的命令是如果能营救成功就营救，营救不成功也不能让杨先生活着到南京。”说到这儿，凌飞的嘴角露出了一丝冷冷的笑容，他接着说，"我给你五秒钟思考时间，我数到五，你如果不同意做这笔生意，我就亲手打死你和我们的杨主任！"

说完话，他把手枪顶在了许明槐的头上，开始数数。

许明槐心里敲起了鼓，他知道，无论如何，今天特委的人是不会让他把人押走的。如果把他们逼急了，他们真的会来一个鱼死网破。可如果把杨如海交出去，回去怎么向南京方面交待呢？

此时，凌飞已经开始数数了。他刚数到"三"，穆新伟发话了："许区长，我们就做这笔生意吧！"

许明槐一见穆新伟软了，自己也就动心了。可他的嘴里还是说："可我们做了这笔生意回去也是个死啊！"

凌飞冷笑一声说："这件事能难住你吗？"

说完，紧接着又数出了"四"字。

许明槐只得说："好，我答应！"

凌飞停止了数数，许明槐的枪却没有离开杨如海的头部，他说："可是，我们如果放了杨先生，你们说话不算数怎么办？"

凌飞冷笑了一声，说："你小看我们共产党人了，我们向来是说话算数的。"

许明槐还是不敢相信，他眼珠一转说："这样吧，你们的人都到你们的车那儿去，你把我们的人放过来，我把杨先生放过去，咱们同时放人。你看怎么样？"

凌飞说："这当然可以。不过，我得警告你一句，别想耍花招，只要你敢使诈，我们就会把你们全都消灭。"

许明槐看了看那几名"警察"端着长枪冲着自己，苦笑了一声。"你看这种情况我还能使诈吗？"

凌飞冷冷地看着他，那目光像锥子一样直刺进他的心里去。凌飞果断地说："好吧！"说完他一摆手，那几名端着长枪的"警察"便倒退着回到了警车前，可他们的枪口一直指向许明槐。

凌飞站在警车前，右手持枪瞄着许明槐，左手一挥，他们便放开了穆新伟等三人。许明槐也很不情愿地放开了杨如海。

杨如海走下汽车，非常镇定地向前走去。许明槐的手枪伸到车外，枪口指着杨如海。双方的枪都指着对方，等杨如海走到警车跟前时，杜小飞立刻一闪身，用自己的身体挡住了杨如海，许明槐心里一阵紧张，如果此时凌飞他们开枪的话，自己和穆新伟必死无疑，而自己开枪最多只能打死那个卖梨膏糖的人。

可凌飞他们并没有开枪，而是搀扶着杨如海上了警车，很快就开走了。穆新伟垂头丧气地上了汽车，好长时间一句话也不说，还是许明槐对司机说："往回开吧！"

第三十四章　瞒天过海

许明槐和穆新伟在回去的路上商量着怎么交代，商量了一路，也没想出一个两全其美的办法来。一回到警备司令部，他们便听说了警卫营冯营长被特委的枪手给打死了。许明槐灵机一动，想出了一个办法，他把这个办法跟穆新伟一说，穆新伟很赞成。两个人立刻去见警备司令熊式辉。

熊式辉正在为没有消灭江南特委的行动队而懊恼。一见许明槐和穆新伟这么快回来，再一看两人的表情，立刻猜到他们那头也出问题了。他冷着脸没有说话。

许明槐和穆新伟见熊式辉不说话，都不好张口。许明槐心想：穆新伟是熊式辉的亲信，遇到事情熊式辉还是要保他的。于是，他向穆新伟使了一个眼色，那意思是让穆新伟汇报。穆新伟没有办法，只得硬着头皮走到熊式辉的面前说："司令，我们把事给办砸了，杨如海被江南特委的人给劫走了。您处分我吧！"

虽然熊式辉看到他们两个狼狈的样子，心里就知道不好，可真的听到杨如海被劫走的消息，他还是很震惊。毕竟，这个杨如海可是委员长点名要的人啊！怎么能半路上让人劫走了呢？他再也沉不住气了，厉声问道："怎么回事？你说明白点！"

"我们中了他们的埋伏，他们有二十多人，假扮成警察埋伏在一个山角拐弯处，等发现他们，我们已经被包围了。我和许区长一起杀出一条路才得以逃生。"

"可我只看到你们很狼狈，却没有一点受伤的样子。你们不简单啊！从二十多名枪手的包围中竟然能够全身而退？"熊式辉冷冷地看着他们两个。

穆新伟一下子傻眼了，他嗫嚅着说不出话来。许明槐一见这种情况，心里很清楚，熊式辉毕竟是久经官场的人物，今天这件事想瞒过他是不可能的。于是他只得把事情的经过实事求是地向熊式辉做了汇报。

听了许明槐的汇报，熊式辉没有说话。他很清楚，许明槐和穆新伟今天这件事很棘手，他如果拉他们一把，或许能把这件事摆平。他如果撒手不管，他们二人的前途肯定完了，甚至可能会掉脑袋。

穆新伟是自己一手提拔起来的亲信，他当然要帮。对于许明槐，虽然不是自己的人，官职也不大，可他很清楚，调查科是中央组织部的一个重要机构，陈果夫、陈立夫是直接后台，调查科说是搞党务调查，实际上是委员长打击异党和排斥党内异己的工具，所以调查科的真正后台老板应该是蒋介石。熊式辉对国民党内高层的一些事情很清楚，陈果夫、陈立夫兄弟二人现在已经把持了整个国民党的组织系统，因此，人们暗中传着"蒋家天下陈家党"的说法，熊式辉自然知道得罪了陈氏兄弟的后果会是怎样的。许明槐能被派到上海来担任实验区区长，说明他是陈氏兄弟的亲信，自己如果不拉他一把，恐怕会得罪陈氏兄弟，日后，可能会影响到自己的升迁。想到这儿，他已经打定主意要帮他们渡过这一关。可是，他嘴上却不这样说。他要等着许明槐来求他。

没等许明槐开口，穆新伟沉不住气了，他可怜巴巴地说："司令，你可得拉我们一把啊！"

熊式辉心里很生气，他的这个部下竟然看不出自己的心思。转念一想，他又释然了，又有多少人能读懂自己的心思呢？

可是，许明槐读懂了熊式辉的心思。刚才，熊式辉在思考的时候，许明槐就一直在仔细地观察着他的面部表情变化。他首先看到的是为难的表情，继而看到熊式辉那冷冰冰的背后竟然有了一点笑意，就好像乌云后边藏着一点阳光。这一点阳光被许明槐捕捉到了，他知道，熊式辉不会撒手不管的。不过他也知道，自己必须得有一个态度才行。所以，他毕恭毕敬地说："司令，今天我和穆处长还得司令您搭把手，不然我们会有很大的麻烦。"

熊式辉故意沉吟了一会儿，然后说："许区长，你看看，我们还分什么彼此吗？我看这么办吧，我们就上报说冯营长带着一个警卫排押解杨如海，结果遭到了中共特委的武装袭击，冯营长和十二名士兵殉难，杨如海生死不知。只是这样一来，这个黑锅就全部由我们司令部来背了。"

许明槐知道这是熊式辉在故意送人情，所以，他赶紧说："熊司令的活命之恩，在下没齿不忘，今后但有差遣，明槐万死不辞！"

熊式辉笑了。"许区长，言重了！这件事我们就这么办吧！"说到这儿，他又对穆新伟说，"新伟，你去嘱咐参加这次行动的所有人员，统一口径，不要说漏了。"

穆新伟赶紧答应："司令，您放心！我这就去办。"

说完话他转身就要走，熊式辉却说："等等！还有一件事需要你去做。"

穆新伟回过身来问："司令，什么事？"

熊式辉说："这件事，我总觉得有点蹊跷。我们的设计真可谓天衣无缝啊！可共党是怎么知道的呢？难道他们是诸葛亮？会神机妙算不成？"

穆新伟说："我看，一定是埋藏在我们内部的那个卧底给透露出去的消息。"

熊式辉几乎是自言自语地说："可我们放出去的是一个假消息，你们俩秘密押解杨如海去南京这件事只有我们三个人知道啊！"说到这儿，他忽然对许明槐说，"许区长，那个给你提供情报的人会不会是在耍我们啊？"

许明槐说:"应该不会,他如果这样做,当初何必出卖杨如海呢?"

穆新伟接过话茬说:"可他为什么不告诉我们特委的具体行动计划呢?难道是他真的不知道?"

许明槐犹豫了一会儿说:"这也正是我百思不得其解的地方,我想,这个人还会和我联系的,我一定要想办法查出他的真实意图来。"

熊式辉说:"许区长,你要想办法和这个人取得联系,争取有一点新的收获,不然,对上面我们还真的不好交代啊!"

许明槐说:"我回去全力以赴去查找这个人。一有进展,就立刻给您打电话汇报。"

许明槐走的时候,穆新伟也想一起走,熊式辉却叫住了他。等许明槐走出门去以后,熊式辉对穆新伟说:"你去对我们司令部内部的那几名可疑对象展开秘密调查,发现有什么可疑情况要立刻向我汇报!"

穆新伟答应了一声转身又要走,他急着去给今天参加行动的警卫营官兵开会,让他们守口如瓶,这才是他目前最关心的事。因为一旦有人说出去,传到南京,他和许明槐就会有很大的麻烦。可是熊式辉却又叫住了他,他只得停下脚步。

熊式辉说:"记住,千万不要打草惊蛇!"说完,熊式辉一摆手,"去吧!"

穆新伟像得了特赦似的赶紧走了。

第三十五章　打草惊蛇

李克明和陈小轩、孙光斗在掩护大家撤退以后，也迅速地撤了出来。李克明让陈小轩和孙光斗先回家，他在确信没有人跟踪以后，回到了行动队的秘密机关——新新药店。

新新药店的二掌柜胡万成正在给一个人抓药。听见脚步声，他就知道是李克明回来了，抬头打了一个招呼："老板，您回来了！"

李克明一边嘴里答应着，一边走向楼梯，想去二楼。可他看见只有胡万成一个人在那儿忙活，另外两名充当伙计的行动队队员张全和苏小伟却都不在。他感到有点诧异，自己和陈小轩、孙光斗负责断后，张全和苏小伟他们不是跟着其他各组撤下来了吗？其他人在上海或者有家或者另外有住处，他们两人都是从外地来上海的，在上海没有家，也没有其他的住处，怎么没有回来？但是，这些话，当着外人的面他不好问。于是，他一边走上楼梯，一边说："老胡，待会儿你忙完了上来一下。"

胡万成嘴里答应着，手却没有停，很麻利地包着药。

李克明上了二楼，他觉得很累，一屁股坐进椅子里。他觉得心烦意乱的，总有一种不祥的预感。

李克明沏了一壶茶，还没开始喝，胡万成就上来了。

李克明问："张全和苏小伟呢？没回来吗？"

胡万成说："回来了，可又出去了。"

李克明一愣，但他没有问，他看着胡万成，示意他说下去。

胡万成接着说："他们两人一回来，跟我打了一个招呼，就都回了他们的宿舍。我以为他们累了，要睡一觉。可不一会儿，他俩就出来了，当时我这儿正有人在买药，正忙着呢。张全说他们出去一下，还有点事。说着，两个人就走了。我看到他们两个人的手里都拿着一个布包，觉得有点奇怪，可当着外人的面，又不好问他们。我见你还没回来，还以为你们还有什么任务……"

这回，李克明却沉不住气了，他打断了胡万成的话说："年小军呢？他来过吗？"

年小军是行动队的联络员，这次行动，李克明没有让他参加，而是另外给他安排了任务。

胡万成说："他没有来。"

李克明已经镇静下来了，最起码从外表上看他已经很镇静了。他对胡万成说："你下去看着铺子吧。如果年小军来了，你就让他赶快上来。"

胡万成答应了一声，走了。

李克明这时才觉得很渴，他倒了一杯茶，用茶杯盖一边打了打漂着的茶末，用嘴吹了一下，然后便迫不及待地喝了一口，结果烫到了嘴。可是喉咙里干得冒烟，他已经顾不了那么多了，又使劲吹了几口气，便把那杯茶灌下肚去。

喝到第五杯茶的时候，他听到了年小军和胡万成说话的声音，紧接着，听到了年小军上楼的脚步声。

年小军一进门，李克明就迫不及待地问："怎么样？有什么动静吗？"

年小军没有回答李克明的话，而是有点奇怪地问："队长，我们不撤吗？"

李克明诧异地问："撤？谁下的命令？你别急，从头给我说清楚。"

年小军说："奇怪了，从昨天晚上开始我一直盯着情报科的那个秘密联络点，昨天晚上一直没有动静，可今天早上他们却都走了。直到刚才，才有两个人回来了，幸好其中有一个是我的表哥。我装作从那儿路过，过去叫住他。他一见到我好像有点吃惊的样子，问我：'你怎么还在这儿闲逛啊？你没接到撤退的命令吗？'我吃了一惊，问他：'怎么回事啊？'他说：'我们今天劫了敌人的车，救出了柳风同志，老刀怕敌人进行反扑，命令保卫处所有成员都立刻撤退。在城里有家的可以回家收拾一下，没有家的就直接撤退，我们这是回来烧掉所有秘密文件。你快回去吧，说不定你们队里正在派人到处找你呢？'我一听就赶紧回来了。"

李克明听了年小军的话，一下子如同五雷轰顶，年小军看着他问："队长，你怎么了？不舒服吗？"

正在这时，胡万成上来了，他把一张折叠着的纸条交给李克明。"队长，这是联络组的人刚刚送来的。"

李克明赶紧打开一看，这张纸条好像是从一个小孩子的练习本上撕下来的，在一角，有一个很像是小孩子画的一把刀的图案。只见上面写着："今天下午两点，宫琳大饭店五楼三号房，几位亲友聚会。"

李克明知道，这是老刀下的命令，这样做的目的是为了保密，一旦这张纸条丢失，别人看到，也以为是一个很普通的亲友聚会。可他知道，这是命令他参加保卫处的全体会议。也就是说，今天下午两点，陆岱峰、李克明、凌飞、钱如林四个保卫处核心成员将在宫琳大饭店五楼三号房开会。

李克明呆呆地坐在那儿，过了好大一会儿，他才回过神来。他一看，只有年小军还站在那儿等他的命令，胡万成不见了。他问年小军："老胡呢？"

年小军说："他送来这张纸条以后就下去了。"

李克明说："你下去叫他上来。"

年小军转身下了楼。

李克明看着那张纸条，陷入了沉思。他没有想到，老刀会对他来一个突然袭击，一下子把他的全部计划都打乱了。他该怎么办？下一步往哪儿走？他的脑子里乱成了一锅粥。正在这时，年小军慌里慌张地跑上来："队长，老胡也不见了。"

这次，李克明倒没有吃惊，他心里很明白，老刀把自己给算计了。他坐在那儿一动不动。年小军也觉出了有问题，他问："队长，到底出什么事了？我们要不要撤？"

李克明看了年小军一眼，心里一阵酸痛。年小军和他是老乡，跟他一块儿来上海滩闯荡，把他看作是大哥，一切都听他的。正因为这样，他让年小军加入了行动队，并让年小军担任联络员。其实，这个联络员只听从他一个人的调遣。这次行动，他就很不放心，隐隐约约地感到老刀一定有什么事情瞒着自己。所以，他才安排年小军去监视情报科的行动。

现在看来，老刀让自己带领行动队的人全体出动去伏击敌人，暗地里却安排情报科的人在另一条路上劫车救人，然后，再瞒着自己命令全体人员撤出上海，自己一下子成了一个孤家寡人。他咬了一下牙，心里想，只有这样了。

他从桌子上拿起一张纸，在上面写了一个地址，递给年小军。"你立刻赶到这个秘密地点去躲起来，不要到街面上走动。"

年小军还有很多问题要问，可看到李克明那副样子，便没有再问，只是关心地说："那你不和我一块儿撤退吗？"

李克明看了看年小军，说："我还有事情要处理一下，你先去吧。等忙完了手头上的事，我就找你。"

年小军走了，李克明掏出自己的手枪，一边擦拭，一边在想着心事。等擦好了枪，他也拿定了主意。他先是从二楼的窗口仔仔细细地观察了好长时间，外面没有发现任何异常情况，他走下楼来，来到药店门口，看了看门外，也静悄悄的。

此时已经快到中午了，街上行人也不多。他没有再犹豫，立刻闪身出去。他的心里很痛，这一步他真的是不想迈出去，可是，现在却不得不迈出去，因为他已经没有退路了。所有的退路，都被人给堵死了。堵死他的所有退路的这个人，正是曾经与他并肩战斗的老刀。他咬了咬牙，在心里对陆岱峰说："老刀，你别怪我，我只能这么做了！"

第三十六章　叛变

许明槐接到电话的时候，简直有点不敢相信自己的耳朵。因为这个电话就是那个曾经多次给他提供情报但是他至今都不认识的人打来的。那个人让他立刻到豪客来酒楼见面，说有重要的情报。

许明槐一听，这个豪客来酒楼离自己的"西药研究所"并不远。他便说："先生，你说的这个酒楼离我的办公地点很近，何不直接来我这儿呢？"

对方却说："据我所知，你的内部并不是铁板一块，我还是不要在你那儿露面的好。否则，我们什么事都办不成。"

许明槐一听，心里吃了一惊："什么？你说我这儿有内鬼，是谁？"

对方说："这些还是等见面以后再说吧。记住，我在三楼五号包间等你，来的时候，只能你自己进来，否则走漏了消息，再次让共党的重要人物逃脱可就怪不得我了。你要快来，今天下午他们有个紧急会议，你来晚了，可就耽误事儿了。"

说完，没容许明槐再说话，对方便把电话挂断了。

许明槐觉得对方要求只能自己进包间有点过分，万一这是一个阴谋呢？万一对方想借机对自己下手呢？可转念一想，自己现在已处在四面楚歌的境地，如果再不抓住这个机会，今后就会在调查科总部失宠，说不好连这个调查科上海实验区区长的位子都保不住。想到这儿，他决定还是去碰碰运气。他立刻叫来行动组组长李维新，让李维新叫上两名行动组人员，一块乘车赶往豪客来酒楼。

来到酒楼前面，他并没有急着进去，而是先观察了一下四周的情况，见没有什么异常，这才让一名队员在车里等着，让李维新和另一队员跟着他走进酒楼。来到三楼五号包间门外，他让李维新二人在门外等着，然后抬手轻轻地敲了敲门。

里面传出来一个淡淡的声音："谁？"

许明槐说："表弟，我是你表哥。"

对方说："请进！"

许明槐的右手伸进外衣口袋，把口袋里的手枪打开枪机，食指钩在扳机上，左手轻轻地推开了门。门已经推开了一半，他却没有看见屋里的人，李维新也探过脑袋，着急地想看个究竟。

门后却传出一个声音："许区长，你进来吧！让外面的人离门口远一点儿。"

许明槐吃了一惊，刚才自己敲门的时候，明明听到对方是在包间的深处说话，可一转眼对方已经来到了门后，行动如此神速就够令人吃惊了，更令人不可思议的是自己竟然一点也没有听到对方的脚步声。这儿的楼板哪怕轻轻在上面走动都会发出很大的声响。此人的功夫真是出神入化了。如果对方想要自己的命，即使李维新跟进去也是白搭。于是，他冲李维新摆了一下头，示意他们往后退，然后独自走进房内。

许明槐刚一进门，门就在他背后关上了。他一转脸，见一个头戴礼帽的人站在自己身后。那人摘下礼帽，轻声说："许区长，里边请！"

许明槐觉得此人有点眼熟，好像在什么地方见过。他仔细一想，想起来了。"你不是……"

对方却猛地打断了他："许区长，你先到里面坐下，我们小点声说话，别让外边的人听到。"

许明槐在一把椅子上坐下来，对方在他的对面坐下来。许明槐低声说："你不是新新药店的马老板吗？"

对方笑了笑，然后说："那只是我的一个掩护身份，我的真实姓名叫李克明，真实身份是中共江南特委委员、保卫处副主任兼行动队队长。"

许明槐大吃一惊，他没有想到，对方竟然是大名鼎鼎的中共江南特委保卫处副主任李克明，更没有想到的是李克明就是让国民党特务们胆战心惊的特委行动队队长尖刀。以前他一直以为李克明和尖刀是两个人。没有想到，原来李克明就是尖刀。令他更加感到惊讶的是这个人自己曾经见过，但是却一点也没有怀疑。于是，他不得不对李克明刮目相看。他说："我的确没有想到，李先生就是尖刀。"

李克明笑了一笑，说："我们的时间并不多，我看还是闲话少叙吧。"说着话，他从口袋里掏出了那张纸条递给了许明槐。许明槐接过来一看，知道这是一个开会的时间和地点。可他还是抬起头看着李克明，等待李克明给他一个更清楚的说明。

李克明说："这是老刀给我的开会通知。"

听到老刀这个名字，许明槐的心里一阵激动。自己在来上海之前，陈立夫就告诉过他，他最大的对手就是中共江南特委保卫处主任老刀。没想到，今天竟然有机会可以抓住他。如果真能抓住他，会比抓住杨如海更有用。那杨如海逃脱的事不但可以一笔勾销，说不定还可以升官发财。

于是，他按捺不住内心的喜悦，说："我这就安排，立刻行动。"

李克明一摆手，说："你现在派人去，是不会抓住他的。"

许明槐一想："是啊，李先生，你看看，我真是高兴得昏了头了。"一边说着，一边看了一眼手腕上的手表，说，"现在还不到十二点，他们肯定不会在那儿等着的。我现在派人去，如果被他们提前安排的眼线发现，就会打草惊蛇。"

李克明看着许明槐说："这只是一个原因。"

许明槐看着李克明，问："那另一个原因是什么？"

李克明说："我怀疑这是一个圈套。"

许明槐大吃一惊："什么圈套？"

"老刀已经怀疑我了。他很可能在附近埋伏下枪手，等我领着你们去的时候，借机除掉我。"

李克明说这些的时候，并没有一点沮丧的样子，好像是在说别人的事。

许明槐诧异地看着李克明，过了一会儿，说："你的意思是我们不采取行动？"

李克明说："不，我们依然要采取行动，只不过小心一点就是。"

"可他们既然已经怀疑你了，那么这个会议通知一定是假的。我敢说那个房间里面一定没有人。我们去有何意义呢？"

"我太了解老刀了，他既然发出这个通知，必然会在附近埋伏，他也一定会亲自去。所以，我们还是有机会的。你可以派人在四处设伏，只要他在那一带出现，就能够抓住他。"

李克明一边说着，一边拿起桌上的一包烟，抽出一支，递给许明槐。许明槐没有接。李克明便自己叼在嘴上，划着了火，自己点上了。

许明槐觉得很不舒服。这个不舒服并不是身体上的，而是心里的。因为，在他和李克明的交谈中，不知不觉地竟然让李克明占了主动。李克明刚才说话的语气简直就像是在给自己下命令。李克明凭什么这么颐指气使呢？可能李克明觉得他现在是许明槐的一根救命稻草。显然，李克明也很清楚这一点。可就目前的情况看，这根稻草也可能毫无用处，因为，李克明已经暴露了。老刀会亲自去吗？即使他亲自去，就能抓住他吗？想到这儿，许明槐把身子往椅背上一靠，淡淡地说："李先生，说实话，我对这次是否能够抓住老刀持怀疑态度。"

李克明一见许明槐态度迅速变化，有点着急了。"许区长，现在我们不管怎么样都要赌一把了。你不能犹豫。"

许明槐淡淡地一笑。"李先生，你说错了。是你无论如何要赌一把，不是我们。"

李克明一下子没明白许明槐为何突然转变了态度。他说："许区长，这可是一个千载难逢的好机会啊，你怎么无动于衷呢？你会后悔的！"

许明槐哈哈一笑，突然转了一个话题说："李先生，我现在怀疑你是否有诚意。"

李克明一愣。"怀疑我？"

许明槐收起了脸上的笑容，紧紧盯住李克明。"李先生，之前你给我们提供情报，使我们抓住了杨如海。可是，此后保卫处的两次劫囚行动，你应该都知道的，却不向我们透露详细的情报。开始我不知道你的身份，还以为是保卫处的一般成员，不了解详细的行动计划。可没想到你是保卫处副主任兼行动队队长，你会不知道详细计划吗？"

李克明愣了一下，说："许区长，老刀已经怀疑我了，他偷偷地安排情报科的人去另一条路上劫了你们的车。我的确是不知道。"

许明槐露出了一丝冷笑。"李先生，这是第二次，那第一次呢？那时候老刀就怀疑你了吗？如果你在那个时候向我们提供详细的情报，我们就会安排人把他们一网打尽，就不会有后来的这些麻烦了。所以，今天我很怀疑你的诚意。"说完话，他冷冷地看着李克明。

李克明有苦难言，他的心里话不想说出来，因为一旦说出来，他就真的里外不是人了。

许明槐见李克明不说话，知道自己击中了他的要害，心里不免得意起来。他继续抛出他的说辞："李先生，即便是现在，你也没有诚意。"

李克明说："现在我怎么没有诚意了呢？"

许明槐说："这很简单啊！你叫我来，只是告诉我去抓老刀。但是这件事，就连你自己也知道是件没影子的事。老刀会不会亲自去还不一定，即便是亲自去了，他也肯定不在那个房间里。因为这是他设的一个圈套，据我的了解，他一定会把各种情况都想好了，当然包括他的退路。我们去十有八九是竹篮子打水一场空。可你身为中共江南特委委员、保卫处副主任、行动队队长，必然掌握着很多的秘密，比如你们党内高层人物的住处、特委的秘密据点等等。你为什么不把这些告诉我呢？在行动之前，你告诉我这些，不是更有实际意义吗？"

李克明听了许明槐的话，懊丧地说："许区长，不瞒你说，江南特委常委们的住处我并不知道。知道的也是在工作中有联系的几个人，可是，在我来这儿之前，连我的行动队队员都撤走了，我想，与我有联系的那些人恐怕更是早已经都撤出了城，这一切都是瞒着我偷偷进行的。现在，除了我自己，我谁都找不到。"

许明槐一听，倒抽了一口凉气。这个老刀真是太厉害了。他转念一想，冷冷地说："既然这样，李先生，对不起，你没有一点表示诚意的行动，我们不会和你合作。"他嘴里这样说着，身子却坐在那儿没有动。他在等着李克明的反应。

果然，李克明沉不住气了，他说："许区长，你等等，让我想想。"他稍一沉吟，接着说，"我想起来了，为了表示我的诚意，我可以向你们提供一个很重要的情报。"说到这儿，他停下来，看着许明槐。

许明槐心里暗喜，可他在表面上还是不露声色，很冷静地坐在那儿。

李克明说："我可以告诉你一个我们党内的重要人物的去向。"许明槐还是没有接腔，李克明只得说下去，"我可以让你抓住江南特委副书记张英。"

一听到张英这个名字，许明槐的眼里一亮，急忙问："他在哪儿？"

李克明说："他就在你们手中。"

许明槐一愣。"在我们手中？"

李克明得意地一笑。"他被捕的时候化名王林，你们只是把他当成了一般的赤化分子判了几年刑，关押在提篮桥。现在我们已经买通了你们的人，很快就要保外就医了。"

本来营救张英的事情是由李克明负责的，可最近几天老刀悄悄地命令钱如林去负责。这件事当然并没有瞒过李克明的耳目，当年小军向他汇报的时候，他并没有往心里去，因为他觉得自己绝对不会引起老刀的怀疑，他相信自己在老刀心中的地位，他相信老刀对他是绝对信任的。他认为只是由于自己忙着营救杨如海，老刀才让钱如林去做这件事的。直到今天，他才恍然大悟，老刀早就开始怀疑自己了。老刀之所以急着让钱如林去营救张英就是怕自己会出卖张英。

听到这个消息，许明槐掩饰不住内心的激动，但是他还是强迫自己冷静下来，他想在行动之前，必须尽量多地从李克明的口中套出点东西来。他很清楚，老刀给李克明的那个开会通知就是一道催命符。李克明是否能够躲过这一劫，的确是很难说。他问："李先生，你说我那儿有内鬼，他是谁？"

李克明说："这个我不知道。我只知道杨如海被你们抓住以后曾经送出了一份情报，告诉我们押解的时间和车牌号码。这个情报是直接由老刀经手的。"

许明槐一下子陷入了沉思：这个人会是谁呢？在关押杨如海其间，能够接触到他的人并不多……

他正在想着，李克明打断了他："许区长，这件事我们可以以后慢慢来办，当务之急是抓紧采取行动，抓住老刀。"

许明槐说："李先生，你还能告诉我点什么？"

李克明生气了，他说："许区长，你是不是觉得我这次一定是有去无回啊？你放心，我死不了。"

许明槐笑着说："李先生，你误会了！我是觉得现在离你们的开会时间还有一个多小时，我们并不急。"

李克明说："这次他们把地点选在了法租界，你总得事先与巡捕房取得联系吧？不然到时候恐怕很难办。"

许明槐想了想，他知道李克明不可能把所有的事情都告诉他，李克明一定想着等行动以后见着上面的大人物以后才说出来，只有那样才会显示出自己的价值来。他知道，现在如果再逼问，只能是把事情办糟了，所以，就立刻和李克明商量了行动的方案，并迅速展开行动。

第三十七章　绝密追杀

在小白宫饭店二楼七号房间内，坐着三个人。他们正是经过化装的陆岱峰、凌飞和钱如林。

陆岱峰很严肃地看着凌飞和钱如林，语气沉重地说："今天我叫你们来这儿，是为了一件事，那就是除掉出卖杨如海同志的叛徒。"

凌飞急切地问："叛徒是谁？"

陆岱峰一字一顿地说："李克明。"

凌飞和钱如林都大吃一惊。他们甚至怀疑陆岱峰说错了。

陆岱峰看着他们吃惊的表情，说："没错，就是李克明。"

"可这是怎么回事呢？"凌飞喃喃地说着。

陆岱峰说："留给我们的时间不多了，我已经给李克明去了通知，让他今天下午两点到对面的宫琳饭店开会，到时候，他必然会带着国民党特务来抓捕我们，我们必须趁机将他击毙。我现在先把任务布置给你们，以免等他出现的时候你们两个惊慌失措。"

虽然凌飞和钱如林觉得很吃惊，但是，他们还是相信了陆岱峰所说的事，既然陆岱峰这么肯定，那就一定有根有据。于是，他们看着陆岱峰，坚定地说："您下命令吧！"

陆岱峰看着他们两个，说："你们放心，等行动结束以后，我会把详细的情况都给你们讲一讲的。现在，我们先做好行动的准备。待会儿，李克明如果带着特务们来的话，我们三个人就一起从窗口向他开枪。其实，我的枪法你们是知道的，并不怎么样，但是，你们两个的枪法我也知道，你们都在苏联接受过专门的训练，只要有一个人出手，他就必死无疑。但是，为了保险，我要求你们同时出手。我给李克明的时间不多，他应该来不及向敌人泄露我们的更多的机密。只有我们将他一枪击毙，才能避免他泄露更多党的机密。"

凌飞说："可是，从他接到通知到开会的时间，他还是有可能向敌人泄密啊！"

陆岱峰说："我了解李克明，他不可能把重要情报交给许明槐的。那样的话，他就没有资本向国民党要条件了。他一定是先带人来抓我，想抓住我以后把我押送到南京，然后去南京向国民党的大人物甚至是蒋介石出卖我们党的秘密。"

钱如林说："原来，您让我去营救张英同志就是怕日后李克明出卖他啊？"

陆岱峰说："是的，那个时候我已经怀疑他了。"

可是，陆岱峰和钱如林都没有想到，他们的这番辛苦已经付诸东流了。由于李克明的出卖，许明槐急于立功，在与巡捕房协商抓捕行动的同时，向调查科总部打电话汇报了这个情况。蒋介石得到报告以后，立刻派人赶往上海，查实以后，在监狱里将张英同志就地枪决了。

凌飞担心李克明不会来，他问："您怎么知道他一定会来呢？"

陆岱峰说："在李克明带领行动队劫囚车的时候，我让你带人去那条土路上等着许明槐，救出了杨如海同志。然后在撤退的路上，我分别给各行动组下达了命令，让他们分别撤到不同的隐蔽地点，这几个地点就是如林连夜给准备好的。等李克明回到新新药店，我已经安排老胡做好了准备，让老胡告诉他担任药店伙计的那两名队员回去以后就收拾东西走了，这必然引起李克明的怀疑。同时，我也知道李克明对我也不放心，他一直让年小军盯着你们情报科。我故意在你们都撤出来以后，让两名情报科成员回去，说是漏下了一份重要文件，回去销毁。这两人中有一个是年小军的表哥。年小军见到他的表哥，必然要去打探消息。他表哥见他没有撤退，也必然会告诉他让他快撤。这样，年小军就会立刻去向李克明汇报。老胡一见年小军上去汇报，便立刻将我早就交给他的那张纸条送上去。送上去之后，老胡便立即撤退。李克明听到情报科已经救出了杨如海同志，保卫处也已经全部撤出城以后，必然方寸大乱。他知道我已经掌握了他的秘密，只有铤而走险，来这儿和我赌一把了。再说，即便他不想来，敌人也不干，因为只有他认识我们三个人。如果他不来，敌人即便包围了这儿，也无法辨认出我们，总不能把所有的人都押回去吧？"

说到这儿，陆岱峰掏出怀表看了看，说："其他的事情我们待会儿再说，现在，我们抓紧时间准备。"说着话，他打开了带来的那只皮包，从里面拿出了三副薄薄的橡胶手套，对凌飞和钱如林说，"戴上它，开枪以后，万一我们撤不出这个酒店，敌人就会对这儿所有的人进行盘查，戴着手套开枪以后，手上不会有火药味儿，枪上也不会留下指纹，我听说国外已经有人能够搞指纹比对了，小心一点总不会有害的。"

钱如林一边往手上戴手套，一边问："如果他没有带特务来，而是他一个人来的呢？"

陆岱峰说："如果是那样，我们三个人就不用行动了。我已经安排好了，只要是他一个人来，有人会立刻通知他去另一个地方。在那儿会有人等着他，把他送出上海，接受组织的审查。不过，你们放心，我的这个准备也只是为了以防万一，他不会自己来的。"

说着话，三个人已经掏出了手枪，各自认真地检查了一下。

凌飞从窗口往外看了看，他忽然说："他既然知道这是您设的一个套，必然会有所防备。如果到时候他在车里不出来怎么办？"

陆岱峰没有说什么，低下头，从皮包里拿出了四颗手雷。凌飞和钱如林都明白了。

马上就要到两点了，凌飞和钱如林握枪的手里都出了汗，老刀却坐在那儿，端着茶杯轻轻地啜饮着。

凌飞发现从远处开来了三辆车，前边的一辆是巡捕房的铁皮车，中间是一辆雪佛兰小轿车，一看车牌号，凌飞就知道这是调查科上海实验区的那辆专车，后面跟着的是祥生车行的车。车子开到宫琳大饭店门口停下来。还没等车子停稳，车门就打开了，巡捕和便衣特工们纷纷跳下车来，巡捕把守在饭店的大门口，李维新带领行动组人员纷纷持枪向饭店里冲去。可是他们没有看到许明槐和李克明。

陆岱峰使了一个眼色，三个人同时把手中的手雷在窗台上一磕，然后扔了出去。三颗手雷呼啸着飞向那三辆车。凌飞和钱如林都紧紧地盯着那辆雪佛兰轿车。可是，就在手雷快要落地的时候，突然从巡捕房的巡逻车里飞出来一个身影。那人的脚刚一沾地，便迅速向饭店大门冲去。一看身影就知道此人是李克明。

凌飞和钱如林赶紧掉转枪口，就在此时，陆岱峰的枪先响了。一枪打中了李克明的后背，可李克明的速度太快了，继续向饭店门口冲去。凌飞和钱如林的枪同时响了，一枪打中了李克明的后脑勺，一枪从他的后背射进了他的心脏。李克明的身体依靠着飞奔的惯性一下子摔在了饭店门口的台阶上。与此同时，三颗手雷爆炸了。街上一片混乱。

陆岱峰和凌飞、钱如林趁着混乱迅速下楼，混在东躲西藏的人群里挤出了饭店，然后迅速地向大世界方向撤退。

第三十八章　老刀的分析

　　在大世界游乐场的一个咖啡厅里，很多人一边喝着咖啡一边聊天。陆岱峰和凌飞、钱如林也在其中。

　　他们三人从小白宫饭店出来以后，混在四散而逃的人群里向外跑，可很快他们发现各个路口早就有巡捕把守着，不让任何人出去。陆岱峰便扭身向大世界游乐场走去，凌飞和钱如林也紧紧跟随。他们从饭店里出来以后便迅速地换了装，恢复了平时的打扮和模样。他们都是有公开身份的人，不怕盘查。但是，也并不到路口去，因为，即便敌人查问不出什么，也会把今天在这儿出现的所有人都登记在案，日后一定会进一步监视和追查，那就会给以后的工作带来很大麻烦的。所以，陆岱峰在选择行动地点的时候，认真考虑一番之后，选择了靠近大世界游乐场的这个地方。遇到紧急情况，他们可以迅速地撤进大世界。

　　大世界游乐场的后台老板是上海滩头号流氓大亨黄金荣，他自称是青帮"天"字辈老大，青帮的势力很强大，渗进了政府各部门以及军警系统。同时，他还担任着法租界巡捕房的总探长。谁敢到他的地盘上随便抓人呢？

　　小白宫饭店与大世界游乐场相隔只有几百米，这儿只有两名巡捕在把守。由于大世界游乐场是黄金荣的地盘，这儿又是法租界，国民党的特务不能公开在这儿把守。他们都在远处。可是，由于其他的路口都有很多巡捕和特务把守，人们便一窝蜂地往这边跑，两名巡捕根本就守不住。人们很快就冲过去了。

大多数人冲过大世界游乐场的门口，继续向前冲，可是还是被远处的巡捕和特务给拦住了，依然是要挨个接受检查。陆岱峰和凌飞、钱如林混在人群中，远远地看到这种情况，他们便毫不犹豫地转身进了大世界游乐场。

陆岱峰和凌飞、钱如林三个人坐在咖啡厅里，一边悠闲地喝着咖啡，一边轻声地交谈着。来咖啡厅的人都是一些有身份的人，他们都是轻声慢语地说着话。这种氛围正好适合陆岱峰他们。

陆岱峰他们选择了大厅的一角，陆岱峰靠墙而坐，这样他就能够把整个大厅的情况尽收眼底，同时，也避免了在他背后有人坐得太近或者有人从身后经过听到他的谈话。凌飞和钱如林坐在他的对面，陆岱峰说话的声音不高，但是，凌飞和钱如林都能很清楚地听到。

陆岱峰放下咖啡杯，脸上带着笑容，在外人看来，好像是一个生意人在很高兴地谈着自己的生意。但是，他说出的话，却是无比的沉重。

"军事处会议以后，杨如海同志不幸被捕。经过我第二天的考察，确定敌人是有计划地秘密逮捕。那么，这就说明我们内部出现了叛徒。这个叛徒会是谁呢？首先要看谁能泄露开会的消息，除了军事处参加会议的几个人以外，再就是我们保卫处的人，可那天参加行动的一般队员事先根本不知道，而是来到现场后才告诉他们具体的任务，所以他们不可能事先向敌人通风报信。那么参加行动的保卫处人员里面有机会透露消息的只有我、李克明，还有你们两个。这个人不但能够透露消息，还能够向敌人指认杨如海同志，可你们两个都不具备这个条件，你们没有参加保卫行动，不在现场，自然无法指认。那么具备这个条件的除了军事处参加会议的几位科长和秘书金玉堂外，就只有我和李克明了。

"散会的时候，有人从戏院里出来走到赵梦君近前与他说话，这个情

228

况不仅李克明看到了，我在茶楼上也看到了。李克明正是抓住这一点，把大家的注意力转移到了赵梦君的身上。但是，我始终觉得这件事有点可疑，我当时心中就冒出了一个念头，那就是这应该是敌人的嫁祸之计。因为赵梦君知道这样的重要会议我们一定有人在四周负责监视和保卫，他这么做不是故意暴露自己吗？他不会这么蠢。虽然还不能排除他，但是，我的直觉告诉我，这个叛徒应该不会是他。即使后来他在被审查的时候，打伤行动队队员逃跑了，我也觉得他不可能是出卖杨如海同志的那个人。

"我的这个判断主要是依据我们的第一次营救行动。在第一次营救杨如海同志的时候，我们都埋伏好了，可敌人却临时更换了车辆，使我们的计划落了空。出现这种情况，只有两种可能，一种是巧合，那就是说敌人很狡猾，他怕我们劫车，才改变主意租了一辆车。当时，我们曾经分析过这件事，你们两人和李克明都认为是一种巧合。可我不这么认为。巧合可能是有的，但是，干我们这一行，是不能相信巧合的。我们宁可把巧合想象成阴谋，而绝不能把阴谋想象成巧合，否则，我们随时会付出血的代价。第二种可能是有人泄了密。那么这个泄密的人就绝不会是赵梦君。因为我们的营救行动他根本就不知道。于是，李克明又把怀疑的矛头引向了金玉堂。他坚持认为赵梦君和金玉堂都有可能是叛徒。凌飞也觉得金玉堂有很多疑点。在那种情况下，我虽然觉得有什么地方不对劲儿，但是，一时间我也找不出能说服你们的理由。所以，就让你们继续追查下去。

"尤其是对金玉堂，他的哥哥在警备司令部当官，虽然我们想争取他哥哥为我们工作，但也不排除他被他哥哥拉过去这种可能。并且他也有向敌人指认行动对象的机会，是他送杨如海同志出门的，他完全可以事先和敌人约定好，他亲自往外送的那一个就是行动对象。但是，凌飞在亚东旅馆向何芝兰调查金玉堂的时候，金玉堂正好回到旅馆。凌飞在离开旅馆的时候，又悄悄地返回去偷听他们的谈话，可他听到的却是金玉堂也在为自己的安全在担心。

"凌飞回来以后把整个过程向我做了汇报，就是这一个小小的细节消除了对金玉堂的怀疑。如果真的是他叛变了，他在凌飞走后，不可能去和他妻子演这出戏。除非他知道凌飞在那儿偷听。可是，我很相信凌飞的侦查能力，金玉堂绝不会发现他偷听。那么就只有一种解释，金玉堂不是叛徒。经过反复的思考，我最终排除了赵梦君和金玉堂他们两人叛变的可能。"

钱如林问："如果赵梦君不是叛徒，那他为什么要逃跑呢？"

陆岱峰说："你问得好！这也正是我当时百思不得其解的一个问题。我觉得这里面一定有蹊跷。那天，我独自思考了很长时间，忽然一个念头冒出来：他为什么早不跑，晚不跑，偏偏在李克明找他谈话以后逃跑呢？我找来与李克明一起去找赵梦君谈话的刘学林，详细地询问了一下他们谈话的情况，我怀疑李克明故意给赵梦君施加压力甚至是威胁他，赵梦君才想到先躲出去，等到我们查出叛徒以后他再回来。这也就是他逃跑以后既没有跑进敌特机关寻求保护，又没有逃出上海躲避到乡下的真正原因。

"当然，可能还有一个原因，那就是他知道内部出了叛徒，叛徒可能是开会的其他几个人，也可能是咱们保卫处的人，如果这样，将他隔离的人中就有可能存在叛徒，他越想越害怕，才最终决定出逃。在李克明带人追杀赵梦君的时候，我命令行动队不到万不得已不要除掉他，目的就是想要亲自对他进行审查。可李克明不可能让他活着，所以就杀死了他。"

凌飞问："那您是从了解了李克明审查赵梦君的情况以后就开始怀疑他了吗？"

陆岱峰说："不是，当时我还只是认为李克明做事有些太武断。因为这很符合他平时的作风。我真正对他产生怀疑是在我们商量如何追杀赵梦君的时候。赵梦君打伤行动队队员逃跑以后，如果他是叛徒的话，最有可能去的地方是敌特机关，而不是到亲友家去借钱逃跑。李克明在他的亲友家安排了人，却很有信心地说一定会抓住他。

"在李克明走后，我就产生了一些疑问，李克明是一个老特工，他怎么会想不到一个叛徒最有可能逃进敌特机关寻求保护呢？我又安排凌飞派人到调查科上海实验区附近埋伏，我对李克明和凌飞下的命令是不一样的，要求李克明抓获赵梦君以后尽量不要伤害他的性命。因为，如果赵梦君是叛徒的话，肯定会首先想到去敌特机关寻求保护。如果他出现在亲友家，则说明他很可能只是因为害怕被我们冤枉而逃跑或者是害怕在监视他的人中有叛徒会危及他的性命，所以，我才不让李克明除掉他。而如果他出现在敌特机关附近，那就说明他真的是叛变了。在这种情况下，最好的办法就是立即除掉他，以绝后患。后来，赵梦君果然在一个旅馆里被李克明给杀了。这更加印证了我的怀疑。我对他产生怀疑以后，又反过头来把那几天发生的事情从头认真地想了一遍，发现原来有很多疑点被我们忽视了。

"许明槐和他的行动组组长李维新在茶楼，他们是在等着叛徒发出信号确认了行动对象之后再下楼，他们怎么能够肯定一定会有两辆黄包车在茶楼下呢？这只能是他们早就安排好了的两辆黄包车。这两辆车在我上茶楼的时候还没有，他们应该就是在临近散会的时候悄悄地停在茶楼下的。当时我在茶楼上，正好看不到在墙根下或者是门口停着的黄包车，可是，在对面的李克明不会看不到，可是他既没有采取防范措施，事后也一直没有提起。

"还有一个疑点就是在第9弄弄堂口的那个化装成修鞋匠的队员，当时我就觉得他是一个刚刚加入队伍的新手，毫无地下工作经验。李克明说是老队员很少，其实，参加地下工作一年以上的老队员在行动队占到三分之一以上，他以为我从来不过问下面各科队的事情，就可以瞒过我。他故意在杨如海同志的必经之路上的这个关键位置安排一个没有战斗经验的新手，是为了确保他们行动能够成功。

"事发后的第二天他召集行动队的组长开会，他向组长们详细介绍了那天他的行动情况，这违背了他一贯的作风。他这个人很自负，在行动队从来都是他说了算。他很少把自己的真实想法对部下说，更不会去征求部下的意见，让他们帮助他分析。他之所以这样做，是因为他知道三组组长刘学林是我介绍去的，认为刘学林是我的亲信。他是想让刘学林相信赵梦君就是叛徒。后来安排刘学林和他一起去对赵梦君进行审查，也是出于这种考虑。可正是他的这一反常举动更加深了我的怀疑。"

凌飞忽然想起了什么，他问："可他为什么出卖杨如海同志呢？再说，如果是他叛变的话，那他为什么不把我们的具体行动计划告诉敌人呢？如果在第一次营救的时候，敌人掌握了我们的具体行动方案，不是很容易对我们来一个包抄围剿吗？"

陆岱峰说："这就是一个动机问题。一个人，无论做什么事，都会有一个动机。我在对李克明产生怀疑以后，也反复思考，他的动机是什么？首先，他不曾被捕过，不可能是熬不住酷刑叛变。大多数叛徒都是由于受不住刑才叛变的，所以我们往往就会把注意力放在这上面，这也正是我们在一开始怀疑赵梦君的原因。当然，李克明也利用了这一点，与敌人合作，故意往赵梦君身上栽赃。

"如果说是为了金钱，也不对，平时李克明对钱看得并不是很重。但是，我们恰恰忽略了一点，那就是他很自负，权力欲望很重。这一点，你们没有责任，而是我的责任。因为特委内部的一些事情你们不知道。自从李克明担任上海工人纠察队副指挥以来，他一直觉得自己是一个能够指挥千军万马的人，但是，我们党现在是处在一个地下的状态，部队都在苏区。在上海，军事处的主要工作是对苏区进行指导，其实这个指导往往也是空的。所以，军事处做得最多的工作是做敌人军队的策反工作。而在江南特委机关当中，最有实力的不是军事处，而恰恰是我们这支情报和保卫部队。我们担负着江南特委以及中央机关和领导人的安全保卫工作。所以，保卫处就成了特委机关中的一个最特殊的机关。

"李克明很想把这支队伍抓在手中。可是，他要想当保卫处主任，就得先把我搬掉或者是请走。但是，他不敢出卖我，这里面有三个原因。一是出卖我必然会使保卫处乃至整个特委机关受到重大损失，这是他不愿意看到的。二是我的行踪他也很难掌握，出卖我他没有把握。三是一旦我被捕，他很有可能受到怀疑。所以，他拐了一个弯，出卖杨如海同志。因为，在江南特委的所有常委中，懂军事的就是杨如海同志和我，一旦杨如海同志被捕牺牲，特委必然会重新考虑军事处主任人选，而最合适的人选就是我。如果我担任了军事处主任，就不可能再担任保卫处主任了。那么在特委所有委员中，抓特务工作最在行的就是他李克明了。所以，他的动机就是想借刀杀人，除掉杨如海同志。

"也正因为如此，他开始的时候虽然向敌人透露消息，但是却并没有暴露自己。他与敌人约定指认行动对象时，很可能告诉敌人是他安排了一个普通队员。他很善于化装，那天他化了装，日后并不影响他继续从事地下工作。从这一点分析，开始他只是想借敌人之手除去挡住他升官之路的杨如海同志，并不想让我们遭受更大的损失，这就不难理解为什么敌人知道我们的营救计划，却没有借机将我们一网打尽了。因为他们根本就不知道我们详细的行动计划，李克明不会告诉他们，他只是提醒他们我们已经掌握了押送时间，让敌人提前把杨如海同志押走，使我们的营救计划落空。"

钱如林问："您是怎么确定敌人必然会从那条小路上押解杨如海同志去南京的呢？"

陆岱峰说："当我确定了李克明就是内鬼的时候，我就想他一定会再次向敌人泄露我们的营救计划。于是我故意坚持行动队全体出动，要不惜一切代价救出杨如海同志。敌人从李克明那里得到这个消息，肯定会想借机除掉我们。他们一定会暗中藏着许多枪手。但是，杨如海同志是蒋介石亲自点名要审问的，敌人怕在混战中不小心打死他，所以必然会另走小路。我对从上海通往南京的几条路进行了反复比较和分析，最终才确定了那一条路。因为那条路虽然较近，但是路很难走，又有山路。按说，敌人最不可能选择那条路。可我知道许明槐是很狡猾的，他一定会走这条最危险的路。因为，看上去最危险的往往也会是最安全的。

"我秘密地安排凌飞去解救杨如海同志，又安排如林去把一些人秘密地转移走。这些人是在工作中有可能与李克明联系过的人。或许李克明不知道他们的住址，但是李克明却见过他们。我不能确定李克明对他们了解多少。为了以防万一，只得将他们转移。此时李克明还不知道我已经断定他就是叛徒，所以，在劫囚车行动中，他还是全力掩护行动队撤退。"

说到这儿，陆岱峰叹了一口气，说："当然，我说的这些都是我的推断，我不可能有证据，所以，我不得不用计逼迫他走上绝路。这也是不得已的事情啊！"

说完话，他神情黯然地扭过头去看着窗外，凌飞和钱如林一时间也都觉得无话可说，也随着陆岱峰的目光看着窗外。虽然除掉了这个威胁到整个中央机关的叛徒，可他们的心里都感到很沉重，因为，他们都在替李克明惋惜。

陆岱峰本来以为敌人会在征得黄金荣的首肯之后，进入大世界搜查。结果天快黑下来的时候，便衣特工和巡捕竟然都撤了。事后，他们才知道，在他们的袭击中，李克明当场毙命，许明槐也身受重伤。调查科上海实验区的特工们群龙无首，巡捕房在附近的几家饭店搜查了一遍，找到了三把手枪和一颗手雷。他们知道，对方只要把武器一扔，你就是再怎么搜查也是无济于事。于是，他们也就没有再扩大搜查范围。

陆岱峰他们得以轻松地脱身。一场危机就这样被陆岱峰用智慧化解于无形。

后　记

　　写作最忌讳跟风。当前谍战题材的小说作品和影视作品几乎可以说是铺天盖地。在这种时候，本来我是不应该再步人后尘去拾人牙慧的。可是，我在一番思考以后，却依然选择了写一部谍战小说。个中缘由，容我道来。

　　在谍战小说还没有盛行的时候，我就对中国现代情报史很感兴趣，搜集阅读了大量的专业著作，陆续写了一些史传文章，分别发表在《文史月刊》《文史春秋》《党史纵横》《党的生活》等杂志上。2010年还专门写了一部关于中共中央特科的18万字的长篇史传《揭秘特科》。正是由于对情报史的了解，在看了一些谍战小说和影视之后，我深感当下谍战题材的文学作品和影视作品良莠不齐。有一些作者甚至是毫不考虑历史真实性，自己闭门造车。很多作品人物概念化、情节雷同化，看后我总觉得如鲠在喉。我在《揭秘特科》前言中曾经引用过项小米和徐焰的两段话，今天我再次发扬"拿来主义"精神，借以浇开我心中的块垒。项小米在《英雄无语》中说："随着观念的开放和题材的解禁，……特科很快就臭了大街，一时间关于特科的电影和小说比比皆是，黑衣人——不知为什么导演认定了特科只能是黑衣人——满天下乱窜，一个神秘人物来不来就亮相说'我是特科'，那通身的神态和派头分明是从一撩衣襟就向敌人宣称自己是'八路军武工队'的李向阳那儿学来的，……你只要看到哪部作品或者电影里让哪位神秘人物亮相说‘我是特科’，你就可以断定：一，此人不是特科；二，作家或者导演对特科一无所知。"徐焰在《告诉你一个真实的隐蔽战线》中说："一些影视剧的编导所设计的地下工作场面尽是灯红酒绿，由俊男靓女在高档歌舞厅、宾馆接头。这些镜头让当年做过地下工作的人看后大多叹息，因当年共产党组织经费很困窘，根本不可能维持豪华生活，何况这类举动从历史背景角度看也违反了隐蔽斗争战线的基本原则。"于是，我便想写一个与别人不太一样的谍战小说，写一个最接近历史真相的谍战小说，让读者朋友能够通过小说对共产党早期秘密工作有所了解。

当然，小说是虚构的，历史也不可能还原，但是我却力争让它逼近历史。又由于我很喜欢读推理小说，所以，里面便有了一些推理的成分。当然，用推理的手法写谍战并不是我的首创，但是我觉得这样写就好像是在玩一个智力游戏，会有读者感兴趣的。在这个作品中，我个人认为最值得一提的是对叛徒形象的塑造，是与以往的所有作品都不一样的。相信读者读完全书以后，对这个人物形象会有一个很清楚地认识，我就不必再多费口舌了。

我在这儿占用大家的宝贵时间，画蛇添足地啰嗦了这一些，似有王婆卖瓜之嫌，还是就此打住吧。作品的优劣，还是交由公正的读者去评判吧。

图书在版编目（CIP）数据

薄冰 / 刘英亭著. —北京：北京联合出版公司，2016.7
ISBN 978-7-5502-7845-5

Ⅰ.①薄… Ⅱ.①刘… Ⅲ.①长篇小说－中国－当代
Ⅳ.①I247.5

中国版本图书馆CIP数据核字（2016）第123716号

薄　冰

作　　者：刘英亭
选题策划：凤凰壹力文化发展有限公司
责任编辑：昝亚会　夏应鹏
特约编辑：赵　欢　王秀莉
封面设计：回归线视觉传达
版式设计：姚建坤

北京联合出版公司出版
（北京市西城区德外大街83号楼9层　　100088）
三河市冀华印刷有限公司印刷　　新华书店经销
字数185千字　　　710毫米×1000毫米　1/16　　印张15.25
2016年7月第1版　　2016年7月第1次印刷
ISBN 978-7-5502-7845-5
定价：26.00元
